無間地獄(上)

新堂冬樹

幻冬舎文庫

無《む》間《げん》地《じ》獄《ごく》

（上）

序章

生温《なまぬる》い風を掻き分けながら、メルセデスがスローダウンした。漆黒の闇に響き渡る重厚なエンジン音を聞きつけ、公園前の路肩に蹲《うずくま》っていたクラウンの四つのドアが弾かれたように開き、四つの人影がメルセデスに走り寄ってきた。

菊池《きくち》が軽快な動作でドライバーズシートを滑り降り、リアシートのドアを開けた。うだるような熱風と、人影達の挨拶が車内に雪崩《なだ》れ込んできた。

桐生《きりゅう》はメルセデスから降り立ち、ヘコヘコと頭を下げる人影達の顔を、ひとりずつ見渡した。ちょび髭、坊主、眉なし、剃り込み頭。どいつもこいつも、頭の悪そうな極悪ヅラをしていた。

坊主、眉なし、剃り込み頭は、ちょび髭の従業員だ。ちょび髭の男――川田《かわた》。鏡餅《かがみもち》がスーツを着たような小太りの川田は、桐生がケツを持つ福峰《ふくみね》ファイナンスの社長だ。

福峰ファイナンスは、十日で三割の利息を貪る高利貸しの街金《まちきん》で、飛んだ債務者の切り取り及び、債務者が泣きついたヤクザ者とのトラブルが発生したときに、桐生が面倒をみている。

「おいっ、川田。ガセ摑ませてんじゃねえだろうな？」

片手でオールバックの髪を撫でつけ、片手で携帯電話を振り回しながら、気性の激しい菊池が尖《とが》った視線を川田に投げつけた。

「と、とんでもない。たしかに、電話をかけてきたのは村沢《むらさわ》でしたよ」

川田が、ちょび髭を震わせながら言った。二十九歳の川田は、二十五歳の菊池より歳上だが敬語を使っている。菊池は、桐生の所属する富樫《とがし》組の構成員だ。年功序列が通用しない闇世界は、ケツを持つ側と持たれる側では立場的に、相撲でたとえれば、横綱と平幕ほどの開きがある。

「む、む、村沢、そう、宗一郎《そういちろう》に、ま、間違いないな？」

桐生に影のように寄り添っていた小柄な花井《はない》が、呂律《ろれつ》の回らない口調で念を押した。呂律が回らないのは、酔っ払っているせいではない。

焦点の定まらない黒眼、ひしゃげた鼻、変形した頰骨。花井は、日本バンタム級の元チャンピオンだった。五年前、花井は、二十四歳のときに行《おこな》った初防衛戦で、挑戦者の強打でノックアウトされた後遺症により、軽いパンチドランカーになった。脳がイカれた廃人にトレーナーやジム経営の道は閉ざされ、三年前、酒場で酔客五人を相手に立ち回っていた花井を、桐生がスカウトしたのだ。金の絡むシノギを任せるわけにはいかないが、使い捨てのボディガードとしては最適の男だった。

「村沢宗一郎、四十五歳、証券会社勤務。万が一、同姓同名で同い歳で同じ職種の人物がいれば別ですけど、そんな偶然はありえないでしょう」

川田は遠慮がちに言うと、桐生の様子を窺った。

村沢宗一郎は八日前に、桐生が直に経営する桐生興業のチラシをみて電話をかけてきた。大手証券会社に勤続二十五年、世田谷区に自己所有の家あり、妻子持ち。闇金《やみきん》の桐生興業に舞い落ちてくるような客だから、村沢の家には銀行やノンバンクの抵当権が三つも四つも付き、サラ金も八軒で二百万ほど借りていたが、桐生にとっては上客だった。

通常、桐生興業に申し込みにくる客は、サラ金の下に位置する高利の街金を三、四軒摘《つま》んでいるのが常識だ。だが、村沢は、一軒の街金も摘んでいないきれいな躰で桐生のもとへきた。

村沢が、借り入れ件数に関して嘘を吐《つ》いていることはありえなかった。たとえ、嘘を吐《つ》いてもすぐにバレる。

大久保に事務所を構える富樫組は、都内だけでも五十軒前後の街金、闇金のケツを持っている。さらに、富樫組の若頭の桐生自らが同じ大久保で闇金を営んでいるので、アングラマネーに手を出した客の情報は、すぐに耳に入る仕組みだ。

桐生に知られずに街金や闇金から金を借りるのは、徳川の埋蔵金を掘り出すほどに難しい。村沢には、夏のボーナスを当て込んで百万を融資した。勤続二十五年の村沢のボーナスは、夏が百五十万で冬が二百万だった。それは、過去に会社から振り込まれた銀行の通帳で確認済みだった。ボーナスが振り込まれる通帳と銀行印、キャッシュカードを預かったのは言うまでもない。

村沢に融資したのが八月一日で、ボーナス支給日の五日を返済期日とした。契約書に書かせた額面が百万、利息を引いて渡した金額が七十万。つまり、五日間で三割。世間から畏怖されるトイチと呼ばれる高利の街金もまっ青の利息だ。貸し金業登録もしていない闇金にとっては、利息制限法もへったくれも関係なかった。

すべての金貸しの最底辺にいる桐生からみれば、十日で二割や三割の街金のやりかたは、まだまだ甘い。一度手もとを離れた金は、その瞬間から踏み倒されるリスクを背負う。だから、金を借りにきた客が明日にでも金の入るあてがあるならば、翌日を返済期日とする。もちろん利息は三割だ。

極端な客、たとえばバクチ狂いの客には付け馬を張りつかせて、そのまま賭場まで同行させる。賭場で客が儲ければ、その場で金を取り立てる。桐生はこれを、早漏《そうろう》融資と呼んでいる。融資から返済までが、あっという間、という意味だ。

闇金を利用するような輩《やから》は、四六時中債権者に追われていると思って間違いない。だから、客が金を手にしたらすぐに取り立てないと、日にちが経てば経つほどハゲタカども《さいけんしゃ》に持って行かれる。トイチだから十日後だとか、ツキイチだから一ヵ月後だとか悠長なことを言って馬鹿ヅラ下げて待っていれば、ババを摑まされるだけだ。

「川田よ、村沢のマンションはどこだ？」

桐生の腹の底に響くような低音が、ふたたび川田のちょび髭を震わせた。横綱中の横綱を眼前《まえ》に緊張する平幕の川田の額には、取り組み後のインタビューを受ける力士に負けないくらいに、汗がびっしりと浮かんでいた。

「あのアパートの裏手です」

あのアパート――川田の指先を追った。桐生達のいる公園と、道路を挟んで目と鼻の先のボロアパート。ボロアパートの背後に、白タイル貼りの建物が顔を覗かせていた。

桐生はモアをくわえた。モア。普通の煙草の長さの、一・五倍はある焦茶色の紙巻き煙草。並みの体格の人間がくわえればバランスが悪いが、百八十九センチ、八十五キロの桐生がくわえれば、ピタリと板についていた。

街灯の明かりを受け、いやらしい光を放つ金ブレスをジャラリと鳴らした菊池が、ライターの火を差し出した。

「部屋《なか》に、野郎はいるのか？」

紫煙と言葉を同時に吐き出して、桐生は訊ねた。

「桐生さん達がくる以前《まえ》に、マンションの様子をみに行ったときには、部屋《なか》に明かりはついていました。部屋にいるのが村沢かどうかはわかりませんが、ベランダには、女物の下着が干してありましてね」

やはり、村沢の失踪には女が絡んでいた。返済期日の五日に、村沢は現れなかった。押さえていた銀行の通帳に、金《ボーナス》は振り込まれなかった。桐生は菊池と花井を引き連れ、会社に押しかけた。

村沢は、桐生興業で融資を受けた翌日の二日から、体調不良を理由に会社を休んでいた。桐生は、応対した村沢の上司に通帳を突きつけた。臆病そうな上司は、菊池の巻き舌と花井の焦点の定まらぬ視線に怖じ気づき、経理部に掛け合い、口座番号を照合した。経理部の事務員の口から出た口座番号は、桐生の押さえていた通帳の口座番号とは別の番号だった。七月の末に村沢は、ボーナスが振り込まれる銀行口座を変更していたのだ。

迂闊《うかつ》だった。自宅のカギも保険証も免許証も奪い取られた村沢が、街金も闇金も摘んだことのない村沢が、飛ぶとは思わなかった。

無駄を承知で桐生は、会社を出たその足で村沢の自宅へ向かった。村沢はいなかった。能面のような顔で女房が、逆に村沢の行方を訊ねてきた。罵声と舌打ちを残して自宅をあとにした桐生は、契約時に書かせた書類をもとに、村沢の兄弟、親戚、友人の家を回った。どいつもこいつも顔をひきつらせていた。どいつもこいつも村沢の行方を知らなかった。

家族も、仕事も、身分証も、すべてを置き去りにした村沢の盲目的な失踪の原因を、サラ金に莫大な借金を作った原因を、桐生は女と睨んだ。それも、金を喰う女だ。そう見当をつけた桐生は、息のかかっている街金、闇金に村沢のデータを回した。

逃亡生活には金がかかる。しかも、村沢はひとりじゃない。一着三十万はする服を、一個二十万はするバッグを、鼻から抜けるお色気ボイスで次から次へとねだる金喰い女が一緒のはずだ。ボーナスの百五十万や桐生興業から引っ張った七十万など、塩をかけられたナメクジのように、一瞬のうちに溶けてしまうだろう。

村沢はまだ、退職扱いにはなっていない。金融会社から金を引っ張るなら、いましかない。だが、あと数日も経てばサラ金の取り立てが相次ぎ、会社も異常事態に気づく。そうなる以前《まえ》に、村沢は返す気のない借金に奔走するはずだ。しかし、八軒で二百万もあり、身分証の類いがない村沢の内容では、サラ金で借りるのはもう無理だ。

桐生興業の返済期日を飛ばしてから四日目の今日、案の定、村沢は街金に電話をかけてきた。街金——福峰ファイナンス。身分証のない村沢はドシロウトの浅はかな考えで、高利の街金なら審査基準もいい加減で、金を借りられるだろうと高を括《くく》ったに違いない。じっさいは、街金や闇金はサラ金以上に身分証に拘《こだわ》るが、川田は桐生の指示どおりに翌日の融資を約束して、村沢から現住所を聞き出した。女房が電話に出る世田谷の住所を教えるわけにはいかずに村沢は、まだ引っ越したばかりで住民票を移してはいないんですが、と能書きを垂れながら、豊島区南池袋のマンションの住所を川田に伝えた。

住民票も身分証も担保もない人物が、金を借りられるはずがないとわかりそうなものだが、女に入れ揚げた中年男の煮詰まった脳みそは、冷静な判断力を失っていた。

結局村沢は、桐生の張り巡らした網に見事に引っかかったのだ。

「この俺から金を踏み倒しておいて、女と一緒だとぉ？　くそ野郎がっ」

火をつけたばかりのモアを路面に投げ捨て、桐生は舌打ちをした。脳がイカれている花井以外の五人が、躰を強張らせた。桐生がキレたときの恐ろしさを、菊池も、川田も、いやというほど知っている。

過去に桐生の怒りを買った何人もの不良債務者が半殺しにされ、制止しようとした仲間も半殺しにされた。キレると敵味方の区別がつかなくなる桐生を、みな、腫物《はれもの》に触るように扱った。

が、桐生は知っていた。これまでの三十六年の人生の中で、自分が本当にキレたのは、親父を殺したときだけだ、と。

「川田、用意はできてるのか？」

開きかけた忌わしい記憶の扉を乱暴に閉め、桐生は言った。

「はい、大丈夫です。おい、諸星《もろほし》、奴を呼んでこい」

諸星と呼ばれた眉なしが、クラウンに駆け戻った。桐生はまたモアをくわえた。菊池が火を出した。肺奥深くに煙を送り込んだ。昂《たかぶ》る神経を、紫煙で麻痺させた。

「こんなもんで、いいですか？　運送屋で働いている客から、借りてきたんですよ」

川田の隣に立つ男――小包を片手に持ち、大手運送会社の横縞模様のシャツを着ていた。

桐生は頷き、腕時計をみた。午後七時三十七分。宅配便の人間がチャイムを押すのに、不自然な時間帯ではない。

「へたを、うつなよ」

桐生は、冷厳な視線と感情の籠らない声を、セットで男に投げた。男は、警視総監を眼前《まえ》にした巡査のように直立不動の姿勢で返事をした。このまま放っておけば、敬礼でもしそうな雰囲気だった。

なにかが、上空から落ちてきた。アスファルトに叩きつけられたコガネ虫がひっくり返り、力ない動きで六本の足をバタつかせていた。

桐生は、男の頭上に眼をやった。明かりに吸い寄せられた複数の虫が、カチャカチャと街灯に体当たりをしていた。

桐生は、最後は力尽きて死ぬ運命にあるのも知らずに、無意味な行動を繰り返す虫に、高利の金に吸い寄せられ、無間《むげん》地獄へと舞い落ちてゆく債務者達の姿をみた。

「川田、案内しろ」

街灯から視線を引き剝《は》がし、桐生は言った。モアを捨てた。川田のまるっこい背中に続いた。靴底で、グシャリと不快な音がした。なにかを踏み潰した。

桐生は、足もとに視線を落とした。黄色っぽい汁を出して潰れているコガネ虫——村沢の姿をダブらせた。

☆

四〇五号室。小森みずえ。まる文字で書かれている、ネームプレイト。黒のスチールドアに嵌《は》め込まれた、陥没した女の乳首を連想させるドア・スコープの死角——両脇の壁。ドアノブ側の壁に桐生、菊池、眉なし、反対側に川田、剃り込み頭、坊主が、ヤモリのように背中を貼りつけて息を殺していた。

花井は、村沢が万が一逃走したときのための番犬として、マンションの出入り口に待機させていた。川田を含めた福峰ファイナンスの雑魚《ざこ》どもは、頭が悪くて役立たずだが、持ち前の人相の悪さで、村沢を萎縮させるだけの目的には十分だった。

ドアの正面に立つ偽配送員に、桐生は眼で合図した。片手に、電話帳サイズの小包。むろん、中身は空っぽだ。

偽配送員の指がインタホンに伸びた——押した。スピーカーから流れる、気怠《けだる》げな若い女の声。

「まいどぉーっ、笹山《ささやま》運輸ですがぁ、お荷物を届けに参りましたぁーっ」

偽配送員の迫真の演技。束の間の沈黙。解錠する金属音。だが、チェーンロックが外される気配はない。桐生は、菊池と眉なしに合図して、ドアノブの反対側の壁に貼りつく川田達のほうへ、地べたを這うように移動した。

「荷物って、なに？」

ドアが、僅かに開いた。インタホンに出た若い女の声。桐生の位置からは、女の姿はみえない。

「太陽デパートさんからの配送です。お中元みたいですね」

偽配送員が澱みなく答えた。桐生は息を呑み、ふたりのやり取りに耳を澄ました。誰から？　のひと言が女の口から出たら厄介なことになる。女の友人関係まで、調べる時間はなかった。

チェーンロックを外せ――桐生は念じた。薄めに開いていたドアが閉まった。ジャラリと鎖の触れ合う音が、早漏男の亀頭並みに敏感になっている桐生の鼓膜を震わせた。念が通じた。ふたたびドアが開いた。

桐生は動いた。坊主と剃り込み頭と川田を追い越し、偽配送員を突き飛ばした。正面。驚愕の表情を浮かべる、ホットパンツにタンクトップ姿の茶髪の女が視界に飛び込んできた。歳の頃は、十八、九。厚化粧が、女の童顔をいっそう浮き彫りにしていた。

開きかけた女の唇――掌で塞《ふさ》いだ。吊り上がるアーチ眉、恐怖に大きく見開かれた眼、掌に吸収されるくぐもった悲鳴。女を丸太のような右腕で抱えながら桐生は、玄関に押し入った。複数の足音が桐生に続いた。菊池が、手慣れた動作でドアをロックした。

沓《くつ》脱ぎ場に眼をやった。ハイヒールが二足、女物のサンダルが一足、くたびれた革靴が一足。女を川田にパスして、桐生は土足で部屋に上がり込んだ。

「あ、あんた達っ、一体、なんなのよっ！」

川田の腕の中でもがく、女が喚いた――無視した。光よりもはやく、納豆よりも粘っこい視線を室内に投げた。十畳ほどの洋間。フローリングに散乱するバドワイザーの空き缶、読みかけのファッション雑誌、灰皿で紫煙を立ち上らせる吸差しの煙草、くだらないバラエテイー番組を垂れ流すテレビ、化粧品類がひしめくドレッサー、「ハローキティ」の抱き枕が転がるベッド、クロゼット……。

クロゼット——視線を止めた。クロゼットを開けた。鮨詰め状態のドレスやワンピース類を掻き分けた。誰もいない。スーツの下で、じっとりと背中が汗ばんだ。クロゼットを出た。

「おいっ、バルコニーをみてみろっ」

川田の両腕に拘束されている女の胸もとに卑しい視線を這わせていた剃り込み頭に、桐生は命じた。剃り込み頭ががに股で窓に近づき、カーテンを開けた。紐で縛られた、雑誌の束が山積みされているだけだった。

「ここにもいませんっ」

坊主が小鼻を膨らませ、バスルームから出てきた。

「村沢は、どこにいる？」

桐生は女を睨《ね》めつけ、低く短く訊いた。

「だ、誰よ、それ？　そんな人、知らないわよっ」

「じゃあ、玄関のしょぼくれた革靴はお前のだっていうのか？」

女の瞳に狼狽のいろが浮かぶのを、桐生は見逃さなかった。言い訳できなくなった女が、次になにを言い出すのかの想像もついた。桐生はそっと、スーツの内ポケットに手を差し入れた。

「部屋から出て行かないと、警察を呼ぶわよっ」

声と唇を競い合わせるようにビブラートさせながらも女は、強気な姿勢を崩さなかった。六人のコワモテに囲まれれば、男でも小便を漏らす奴がいる。いや、男のほうが女よりも、力の前には屈しやすいのかもしれない。

「呼ぶなら、呼んでみろや」

桐生は、スーツの内ポケットから金銭消費貸借契約書を引き抜き、女の鼻先に突きつけた。

「村沢のくそ野郎は、ウチから百万の金を引っ張って逃げやがった。言うなれば詐欺だ。お前は、その事実を知っていながら野郎を匿《かくま》っている。ようするに共犯ってやつだ。ウチ以外の金融会社も合わせると、被害総額は数百万になる。全社が結託して訴えれば、奴は刑務所《ムショ》行きだ。当然、その金でシャネルやエルメスを買ってもらったお前も、同罪になる」

女が表情を失った。ハッタリ――金融会社の金を踏み倒した債務者が、詐欺罪に問われることは、まず、ありえない。それ以前に、数日間で三割もの高利を搾取する街金や闇金がなにをほざいても、裁判所が相手にするわけがない。だが、女のすかすかの脳みそは、同罪という桐生のひと言に支配され、ハッタリを見抜く余裕はなかった。

「じょ、冗談じゃないよっ。たかだか数百万のはした金でヒヒじじいのチンポをしゃぶった上に、詐欺だなんて……」

　恐怖と怒りに潤んだ女の瞳から放たれる視線を、桐生は眼で追った。女の視線の先――玄関近くのドア。恐らくトイレ。大股で桐生はドアに歩み寄り、ノブを回した。施錠されていた。ポケットを探った。小銭を漁《あさ》った。一円玉を取り出した。ノブのカギ穴の割れ目に、一円玉を差し込んだ。回した。解錠された。力任せに、ドアを引いた。上半身裸で、ブリーフを膝下まで下ろした格好で便座に座っている男。一九分けの髪形、ひょうたんのような顔、生白い肌、でぶった躰――村沢。

「わぁっ、わうわわっ……」

　カマキリに狙われたコオロギのように、村沢の表情が凍《い》てついた。毛深い太腿の間で剝き出しになっているペニスは恐怖に萎縮して、幼児並みのサイズに縮み上がり、陰毛に埋もれていた。

「わうわわっ、じゃねえっ、この、くされ野郎がっ！」

　桐生は巻き舌を浴びせ、村沢の一九分けの髪を鷲摑みにして思い切り引っ張った――トイレから引き摺り出した。便器に溜まった水に、糞が浮いていた。

　村沢の、ぶよついた腹に蹴りを飛ばした。靴先が脂肪にめり込んだ。フローリングにくずおれた村沢は、口から呻きと尻から糞を漏らしながら、玄関へと這いずった。菊池が、ドアの前に立ちはだかった。眉なし、坊主、剃り込み頭が村沢を取り囲み、罵詈《ばり》雑言《ぞうごん》の雨霰《あめあられ》を浴びせた。川田に捕まっている女は、ゴキブリのようにフローリングを這いずる村沢に、驚愕と侮蔑の混濁した視線を投げている。

「ゆる、ゆる、赦してくださいぃ〜っ！」

裏返った声――村沢が、床に額を押しつけた。

「俺から金を騙し取って女のところにしけこんだお前を、赦せだとぉ？　お前っ、俺をマザー・テレサかなにかと勘違いしてんじゃないのかっ‼　おおっ⁉」

桐生は、足もとのバドワイザーの缶を蹴り上げた。琥珀《こはく》色の液体を撒き散らし吹っ飛んだ缶はテレビにぶち当たり、乾いた音を立ててフローリングを転がった。

「か、金は、金は必ず返しますぅっ。どんなことをしてでも返しますからぁ、赦してくださいい……」

相変わらず、ブリーフを膝下まで下ろしたままの情けない格好で跪《ひざまず》いた村沢は、慈悲を求める求道者の如く桐生に懇願した。

でたらめ。追い込まれた不良債務者の口から出る、金を返すという言葉は、政治家の公約以上にあてにならない。

「それじゃあ、村沢よ。この女を、デートクラブにぶち込むか？　このルックスとボディなら、一ヵ月もありゃ百万なんて軽いぜ」

村沢の潤んだ涙眼が、女に向けられた。

「ちょっ、ちょっと、あんた、なんなのよっ、その眼は!?　あんたなんかのためにあたしが、デート嬢になるわけないでしょっ！」

「みぃ、みずぇぇ〜」

村沢が鼻から抜けるような甘えた声を出しながら、両膝立ちで女の腰にしがみついた。

「やめてよっ、気持ち悪いっ！」

ホットパンツから伸びた女の美脚が、村沢の二重顎にヒットした。たっぷりとついた頬肉が、盛大なウエーヴを起こした。仰向けに倒れた村沢は、ぶよんぶよんと二段腹を波打たせ、短い手足をバタつかせている。

「嫌われちまったようだな、村沢。まあ、そうがっくりするな。腎臓を一個引っこ抜きゃ、百万払ってもお釣りがくるぜ」

桐生は口角を吊り上げ、冷笑を浮かべた。本気だった。世田谷の自宅は抵当権がベタベタとくっつき、サラ金関係ではブラックリストに載り、仕事を辞めた村沢に金を作らせる一番手っ取り早い方法は、肉体《からだ》を担保に押さえることだ。桐生には、女房に立て替え払いを要求するなどの、サラ金屋がよく使う、ちまちまとしたお嬢ちゃま取り立てをやる気はなかった。

肉体《からだ》を担保——飯場《たこべや》に売り飛ばすか腎臓を抜くか？　飯場の手配師にも、腎臓を抜く医師にもコネはある。どちらを選んでも百万の金は余裕で回収できるが、桐生は村沢の腎臓を抜くつもりだった。

ヤクザが、金貸しが、ナメられたら終わりだ。債務者や同業者には当然のこと、菊池や川田を始めとする配下にもだ。

単に金が払えない奴ならば、飯場にぶち込むだけでもいい。だが、最初から踏み倒すつもりで金を引っ張ったくそったれにたいしては、制裁の意味を含めた切り取りが必要だ。

桐生興業で金を借りて飛んだ客が、腎臓を抜かれた——噂。この世界《アングラ》は、金と権力《ちから》が万物を支配する。金と権力《ちから》を持った者こそ全知全能の神であり、金と権力《ちから》がない奴は、泥を貪り空腹を満たし、ドブ水で喉を潤し、神の顔色を窺いながらビクビクとした生活を送る惨めな奴隷だ。

惨めな奴隷——幼き頃の自分。戻るわけにはいかない。金を手放すわけにはいかない。権力《ちから》を失うわけにはいかない。

「腎臓を抜くなんて、勘弁してください……」

過去に溯《さかのぼ》ろうとする桐生の思考に、村沢の掠《かす》れた声が割り込んだ。

「うらぁーっ、おっさんっ!!　どんなことをしても返すって言っただろうがよっ、ああっ!?

冗談は、尻をまる出しにして糞を漏らすその格好だけにしとけやっ！」

ドアを塞ぐように立ちはだかっている菊池が怒声を飛ばした。

荒い気性、オールバックの髪形、切れ長で一重瞼の鋭い眼つき。ひと回り小さな体格を除いては、性格も容姿も菊池は桐生にそっくりだった。桐生を慕っている菊池は、口調や仕草までも意識してまねをしている節があった。

「い、いやだ。そ、そんなの、いやだっ」

仰向けの体勢からすっくと立ち上がった村沢は、だだっ子のように首を振った。

「適当な服を着せて、連れて行け」

桐生に命じられた眉なしと剃り込み頭がクロゼットの中を物色し始めたそのとき、村沢が陰嚢をぶらつかせながらバルコニーに突進した。

「くぉらぁーっ！」

遮る坊主に体当たりした村沢は窓のカギを開け、バルコニーへと躍り出た。

「たたたた、助けてくれぇーっ、だ、誰かぁーっ！」

一九分けの髪を振り乱し、バルコニーでピョンピョンと飛び跳ねながら村沢が叫んだ。

「おいっ、取っ捕まえろっ！」

桐生の一声で玄関から菊池が、クロゼットから眉なしと剃り込み頭がバルコニーに向かってダッシュした。鬼の形相の三人をみた村沢の顔色が、カラーからモノクロになった。

「く、くるなっ、くるなぁっ！」

条件反射で村沢が逃げようと背を向けた瞬間、膝下に引っかかっていたブリーフがずり落ちて、足首に絡まった。

「うっ、うわあぁぁーっ!!」

間の抜けた断末魔。手摺《てすり》に二段腹をバウンドさせた村沢の生白い尻が、桐生の視界から消えた。女の絶叫、ドスンという鈍い衝撃音、車のクラクションが交錯した。ワンテンポ遅れて地上から沸き上がった驚愕の悲鳴が、生温い風とともに室内に流れ込んだ。

「か、若頭《かしら》……。ヤ、ヤバいっすよ……」

手摺から身を乗り出し、地上を見下ろしていた菊池が振り向き、能面のような顔で罅《ひび》割れ声を絞り出した。菊池同様に顔色と声を失っている眉なしと剃り込み頭を押し退《の》け、桐生はバルコニーへ出た。

アドレナリンを振り撒き群がる野次馬に囲まれた白い車のボンネットが、まっ赤に染まっていた。ボンネット上の村沢の手足が、不自然な向きに折れ曲がっていた。四階《ここ》からみてもひと目で、村沢が死んでいるのはわかった。

桐生は踵《きびす》を返し、室内へと戻った——窓を閉めた。野次馬のざわめきが遠のいた。

「どうするんですか……？　桐生さん」

女を解放した川田が、青褪めた顔で訊ねた。フローリングにへたり込んだ女は、放心状態で宙をみつめていた。菊池、眉なし、剃り込み頭、坊主――どの顔も、指名手配の写真のように冥《くら》く強張っていた。

桐生は川田の問いかけには答えず、クロゼットに向かった。安物には眼もくれずに、エルメス、グッチ、シャネルのスーツやバッグを次々とフローリングへと放った。

「川田。警察《サツ》がこないうちに、こいつを車に積んで谷口《たにぐち》のところへ持っていけ」

谷口――ブランド物専門のリサイクルショップを営んでいる男。谷口は、ブランド物の洋服やバッグを、品が相当に傷んでいないかぎり定価の三分の一の値で買い取り、買い取った品にいくらかの上乗せをして販売している。稀少《めずらしい》レアな物になれば、オークションにかけて定価の二、三倍もの値をつけて売ることもある。

桐生は、訝《いぶか》しげな視線を投げる川田や菊池をよそに、頭の中で電卓を弾いた。スーツ類は、エルメスのスーツが一着、七十万前後、シャネルのスーツが二着、合わせて百万前後、グッチのスーツが一着、五十万前後、合計、約二百二十万。バッグ類は、エルメスのケリーが一個にシャネルのリュックタイプとショルダータイプが一個ずつの合計三個で、約百十万。スーツとバッグの総額が約三百三十万で、谷口に売り飛ばせば百万以上の金になる。村沢への貸し金を精算しても、十分にお釣りがくる。

ブランド物の鑑定には慣れていた。桐生興業で金を借りている風俗嬢の取り立ての際に、培った鑑定眼だ。闇金で金を借りている風俗嬢でも、いままでに浪費した代償として高価なスーツやバッグを山のように持っている場合が多い。借りた金をギャンブルや女に注ぎ込むおっさん連中が、金目の物をなにも所持していないのとは対照的だ。

「お、お言葉を返すようですが、村沢が死んだいま、そんなことやっている場合じゃないんじゃないですか……?」

川田は恐れていた――警察の追及を。

川田は恐れていた――眼前で人が死んだというのに、眉ひとつ動かさずに金の計算をしている桐生を。

桐生はさっきまで村沢に浴びせていた冷笑を、川田に向けた。世間からは畏怖されている高利貸しといっても、所詮は堅気《アマチュア》だ。桐生は、情に流されたりはしない。良心の呵責《かしゃく》を感じることもない。情や良心などというものが、いかにくだらないものかを知っている。落伍者の言い訳、偽善者のまやかしだということを知っている。

金のある者が一泊十万のホテルのスウィートルームで女をはべらせているときに、金のない者は十万を借りるために、息子のような歳のサラ金業者の罵倒を受けつつヘコヘコと頭を下げている。

金のある者が高級クラブでドンペリのグラスを傾けているときに、金のない者は大衆酒場で安酒をちびちびと啜りながら、返済のできない債権者への言い訳を考えている。

金のある者の子供は高度な教育を受け、いい服を着て、飽食三昧で、みなからチヤホヤされる。金のない者の子供は月謝さえ親父の借金に消え、薄汚い服を着て、貧しい食事に腹を空かし、みなから蔑視される。

金のある者がすべてを支配し、受け入れられ、崇《あが》められる。金のない者はすべてを支配され、弾き出され、蔑まれる。

金のある者が神であり、金のない者は惨めな奴隷。この構図は、いつの時代も変わらない。金貸しの世界は、人生の縮図だ。ふんぞり返る債権者に媚《こ》びる債務者。嘲笑を浴びせる債権者に卑しい笑みを返す債務者。金のある者が支配し、金のない者は支配される。この厳然たる真理に、情や良心などという偽善が入り込む隙はない。

桐生は知っている。情や良心で、空腹を満たせないことを。桐生は知っている。情や良心で、喉の渇きを癒せないことを。桐生は知っている。情や良心で、身を裂かれ、脳みそを掻き回され、魂を悪魔にでも死に神にでも売り渡したくなるような、生き地獄から抜け出せないことを……。

「くだらない感傷に浸ってないで、さっさと谷口のところへ行ってこい。金がないのは、首がないのと同じだ。首がないということは、つまり、死人だ。その意味では、村沢は既に死んでいた。死人がバルコニーから転落して、肉体的に壊れただけにすぎない。違うか？」

冷厳な視線で桐生は、川田をみつめた。川田の眼――ひとでなしをみる眼が、桐生に返ってきた。フローリングに散乱するスーツやバッグを掻き集めた川田は、無言で部屋をあとにした。

じめじめとした陰鬱で重苦しく湿った空気を、窓の外から忍び入るサイレンの音が震わせた。

桐生はベッドに腰を下ろし、携帯を取り出した。ソラで覚えている番号をプッシュした――佐久間《さくま》。桐生興業の顧問弁護士。四回目のコール音。受話口の穴から染み出す嗄《しゃが》れ声。

状況説明――債務者の隠れ家に乗り込んだ。腹に一発蹴りを入れた。腎臓を抜くと恫喝《どうかつ》した。ビビった債務者は逃げ出し、バルコニーから転落した。愛人はすべてを聞き、すべてをみていた。

弁護士の返答と指示――自ら飛び出して転落したので、傷害致死罪には問われない。ありうる罪状は、暴行罪と脅迫罪。暴行罪、二年以下の懲役または三十万以下の罰金。脅迫罪、暴行罪に同じ。どちらにしても、罰金で済ませる自信はある。愛人の証言は気にしなくてもよい。あくまでも殺す気はなかったことと、蹴って恫喝した行為と、バルコニーから債務者が転落した動作に継続性のなかったことを強調すること。それ以外のことは、なにも喋らないこと。

携帯のスイッチを切った。金ですべてを解決する男と、金のためならなんでもやる男の会話が終わった。佐久間の倫理《りんり》は、金次第でクルクルと変わる。ヤクザと弁護士。対極の位置にいる者同士も金の前では、きんさん、ぎんさんもまっ青の一卵性双生児だ。

桐生はモアをくわえた——火をつけた。一本吸い終える頃までには、犬《けいさつ》どもが現れるだろう。暗澹《あんたん》たる顔で立ち尽くす菊池達をよそに桐生は、涼しい顔で紫煙をくゆらせた。

金がないのは、首がないのと同じだ——川田に言った言葉。親父から、幾度となく鼓膜に叩き込まれた言葉。親父と過ごした月日に比べれば村沢の死など、このマンションにくるときに踏み潰したコガネ虫と同様に、取るに足らないことだ。

フィルターだけになったモアを、灰皿に押しつけた——見計らったように、インタホンが鳴った。

第一章

1

「もう、痛いじゃないっ、放してったらあっ、このっ、くそ豚っ！」

狭い事務所内にとぐろを巻く紫煙を、明美《あけみ》の金切り声が切り裂いた。桐生はデスクに乗せた両足の先——玄関に眼をやった。

「若頭《かしら》ぁ、連れてきましたよぉ」

言いながら富樫益男《ますお》は明美をソファに突き飛ばして、自慢げな顔で桐生のデスクの前に立った。語尾を伸ばす妙なイントネーション、猛暑のせいかゼエゼエと上がる息。胸もと、腋《わき》の下をびっちょりと汗で濡らした富樫の躰から発散される生酸っぱく饐《す》えたような臭いが、桐生の鼻孔を不快に占領した。

くそ豚——富樫。明美の言葉は、特殊部隊の射撃並みに的を射ていた。

コレステロールに取り憑《つ》かれたでっぷりとした肉体《からだ》、べっちゃりと脂ぎった、肩まで垂れたロン毛、筆の先で擦《こす》ったような薄く下がった眉、腐った卵を思わせる澱んだ白眼、ぶちぶちと開いた毛穴から汗が染み出すダンゴ鼻、親指がゆうに入りそうな、正面を向いた鼻孔からはみ出す鼻毛、鼻毛の先にこびりつく鼻糞、汗と脂でてかった、生白くでかい顔にたいして恐ろしくアンバランスなおちょぼ口、おちょぼ口の奥に覗く、赤紫に腫れ上がった歯肉炎の歯茎、エナメル質の剝げた味噌っ歯。

富樫の、だぶだぶの二重顎に覆われ、省略された首の下に着込んだ気取った黒のノーカラーのシャツの腹回りは、いまにも張り裂けそうだった。

「部屋からここに連れてくるまで、騒ぐし喚くし引っ掻くしで、大変でしたよぉ。ま、俺がちょいと睨みを利《き》かせて、おとなしくさせたんで大丈夫でしたが、菊池ひとりじゃあ荷が重すぎましたね。昔、ホストをやっていたことがありましてねぇ。女の扱いには、慣れたもんですよぉ」

物憂い仕草でロン毛を掻き上げた富樫は眩《まぶ》しそうに眼を細め、自分では涼しげだと思い込んでいる粘っこい視線で女をちらりとみた。

「気色悪い眼で、みないでよっ！　なあにが女の扱いだ。あたしは、あんたみたいな不気味な男にしつっこくつき纏《まと》われるのがいやだから、ここにきたんだよっ」

女の罵声など馬耳東風《ばじとうふう》とでもいうふうに、相変わらず富樫はゴキブリの羽のように脂ぎるロン毛を、汗で湿った指先で掻き上げている。

「女って、素直じゃないからぁ、俺、嫌いっすよぉ。必ず、心で思っていることと反対のことを言うんですよねぇ～」

的外れな講釈を垂れる富樫の背後で、菊池と明美が同時に眉をひそめた。

自称モデル――赦し難きナルシスト。富樫は、己がハンサムフェイスだと、信じて疑わない。

富樫は、富樫組の組長であり、桐生の恩師でもある富樫喜三郎《きさぶろう》のひとり息子だ。親父は俠気《おとこぎ》があり、頭も切れて肚《はら》の据わった人物だが、息子のほうは度胸なしで喧嘩も弱く、そのくせ小狡《こずる》く、野卑で、自惚《うぬぼ》れ屋で、でたらめとハッタリで固めたどうしようもない口先男だった。概して、大社長の二代目などは甘ちゃんのボンボンが多いが、富樫も例に洩れず典型的な馬鹿息子だ。

大学を中退した富樫は、親父のコネで一流商社に入社したが、取り引き先の社長と些細なことで口論となり、組の名前を楯にその社長に暴行を働いた。そのときは、親父の尽力で示談となり、裁判沙汰は免れた。

その後も富樫は、やはり親父の口利きで入社した大手信販会社で会社の金をちょろまかし、愚行を注意した上司にたいして組の名前を振り翳《かざ》し、ふたたび暴行を働いた。ここでも親父の尻拭いでことなきを得た富樫は、水商売などを転々としたがどれも長く続かずに、ブラブラとプータロー生活を送り、見兼ねた親父が五年前に富樫組に受け入れ、桐生を教育係に指名した。

さすがの富樫も、富樫組ナンバー2の桐生にたいしては、親父の威光を振り翳すまねはしなかったが、弟分にあたる菊池や花井には、兄貴風を吹かしに吹かしまくっていた。気の短い菊池やイカれた花井は富樫を忌み嫌い、陰で嘲笑して馬鹿にしていたが、いくらろくでなしでも組長の息子なので、こめかみに青筋を立てながらも表面では忠実な舎弟を演じていた。

虎の威を借る狐ならぬ、虎の威を借るドブネズミのような富樫を桐生も嫌っていた。富樫が小賢しく卑しい、という理由だけではなく、もっと奥深いなにか、生理的に受けつけないなにかがあった。そのなにかが桐生にもわからなかったが、とにかく、富樫の顔、声、動作をみ聞きするだけで、無性に腹が立つ。

桐生が自らのシノギとして大久保に事務所を構える桐生興業は、富樫のほかに、組員歴四年の菊池、三年の花井、そして十年前の発足当時からいる、金庫番の柳沢《やなぎさわ》の五人のメンバーで運営していた。

柳沢は、組員歴十六年の桐生に次ぐ十二年の古株だが、四十歳までは区役所に勤めていた経歴を持つ変わり種だ。

その柳沢が、とてもヤクザ者にはみえない七三分けの頭に地味なグレイのシングルスーツといった出で立ちで、富樫の横に立ち、桐生に明美のデータを渡した。顧客データの作成は、戸籍住民課に籍を置いていた柳沢にはお手の物だった。

戸籍住民課。住人の転入、転出を管理する部課。

十二年前、二十四歳の桐生は、当時若頭だった富樫喜三郎が経営していた闇金融の不良債務者を追い込んでいた際に、柳沢と知り合った。富樫喜三郎が経営していた闇金融は、高利で金を貸しつける以外にも、ほかの金融会社の不良債権を額面よりも安く買い叩いて追い込む切り取り業もやっていた。事務所が大久保にあった都合上、新宿区役所の戸籍住民課に籍を置いていた柳沢とは、月のうち半分は顔を合わせていた。

ある日桐生が、いつものように不良債務者の住民票を追うため区役所を訪れたときに、複数の風体《ふうてい》の悪い男に囲まれている柳沢の姿をみた。男達は、ノミ屋の賭け金の回収を請け負ったチンピラだった。ノミ屋を利用して競馬で五十万の金をすった柳沢は、胴元に金を返済できずにいたのだ。いままでなにかと便宜を図ってくれていた柳沢のために、桐生は富樫喜三郎に頼み込んで五十万を肩代わりしてやった。一週間後の給料日までの支払い期限で、利息は三割。

結局、チンピラに押しかけられた騒ぎで柳沢は職場に居づらくなり、給料日後に退職した。元利合わせて六十五万の金を給料だけでは完済できず、柳沢は、富樫喜三郎のもとで切り取りの手伝いを始めた。

几帳面な性格で、区役所関係者に人脈が豊富で、書類作成能力に秀でた柳沢は、予想に反して闇金の仕事でメキメキと頭角を現した。一ヵ月の無給扱いで富樫組長への債務を完済した柳沢は、その後、正式に富樫組の構成員になった。

二年後、富樫喜三郎が、父であり先代の富樫五郎《ごろう》の引退を受けて跡目を継ぐのと時を同じくして、桐生は若頭に抜擢され、闇金の仕事を引き継いだ。以来、柳沢は、暴力と巻き舌しか知らない連中が揃う桐生興業にとって、貴重な戦力となった。

「不動産屋のほうには手を回して、敷金の二十万は押さえました」

わし鼻に乗っかった銀縁眼鏡を中指で押し上げながら、柳沢が事務的に言った。競馬新聞をみつめるとき以外の柳沢の眼は、なにごとにたいしても冷静で、勝馬を予想するとき以外の柳沢の口調は、いつなんどきでも物静かだった。

桐生はデスクから両足を下ろした。デスクチェアから腰を上げ、事務所中央に設置されたソファでふてくされる明美を顎でしゃくり、菊池に合図した。

合図――VIPルームに連れてこい。

桐生は、己のデスクの横にあるスチールドアのノブに手をかけた。重厚な手応え。厚さ六センチはある防音仕様のドアが、陰気な啜り泣きのような音を立てて開いた。

☆

二十坪の事務所を二分《にぶん》して作った、薄暗い空間。左手の窓際にソファセット、ソファの脇、壁沿いに横並びしたテレビ、酒棚、冷蔵庫、右手にパイプベッドがふたつ。フロアに、ランダムに点在する丸椅子とパイプ椅子。

菊池の怒声に追い立てられた明美は、三人掛けのソファに座らされた。両脇を、富樫と菊池が固めた。桐生は電灯のスイッチを入れ、明美の正面のソファに腰を下ろした。青白い蛍光灯の明かりが、蒼白な明美の顔色に拍車をかけた。

常人の二の腕並みに太い手首に嵌まる、ブルガリの腕時計に眼をやった――午前十一時三十三分。陽の落ちる時間までは程遠いが、ブラインドを下ろした北向きの窓を持つ室内は、電灯をつけなければかなり暗い。桐生興業は、大久保通り沿いの雑居ビルの一階に事務所を構えているので、ブラインドを開ければ通行人から室内《なか》の様子が丸見えになってしまう。

ＶＩＰ――最重要人物。桐生興業で言うＶＩＰは、政治家などのそれではない。貸し金を回収するまでは監禁するべき要注意客、つまり、違った意味での最重要人物をそう呼んでいる。

ＶＩＰに指名された客は防音ガラス、防音ドア、防音壁に囲まれたＶＩＰルームで、金の都合がつくまで泊まってもらう。風呂はないが、三食にカップラーメンが出され、冷蔵庫には麦茶があり、寝泊まりができて、親戚、友人に金の無心をするための電話もあるという、まさにＶＩＰ待遇の至れり尽くせりの環境だ。

金の無心がうまくいかずに、ソープやデートクラブにぶち込んだ女には、職場とVIPルームの往復のために、コワモテの運転手つきの専用車《メルセデス》まである。

もちろん、食べただけのカップラーメンの代金、飲んだだけの麦茶の代金、使用した電話料金、宿泊料金、送り迎えの車のガソリン代と運転手の人件費は、桐生独自の計算で弾き出し、融資額に上乗せして返してもらう。貸した金は、必ず回収する。回収にかかった経費も、きっちりと頂く。桐生の氷壁の心には、温情という二文字はない。

「あ、あたしを、どうする気よ？」

開き直りと恐怖が混濁した表情で訊ねる明美の全身に桐生は、質種《しちぐさ》を鑑定する質屋の親父のようなねちっこい視線を這わせた。

セミロングの髪、猫のようにキツい眼、ふっくらとした頰、ぼってりした唇、水色のキャミソールタイプのワンピースの胸もとで自己主張しているたわわな乳房、ワンピースの裾から伸びる肉づきのいい太腿。

明美は決して美人ではなく、スタイルも少し太めだが、男好きのする顔をしていた。この質種は、金になる――桐生は心でほくそ笑み、柳沢の作成した明美のデータをみた。

菅原《すがわら》明美二十一歳。勤務先名　渋谷のルージュ。職種　ファッションヘルス。勤務年数二ヵ月。源氏名　ミク。自宅マンション　渋谷区笹塚二丁目×番地×号クレージュ笹塚五〇五号。同居者　なし。備考欄　マンションの敷金二十万は確保。家具、衣服、バッグ等の動産に金目の物はなし。

「ウチからバックレて、お前こそどうするつもりだった？」

データから明美に視線を移し、桐生はドスの利いた低音で言った。

明美が、桐生興業に金を借りにきたのが一昨日。本人の申告では他社からの借り入れはなしということだったが、応対した菊池のガラの悪い人相をみても物怖じしない明美の態度をみて、桐生は嘘を見抜いた。通常、いくら世間擦《せけんず》れした風俗嬢でも、ヤクザ者が経営する金融会社の事務所に足を踏み入れたら、多少なりとも怖じ気づくものだ。

すぐさま桐生は、富樫組がケツを持つ、歌舞伎町で風俗嬢専門に金を貸している金融業者に連絡を入れた。折り返しかかってきた電話でわかったことは、明美が、その金融業者の店を含む三軒の街金から二十万ずつ摘んでいることと、借金を重ねる原因がホスト通いにあるということだった。

月に百万近く稼いでいながら、街金や闇金に手を出す理由——すべてが納得できた。客のチンポをくわえて貯め込んだ金は、右から左にホストクラブへと消えたのだろう。風俗嬢は一部の例外を除いて、ふた通りのタイプに分かれる。村沢の愛人だったみずえのようにブランド物を買い漁るタイプと、明美のようにホストへ貢ぐタイプ。スケベおやじの脂っこい肉体《からだ》を連日相手にする風俗嬢のストレス蓄積度は半端じゃなく、どこかに捌《は》け口を求める行為は、精神的バランスをとる上においても、ごく自然な成り行きなのだろう。

そんな気ままとわがままが服を着たような風俗嬢には、追い込みの腕に自信のないサラ金は、まず、金を貸さない。だが、桐生は違う。店や住まいを転々とし、金と男と時間にルーズで居直り名人の風俗嬢も、桐生にかかれば忠犬ハチ公並みに従順になる。いや、ならざるを得ない。水商売、ヤクザ、風俗嬢。お上品で軟弱なサラ金が腰を引く人物ほど、同業他社の競合相手が少なく、桐生にとっては上客であり、カモである。

「バックレるなんて、あたし、そんなつもりはなかったよ。だから、マンションに戻ってきたんじゃない。逃げるつもりなら、二度と寄りつかなかったわよ」

でたらめのオンパレード。明美の言葉に信用性など、ミジンコの目玉ほどもない。

明美には、六十万を貸していた。支払い方法は、日払いで事務所に持参。最終完済日は一ヵ月後。利息は九割。つまり、一ヵ月で元金六十万にたいして、五十四万の利息がつく。日払いの金額は三万八千円。三十日間で百十四万になり、完済となる。

風俗嬢の支払い方法を日払いとしているのには、理由がある。究極のアバウトライフを送る彼女らに、十日後に一括払いなどの悠長な契約は結べない。二、三日で店を辞める風俗嬢は、枚挙にいとまがない。

現に明美も、桐生興業で金を借りた翌日に事務所に現れずに、店《ヘルス》を無断欠勤していた。日払い契約だからこそ、すぐに異変に気づき、菊池と富樫をその日のうちに笹塚のマンションに飛ばして、朝方に荷物を取りに戻ってきた明美を捕らえるのに成功したが、十日後の決済であれば、まんまと逃げられただろう。

「昨日の期日をすっぽかさずに、ボストンバッグに荷物を詰め込んだりしてなければ、その言葉に、もう少し説得力がついたんだがな。残念だが、初回から約束を破る客の戯言《ざれごと》を信じてやるほど、俺はお人好しでもまぬけでもない。ウチで面倒をみているデリヘルで、気張ってもらおうか。日に三人も客を取れば、一ヵ月もあれば十分だ」

桐生の言葉に、明美の細く切り揃えられた右の眉がピクリと動いた。シルバーのマニキュアに塗られた五指が、ピアノを弾くように太腿の上で忙《せわ》しなく躍っている。

デリヘルとはデリバリーヘルス、つまり宅配ヘルスのことだ。一九九九年四月に施行された新・新風営法で認可されたデリヘルは従来のファッションヘルスと違い、店舗に足を運ばなくともホテルや自宅に電話一本で女のコを宅配してくれるという手軽さが人気を呼び、いまもっとも注目されている業種だ。

建前上は既存のヘルスと同様に本番《セックス》はなしだが、それを百パーセント守っている業者は少ない。客のほうは女のコと密室内で一対一になれるので、どうしても本番を期待する。また、客の立場からすれば、本番ができないのに二万円前後の金を払うくらいならデート嬢と遊んだほうがましだ、という考えに行き着くのは人情だ。あくまで建前上は非挿入の看板を掲げていても、交渉次第《かね》で挿入できる可能性があるからこそデリヘルはブームになっており、本番ができたときの達成感と優越感は、ヤレて当たり前のデートクラブよりも遥かに大きい。

当然、富樫組がケツを持っているデリヘルも、六十分一万五千円、九十分二万二千円の通常料金に一万円の上乗せをすれば、本番はOKだ。

みずえのように、ストレスの捌け口がブランド物に向いていたのであれば売り捌《さば》く商品が残っており回収も楽だが、明美の場合、稼ぎをすべて男に貢いでいたので、貸し金を回収するには肉体《からだ》を売るしか方法はなかった。

「とにかく、逃げるつもりはなかったの……。昨日は、知り合いが倒れちゃって、泊まり込みで看病に行ってたのよ。それで、着替えの下着なんかが必要で、マンションに取りにきたの。ねえぇ、お願い……。昨日のことは謝るわ。今夜からちゃんと店《ヘルス》に出てぇ、お金は払うからぁ、今回だけはぁ、見逃してよぉ」

甘えた鼻声。開き直った態度から、色仕掛けに方向転換した明美はこれみよがしに足を組み、上目遣いで桐生をみつめた。太腿の奥に覗くパンティが、桐生の視界に入るよう計算されたアングルだ。

明美は勘違いしていた。股間を膨らませ、充血した眼をギラつかせるヒヒじじいならば小便臭い色気で取り込めるかもしれないが、自分には通用しない。明美じゃなくとも、それは同じだ。自分を欲情させるのは、昔もいまもこれからも、福沢諭吉の苦み走った顔しかない。

「吹かしてんじゃねえよっ、こらぁっ！　ホストに股を開くのが、看病だっつうのか、おぉ!?」

テーブルを両手で叩き、菊池が吠えた。

「ホストなんかじゃないわよ。あたしの友達がひどい熱を出して――」

「もういい、やめろ」

桐生は冷ややかな声で、明美の言葉を遮った。見え透いた嘘を延々と聞く気はないし、たとえ明美が本当のことを言っていたにしても、桐生の心は変わらない。

「富樫。菊池と一緒に、この女を赤堀《あかほり》のところへ連れて行け」

赤堀――池袋でデリヘルを経営する、富樫組の企業舎弟。

「さあっ、お嬢さぁん、行くよぉ～」

富樫が腫れぼったい瞼でウインクして、明美の腕を摑んだ。

「やめてよっ、気持ち悪いって、言ってるじゃないっ。ねぇえ、社長さぁん。あたしぃ、ほかのことならなんでもするぅ、なんでもするからぁ、赦してぇ」

富樫の腕を振り払い立ち上がった明美は、お色気ボイスを発しながらテーブルを乗り越え、桐生の腕に胸を押しつけてきた。

桐生も立ち上がり、明美のセミロングの髪を左手で、キャミソールタイプのワンピースの上から乳房を右手で鷲摑みにした。明美の眉根が、苦痛に歪《ゆが》んだ。桐生のグローブのような掌の中で、明美の乳房が悲鳴を上げた。

「いつまでも調子こいてんじゃないっ、あぁっ!? 俺にサービスするんなら、客にしろやっ。赤堀の店で五十本のチンポくわえ込めば、百二十万にはなる。それまでの食費やなんやらをお前の借金に上乗せしたら、ちょうどトントンってところだ。眼を閉じてりゃ、ホストもヒヒじじいも同じだ。気張って、稼いでこいや」

桐生は明美の鼓膜に冷淡な言葉を送り込み、ニヤニヤとことの成り行きを見守る富樫に突き飛ばした。左掌に、抜けた明美の髪の毛がへばりついていた。

「ひとでなしぃっ!」

踵を返してVIPルームをあとにする桐生の大きな背中を、明美の罵声が追ってきた。

☆

電話が鳴った。川田だった。二ヵ月間行方不明の不動産経営者の不良債権二百万を、買ってほしいとのことだった。二十万でなら、と了承し、桐生は電話を切った。また、電話。リサイクルショップの谷口。なにかいいブランド品はないか、とのお伺い。いまはない。にべもなく答えて受話器を置いた。間を置かずに喚くベル。卑しい響きを帯びた嗄れ声――弁護士の佐久間。

『おたくでも相手にしないような多重債務者がいたら、回してほしい』。佐久間の目的――報酬。パンク寸前の客を丸め込み、債務整理や破産をさせる。報酬は債務総額の一割。五百万の借金を抱える客なら五十万が、一千万の客なら百万が佐久間の懐に入る。適当にあしらい、佐久間の嗄れ声を断ち切った。

桐生はデスクの上に両足を投げ出し、モアをくわえた――オニキス製の卓上ライターで火をつけた。

金、金、金。どいつもこいつも、血肉《かね》に群がるハイエナだ。それは自分も同じだ。鋭敏な聴覚で獲物《カモ》の啼《な》き声を聞きつけ、貪欲な視覚で獲物《カモ》の姿を追い求め、優れた嗅覚で血肉《かね》の匂いを嗅ぎつける。そして、その屈強な顎は狙った獲物《カモ》の肢体を一片の肉さえも残さずに、骨ごと嚙み砕く。

肺深くに吸い込んだモアの煙を、勢いよく吐き出した。拡散する紫煙の先――フロア中央に設置された黒革張りのU字形のソファ。ソファに腰を下ろし、受話器片手に明日期日の客に確認の電話を入れる柳沢、富樫組の息がかかっている歌舞伎町のレース喫茶――ノミ屋――に売上げ金の集金に回っている花井、二十分ほど前に、青白い顔をして返済の金ができなかったことを告げに事務所に現れた印刷会社経営のおやじを、親戚や知人の家に引き回している菊池、VIPルームで明美を監視している富樫……。

桐生の周囲にいる者はみな、いかにしてカモから金をかっ剝《ぱ》ぐか、それだけしか頭にない。

VIPルームのドアが開いた――ロン毛を掻き上げながら富樫が現れた。

「若頭《かしら》、あの女《アマ》、同じ店で働いているヘルス嬢に立替払いを頼んだみたいなんですよぉ。なんでも一時間くらいで到着できるそうですが、どうしますぅ?」

妙なイントネーション、毛穴の開いたダンゴ鼻、澱んだ眼、粘っこい視線――虫酸が走った。急に煙草がまずくなり、モアを灰皿に押しつけた。不快と嫌悪が桐生の皮膚に鳥肌を呼び寄せた。いらついた視線を、ブルガリの文字盤に投げた。十二時七分。

「一時まで待ってやれ。それで仲間がこなければ、赤堀のところへ連れて行け」

桐生は、吐き捨てるように言った。いらつきの原因――富樫。だが、なぜ富樫をみているといらつくかの理由はわからない。

「わかりましたぁ」

フケのへばりつく頭を下げ、富樫はVIPルームへと戻った。ドアが開いた瞬間、凍てついた顔でソファに座る明美と視線が交差した。明美の眼――ひとでなしをみる眼。一週間前、村沢が死んだときに、川田も同じ眼で桐生をみた。

村沢の死後、警察の事情聴取を受けた桐生は、佐久間の手腕《うで》のおかげで、なんの罪にも問われなかった。

佐久間の手腕《うで》――「債務者は融資を受けた翌日から勤務先を休み、八月一日の契約時に返済方法の証明として提示していた賞与振り込みの銀行の口座も、七月末には既に勤務先に変更の手続きを行っていた。つまり、最初から返済をする気はなかったということになる。その上、債務者は契約書に記入した世田谷の自宅に妻と子供を置き去りにして、ソープランドに勤めている十九歳の女性のマンションに身を隠していた。以上のことからわかるように、債務者の行為は悪質且つ計画的なもので、詐欺罪にもあたる。同様の手口で被害を受けた金融業者は本件の債権者を含めて八軒を超え、被害総額は三百万にも上《のぼ》る。本件の債権者が債務者の潜むマンションを訪れ、契約書に基づいた金額の返済を速やかに履行するよう要求した結果、狼狽した債務者が自らバルコニーから転落して死亡したことについて、債権者側にはなんの落ち度もなく、脅迫罪にもあたらない」

村沢に同情的要素はないということを、巧妙に警察に印象づけする佐久間の戦略は見事に嵌まった。印象づけされただけではなく警察も、村沢が賞与振り込みの銀行口座を七月末に変更していたことを勤務先の経理の人間から、自宅に帰っていなかったことを妻から、詐欺同然の手口で金を騙し取っていたことを複数のサラ金業者から、裏付けを取っていた。

腎臓を抜く、と桐生が村沢を脅したことを証言するみずえの言葉も、詐欺師を匿っていた不倫相手のソープ嬢という不利な構図が影響して、まったく信憑性に欠けていた。

結局、事件当夜と翌日の二日間にわけての事情聴取だけで、桐生は解放された。

解放された桐生がまず最初にやったことは、村沢の告別式の日取りと場所を調べることだった。

世田谷斎場。黒装束で固めた参列者達が椅子に座り、神妙な顔で坊主の読経《どきょう》に耳を傾けていた。

菊池と花井を引き連れた桐生は、村沢和子《かずこ》の名を叫んだ。村沢和子——村沢の女房。故人を偲《しの》ぶふりをして神妙に俯いていた参列者達が顔を上げ、訝しげな視線を一斉に桐生達に注いできた。不憫《ふびん》と憐憫《れんびん》の偽りの仮面をつけた偽善者《さんれつしゃ》どもの顔に底意地の悪い好奇のいろが浮かんでいるのを、桐生は見逃さなかった。坊主だけは、なにごともなかったように読経を続けていた。心で、借金取りに追われ、逃げ込んだ愛人宅のバルコニーから転落した故人を嘲笑しているだろう参列者の数は、ざっと数えただけでも百人はいた。

どよめきとざわめき、驚愕と驚倒《きょうとう》が占領する斎場の空気を掻き分けつつ、和子は歩み寄ってきた。

憔悴《しょうすい》した和子の顔は、死に化粧を施したように青白かった。隈と小皺に縁取られた瞼の奥の瞳には、今後の生活にたいする不安、娘のような歳の愛人宅で死んだ亭主にたいする失望と憎悪、野次馬に変貌した参列者にたいする羞恥、葬儀にまで現れた桐生達にたいする困惑と恐怖がごちゃ交ぜになって浮かんでいた。

――旦那には、百万からの金を貸している。貸し金を回収できないうちに、村沢は死んだ。奥さん、こんなときに悪いが、代わりに払ってもらうよ。だが、俺も鬼じゃない。特別に、半金の五十万で手を打ってやる。

桐生は、目尻を裂かんばかりに瞼を見開く和子に、金銭消費貸借契約書を突きつけた。

貸し金を回収できないうちに、村沢は死んだ――嘘っぱちだった。みずえの、エルメスやシャネルの服とバッグを谷口に売り飛ばし、百万の金は回収済みだった。

五十万を和子に要求する理由――佐久間への報酬。へたをすれば傷害致死罪に問われて、数年間刑務所にぶち込まれても不思議ではなかった桐生を、二日間の事情聴取だけで済ませた佐久間には、たっぷりと褒美をくれてやらなければならない。だが、自腹を切る気はなかった。村沢がどんなにくだらないカス野郎でも、和子の亭主には変わりない。亭主の尻を拭うのは、女房の務めだ。若い女の肉体に溺れ、桐生を引っかけ金を騙し取りさえしなければ、村沢も死ぬことはなかった。佐久間に弁護を依頼することもなかった――五十万なんて金を払う必要性もなかった。

――でも……。これは、あの人が勝手にやったことです。お支払いする義務もありませんし、お金もありません。どうか、お引き取りください……。

ありったけの勇気と気力を振り絞り、捻り出した和子の掠れ声。その掠れ声を、桐生の冷笑が呑み込んだ。

――奥さん、支払い義務はあるさ。相続法ってのを知っているだろう？　村沢名義の自宅を手放すってのなら話はわかるが、相続するんなら、同時に、負債も相続しなけりゃならない。旦那の借金を払うのがいやなら、相続権を放棄して自宅を出ることになる。ボロアパートで一から出直すってのなら、それもよし。ところで、子供さん、まだ小学生だったよな？　かわいそうになあ。たった五十万を払い渋ったために、アパート暮らしかっ！

桐生の大声に、参列者のざわめきが大きくなった。誰ひとりとして、まぬけヅラで微笑む村沢の遺影に注意を向けている者はなかった。偽善の仮面をかなぐり捨てた参列者達は、残酷な好奇心を剝き出しにして、次なる展開を固唾《かたず》を呑んで見守っていた。自ら騒ぎを引き起こした張本人の桐生は、偽善者どもをひとり残らずぶちのめしたいという理不尽な衝動から眼を逸らした。坊主は相変わらず、耳なし芳一のようにひたすら読経を続けている。地獄に仏とは、まさに役立たずの諺《ことわざ》だ。

――お願いです、大声を出さないでください。あなた様のおっしゃることはわかりました。でも、本当にいまは、お金が……。

――金はあるだろう？　香典だよ、香典っ！　参列者の数から考えても、三百万はくだらないはずだ。

結婚式と葬儀。対極の位置にあるふたつのビッグイベントは、桐生にとって最高の稼ぎ場だった。

――旦那の借金の五十万を払うのかっ、それとも負債と一緒に相続権を放棄して、ボロアパートで出直すのかっ。さっさと決めろやっ!!

菊池の怒声が、抑揚のない坊主の読経が、偽善者どものどよめきが、身も世もなく泣き崩れる和子の慟哭《どうこく》が、桐生の鼓膜を震わせた。が、和子の慟哭は鼓膜を震わせることはできても、桐生の氷の心を震わせることはできなかった。

ベルが鳴った。和子の辛気《しんき》臭い顔が消えた。受話器を取った――桐生は送話口に、低音を送り込んだ。

『おおお、お疲れです。は、は、羽田《はた》は、昨日も、ままま、負けたみたいですね』

もつれた呂律――歌舞伎町のレース喫茶に、ショバ代の回収に行っている花井。

「ほおう、あのおっさん、よく金が続くな」

『そそそ、それが、ここんとこ、は、羽田を訪ねて、街金のとと、取り立ての人間が、きき、きているらしくて、南《みなみ》も、ここここ、困っているみたいですよ』

南——富樫組がケツを持つ、レース喫茶グレード・ワンの経営者。

羽田——グレード・ワンに入り浸る常連客。桐生も羽田を一度みたことがあるが、歳は四十代の半ばで、まっ黒に陽灼けした躰をチェック柄のジャケットに包み、軽くボディパーマのかかった長髪をラフなオールバックにしている、ちょっと崩れた感じの男だ。崩れているといっても、金貸しや水商売関係の崩れかたとは違う。なんの仕事をやっているかは知らないが、四十男とは思えないファッションセンスや派手な金の遣いかたから察すると、サラリーマンでないのはたしかだ。

桐生がグレード・ワンで羽田をみかけたのは、先週の土曜日だった。桐生が到着したときは、ちょうど第四レースが発走したところで、騎手に罵声を浴びせる羽田をみて馬券が外れたのがわかった。南の話によれば羽田は第一レースからずっと負け続けており、桐生がいる間も、五レースから最終の十二レースまでぶっ通しで金を賭け続けていたが全敗だった。結局羽田は、一日で四十万以上もすっていた。

そんな調子で金を吐き出していたら、街金の金を摘むのも頷ける。傷口の浅いうちにギャンブルから手を引かなければ、近い将来羽田は、間違いなく闇金への片道切符を手にすることだろう。

「で、グレード・ワンに押しかけているのは、どこの街金だ？」

『けけけ、慶国《けいこく》ローンです』

慶国ローン。川田の、福峰ファイナンスと同じ神田にある高利貸しの街金で、やはり、富樫組の息のかかる企業舎弟だ。

「わかった。慶国ローンには、俺のほうから電話を入れておく。それから、あとで歌舞伎町《グレード・ワン》に寄ると、南に伝えておけ」

受話器を置いた。モアに火をつけた。眼を閉じた。無意識に記憶が巻き戻った。桐生を憎悪で燃え立つ眼でみつめる少年が、瞼の裏のスクリーンに再生された。掻き集めた香典袋を、桐生に渡す和子の背後に佇んでいた少年。

参列者の好奇の視線に晒《さら》され、自分を捨てた亭主の借金の尻拭いをする女の息子。家族を捨て、会社を捨て、若い女との肉欲に溺れた末に、虫けらのように死んだ男の息子。少年は、呪っている。ろくでなしの父を、ひとでなしの言いなりになって金を渡す母を、どうすることもできない無力な自分を……。憤怒と呪詛《じゅそ》を抱擁しながら立ち尽くす少年の姿に、桐生は、己の幼年時代をダブらせた。

記憶を、さらに巻き戻した。深く、深く、巻き戻した。参列者が消えた、坊主が消えた、和子が消えた、少年が消えた。巻き戻しが終了した。瞼の裏のスクリーン、漆黒のスクリーン。無間地獄――絶え間ない地獄、終わりなき地獄が、映し出された。

☆

九州の片田舎。豚や牛の寝藁《ねわら》や餌が収納された納屋の二階にある六畳の和室に、桐生、親父、祖母の三人は暮らしていた。親父は飲んだくれのくそったれで、高齢の祖母は心臓を患って床に臥《ふ》せっていた。

階下から立ち上る、寝藁に染みついた畜生の糞小便の異臭が立ち籠める和室のじめついた畳の隙間から這い出るムカデ、朽ちた天井を駆け抜ける掌サイズのアシダカグモ、ムカデとアシダカグモの毒牙から俊敏なフットワークで身を躱《かわ》し、畳に落ちた髪の毛や米粒に舌鼓を打つクロゴキブリが共存する劣悪な環境が、親父の城であり、桐生と祖母の牢獄だった。

日雇い労働者だった親父は、たまに仕事で稼いだ日銭をほとんど家には入れずに、バクチと酒に注《つ》ぎ込んでいた。当然、日々の生活は困窮を極め、桐生と祖母は親父が毎晩持ち帰る、猫ですら見向きもしないような腐りかけたイワシと梅干しをおかずに、粥《かゆ》を流し込む毎日だった。

近所の住民は、この牢獄で繰り広げられている醜悪で残酷な真実を知らなかった。外ヅラのよい親父は、住民の間の評判では、男と逃げた女房に残された義母と息子を養うために、朝から晩まで身を粉にして働く、謹厳実直な人柄として通っていた。

だが、じっさいの親父は、ジキルとハイドもまっ青のふたつの顔を近所《そと》と家《うち》で使い分けていた。親父にたいして少しでも非難めいたことを言おうものなら、胃が口から飛び出すほどに、背骨が折れるほどに殴りつけられた。そんな親父も近所の眼を気にしてか、決して顔は殴らなかった。幼く華奢な桐生の躰には、服を脱げばどす黒い痣《あざ》が豹のように斑《まだら》模様に点在していた。

親父が変貌《かわ》ったのは、お袋がいなくなってからだ。お袋は当時から溯って半年前に、パート先の店で知り合った客と男女関係になり、蒸発した。それまでの親父は酒も晩酌程度で、稼いだ日銭も家に入れ、祖母にも桐生にも優しい理想的な父親だった。が、お袋はその男に入れ揚げ、親父に内緒で勝手に貯金を持ち出して蒸発した。

女房に裏切られ、全財産を失った親父はショックで仕事も手につかなくなり、酒に溺れ、それまで住んでいた借家の家賃が払えなくなって追い出された。借家の近くで農家をしている住民が、老人と子供を抱えて路頭に迷う親父を不憫に思い、納屋の上でよければ、と、空き部屋を貸してくれた。

いままで住んでいた小汚い借家が楽園に思えるほど、新居となる納屋の上の部屋は不潔で、みすぼらしくて、劣悪だった。部屋の劣悪さと比例するように、親父の生活も荒んでいった。仕事もろくすっぽしなくなり、酒浸りになり、酔った勢いで桐生に暴力を振るい、賭場に出入りし始めた。

しかし、親父の質《たち》が悪いのは、まるで仕事に出るが如くに朝早く家を出て、近所の住民には質直《しっちょく》な父親を印象づける用意周到さだ。

周囲の誰もが、まさか親父が老人と子供にろくな食事も与えずに、酒とバクチに明け暮れているとは夢にも思わなかったはずだ。

荒廃と退廃に手を引かれて、破滅への坂道を転がり続ける桐生家に追い討ちをかけるように、心身ともに衰弱した祖母が病に倒れた。

親父が毎晩家に帰ってくるのは深夜だったので、祖母の身の回りの世話や食事の支度は桐生の役目だった。

冷蔵庫など高価な代物はなかったので、桐生は親父に、持ち帰ったイワシは土床の上がり框《がまち》に放置してくれるように頼んだ。家の中では一番、ひんやりとした場所だったからだ。冬はまだましだったが、うだるような夏のある日、翌日目覚めて上がり框に行くと、腐臭を放つイワシにまるまると太った銀バエと黒光りしたゴキブリがたかっていたことがあった。

それ以来桐生は、親父が帰るまで床には就かずに、イワシを受け取り、内臓を抜いて塩焼きにしてビニール袋の中に密封してから寝るようにした。そうすれば腐らずに、銀バエやゴキブリの襲撃を避けられると思ったからだ。

朝、学校に行く前に、前夜のうちに塩焼きにして一晩放置していたイワシをビニール袋から取り出し、梅干し粥と一緒に食卓に並べるのが桐生の日課となった。

最初の頃は自力で食事を平らげていた祖母も、次第に衰弱がひどくなり、座ることも困難になってきた。完全に寝たきりになった祖母に桐生は、イワシの身を擂《す》り鉢で潰し、擂り身をスプーンに載せて食べさせるようになった。昼に食べるための、イワシの擂り身と梅干し粥を茶碗に入れて祖母の枕もとに置き、桐生は学校へと出かける。そして帰宅したら、みたびイワシと梅干し粥の夕食の支度にかかる。

朝も昼も晩も、イワシ、イワシ、イワシ。桐生は学校の給食で、昼食だけは栄養のバランスの取れた食事ができたからましだったが、病気の祖母はくる日もくる日もイワシだった。それも、子供の眼からみても明らかに鮮度の悪いイワシだった。

あるとき、毎晩イワシを必ず持ち帰る親父の行動を幼心にも不思議に思い、勇気を出して訊ねたことがあった。酒臭い息を撒き散らし、鼻の頭を赤く染めた親父の口から出た言葉は信じられないものだった。

——父ちゃんの友達がな、魚屋ばやっとる。それで、売りもんにならんイワシばもらっとるとばい。そん友達は猫ば飼っとるとばってん、近頃の畜生は口がこえててな。鮮度の悪か魚には、見向きもせんらしかばい。

売り物にならない魚、鮮度の悪い魚、猫も見向きもしない魚。親父は、畜生の餌にもならないような腐れかけた魚をただでもらい、桐生や祖母に食べさせていたのだ。桐生は、和室の片隅に敷かれた布団の中で寝息を立てる祖母に眼をやった。

なにも知らない祖母に自分は、大好きな祖母に自分は、毎日毎日、畜生以下の餌を、腐れかけた餌を与えていた……。

——父ちゃんはなんで……家で御飯ば食べんとね……？

心が震えた、涙腺が震えた、声が震えた。罪悪感と怒りでからからに干上がった口内から桐生は、鋳割れた声を絞り出した。

——父ちゃんは、そぎゃん腐れた魚は食いとうなか。

にべもなく答えると親父は、口からげっぷを、尻から屁《ひ》を放り出しながら、焼酎を一升瓶ごとラッパ飲みした。

腹の中で、どす黒いなにかが燻《くすぶ》った——訴えた。その鬱々とした燻りがなんなのか、自分になにを訴えているのかが、十歳の少年にはわからなかった。桐生は小さな拳を握り締め、涙で霞む視界に映る親父を睨《ね》めつけた。

——なあんね？　その眼は？

一升瓶をラッパ飲みしていた親父の手が止まり、黄色く濁った眼球に浮く黒眼が、桐生をドロリと見据えた。パンツひとつであぐらをかいていた親父の躰が、桐生に向いた。

五分刈り頭、腫れぼったい一重瞼の奥に覗く鋭い眼光、下駄のような四角い顔、小鼻が横に広がったひしゃげ鼻、黒紫色の分厚い唇、浅黒く陽灼けした肌、ぷるぷると脈動する大胸筋、こぶのように隆起する上腕二頭筋。肉体労働で鍛え上げられた親父の頑強な肉体《からだ》は、桐生を圧倒した。

桐生の脳内を支配していた怒りが、恐怖に追い立てられた。抗《あらが》った。恐怖に、親父に、抗った。

——ババちゃんは、病気ばいっ。父ちゃん、バクチにばっかり金ば使わんで、おいしかものば、栄養のあるものば買ってくれんね！

——ガキのくせしてから、生意気ば言うなっ！

一升瓶が腹に食い込んだ。焼酎が飛び散った。胃袋が悲鳴を上げた。熱い胃液が、食道を逆流した。すっくと立ち上がった親父の足が飛んできた。胸を蹴られた。息が詰まった。吹っ飛び、背中を砂壁に痛打した。震動で壁から砂が、天井からアシダカグモが落ちてきた。

頭上からは、親父の怒声が降り注いだ。修羅の形相で桐生を蹴りまくる親父の軸足が、アシダカグモを踏み潰した。目尻から零《こぼ》れる涙と、ブチャッという湿った音とともに飛び散るアシダカグモの茶色っぽい体液が、桐生の頬を濡らした。

――や、安雄《やすお》さん……やめんね……保《たもつ》はまだ、小学生ばい……。

騒ぎに眼を覚ました祖母が、喘ぐような声で親父を諭した。枯れ枝のような腕を敷き布団の上で突っ張り、寝間着に包まれた痩せ細った躰を懸命に起こそうとしていた。

――うるさかっ、くそばばあは黙っとれっ！

蹴り足を止めた親父が、祖母に罵声を浴びせた。

――ぬしらふたりには、光子《みつこ》と同じ薄汚か血が流れとる。金ば盗んで男と逃げる、ろくでもなか泥棒の血が流れとるっ。ぬしらは畜生以下たいっ！　食いもんが腐っとろうがなんだろうが、畜生は文句ば言わん。畜生以下のぬしらには、腐れた魚でももったいなか。それでん文句があるとなら、ばばあも保も出て行けばよか。ここは父ちゃんの城たい。ここでは、父ちゃんは神たい。こぎゃんゴミ溜めみたいな部屋でも、父ちゃんが家賃ば払っとる。父ちゃんのおかげで、ぬしは学校に通えとる。父ちゃんのやりたかようにする。保。偉そうに能書きば垂れるなら、ばばあば連れて出て行け。学校ばやめて、働け。ぬしに、できるとか？　父ちゃんなしで、家ば借りて、ばばあば食わせて、生活できるとか？　どうするとね？　いますぐ出て行くね？　それとも、父ちゃんに謝って赦してもらうね？

光子――桐生のお袋、祖母の娘、親父の妻《ひとでなし》、家族を捨て、男と逃げた女。親父のお袋にたいしての恨みが桐生と祖母に伝染し、畜生以下の生活が始まった。奴隷の生活が始まった。

壁を背にぐったりとへたり込む桐生の眼前《まえ》にしゃがんだ親父は、焼酎とヤニで黄褐色になった歯を剝き出しにして、勝ち誇ったように嗤《わら》った。節くれ立った太い人差し指を、ひしゃげた鼻に捩《ね》じ入れ鼻糞をほじる親父をみて、桐生の腹の中でふたたび、どす黒いなにかが燻った。燻りが訴えた――親父を殺せっ。

――保。父ちゃんに謝るとよ。ババちゃんのことは心配せんでもよか。ババちゃんは腐れたイワシでもよかよ。保の愛情が籠っとるけん、ババちゃんはおいしく食べとる。嘘じゃなかよ。さあ、はやく父ちゃんに謝らんね。保は、いい子ばい。ババちゃんの宝たい。ババちゃんのことが好きなら、言うことば聞いてくれんね？

上半身を支える祖母の細腕が、小刻みに震えた。病魔に蝕まれている祖母にとっては、座っているだけでもかなりの体力を消耗するはずだ。苦痛を穏やかな微笑で塗り潰す祖母、母代わりの祖母、大好きな祖母――腹の中で燻る冥い殺意の火種を、祖母への愛情で消火した。

家を追い出され、病気の老人を抱え、十歳の少年が生きていけるわけがなかった。ひとでなしでも親父のもとにいれば、雨風も凌《しの》げるし、めしにもありつける。栄養たっぷりの学校の給食を持ち帰り、祖母に分け与えることもできる。

——父ちゃん……僕が悪かったばい……。

桐生は、聞き取れぬほどのか細い声を、嗚咽で咽《むせ》ぶ声帯から引き剝がして謝った。鼻糞をほじり続ける親父の顔が、止めどなく溢れる涙で激しく歪んだ。

——やあっと、わかったか？　今回は赦してやるばってん、今度、生意気なことば言うたり反抗的な態度ばしたら、ぬしもばばあも追い出すけんね。よかか？　いまから父ちゃんの言うことば、よぉ〜く聞けよ。金がなかとは、首がなかとと同じたい。金なしは首なし。つまり、死人っていうことたい。ぬしもばばあも金ば稼げもせんと、めし食うて糞するだけの役立たずばい。死人は糞もせん、文句も垂れん。まあだ、死人のほうがぬしらよりましばい。その役立たずのぬしらの面倒ばみとる父ちゃんは、神のごたる人間ばい。ぬしらは神に仕える奴隷と同じだけん、今後絶対に、父ちゃんに逆らうとじゃなかばいっ！

ほじった鼻糞を指先で丸めて桐生の顔面に弾き飛ばした親父は、和室の中央にふてぶてしく仰向けになり、しばらくすると豪快な鼾《いびき》をかき始め、安普請《やすぶしん》の部屋を震わせた。

いまなら、心臓を包丁で一突きすれば殺せる——ふたたび頭を擡《もた》げかけた冥い殺意から、桐生は意識を逸らした。こんなくそったれの親父でも、ひとでなしの親父でも、いなくなってしまえば、桐生も祖母も路頭に迷ってしまう。

金がないのは、首がないのと同じ。金のない奴は死人。幼心に懐裡《かいり》深く刻まれた親父の言葉——憎悪と呪詛を胸奥《きょうおう》に飼い慣らしつつ、肯定する自分がいた。

お袋を呪った、親父を呪った、運命を呪った、金を呪った。とりわけ、どうすることもできない無力な自分を呪った。

——保。よく我慢ばしたね。父ちゃんも、本気じゃなかよ。母ちゃんのことがあるけん、いらいらしとるだけばい。そのうち、昔の父ちゃんに戻るけん、恨むんじゃなかとよ。さあ、はよう顔ば洗って、ババちゃんと一緒に寝よう。

時折咳き込みながらも柔和な微笑を絶やさない祖母の顔が、いまでも、瞼の裏に焼きついて離れない。

その日を境に結ばれた、神と奴隷の雇用契約——畜生以下の食事、畜生以下の生活、畜生以下の扱い。だが、桐生と祖母が味わった地獄は、まだ、ほんの序章にすぎなかった。

「若頭《かしら》、お客さんですよ」

柳沢の抑揚のない声が、祖母の微笑を掻き消した。眼を開けた。モアの焦茶色の紙巻きが、煙草の形のまま灰皿の中で灰になっていた。

ブルガリ——十二時五十五分。救世主のご登場らしい。寸前のところで明美は、デリヘル行きを免れた。

桐生は、入り口に佇み事務所内に怖々《おずおず》と首を巡らす明美の救世主の全身に、冷厳な視線を這わせた。

2

二十五歳をすぎたらおばさん扱いになるヘルス嬢にしては、女は、薹《とう》が立っているようにみえた。多分、三十路は超えているだろう。ごわごわとした剛毛そうな髪を、無造作に後ろに束ねた女の肉まんのような顔に化粧気はなく、頬や額は無数の赤黒いニキビに覆われていた。腰にくびれの見当たらないずいぶん胴の躰をグレイのノースリーブのワンピースに包み、スカートの裾から伸びた毛深く太めの生足《なまあし》に、まっ赤なサンダルを履いている。

「富樫と明美を、呼んでこい」

柳沢に言いつけると桐生は、不安と警戒のいろをニキビ顔に貼りつかせた女をソファに促した。

子を守る母のように、脂肪たっぷりの両腕を交差させてポーチを胸前で抱き締めた女は、U字形ソファのちょうど真ん中、桐生のデスクの正面にあたる位置に座った。

大事そうに抱き締められたポーチ。大きさから推測して百万以上の現金が入っているとは思えないし、また、女の容姿では大金を稼ぐ売れっ子ヘルス嬢にもみえない。もし、こつこつと小金を貯めた預金通帳がポーチに入っているとしても、肉親でもない他人の借金を代理弁済するだけの理由が見当たらない。

桐生には、この不細工な三十路女が、ホスト狂いの友達のために百万からの金を代理弁済するかどうかが、甚《はなは》だ疑問だった。が、女が救世主になれないときは、明美に客を取らせればいいだけの話だ。友人に助けてもらった金も、股を開いて稼いだ金も、金には違いない。

「忍《しのぶ》さぁん、ありがとぉ～。きてくれないかと心配だったのぉ」

VIPルームから出てきた明美が、甘えた鼻声で女に抱きついた。相手に利用価値があると踏めば、愛玩犬並みの鼻声で媚びる明美の現金な態度から察すれば、忍という女に代理弁済の期待をしてもよさそうだった。

「明美ちゃん、あなた、いくら借金してるの？」

忍は、しなだれかかる明美の躰を押し返しながら訊いた。

「借りたのは六十万だけどぉ、一ヵ月契約で利息が五十四万もついちゃってぇ。だからぁ、百十四万を返さないといけないのぉ」

「い、一ヵ月で、ごじゅうよんまんの利息ですって……」

絶句した忍が、驚愕と非難のいろが交じった瞳を、デスクチェアに座る桐生と、ソファの傍らに立つ富樫に交互に向けた。

「け、契約したのは、いつですかっ？」

棘《とげ》を含んだ口調——桐生への問いかけ。忍は、糸のように細い眼を吊り上げて、ニキビ顔を紅潮させていた。忍の顔は、隣に座る明美に比べて倍近くでかかった。顔だけじゃなく、鼻も口も明美より遥かにでかい。忍が明美より小さいのは、眼と胸だけだ。

「一昨日だ」

「じゃあ、二日分の利息を日割りにしてください。契約してから一ヵ月も経っていないんだから、五十四万も支払う義務はないでしょう？　二日分で計算したら、利息は三万六千円になるはずです。それ以上の金額は、一円だって払いませんよ」

声を震わせながらも忍は、きっぱりと言い放った。

「あのさぁ～、おばはぁん。あんたのその顔じゃあ客がつかなくて、稼ぎが悪いのはわかるけどよぉ、あんましふざけたことばっかり言ってると、俺、怒っちゃうぜぇ。あんたの友達だったら、男好きのする顔してるし、五十四万の利息なんて、あっと言う間に稼ぐんじゃあねえかぁ」

富樫が例によって、気色の悪いイントネーションで毒づいた。

「なっ……」

忍は、KOされたボクサーさながらの腫れぼったい瞼を目一杯見開き、息を呑んだ。ポーチを抱える両腕が、白っぽくなった唇が、ぷるぷるとバイブレーションしていた。瞬間、明美が、あるかなきかの意地の悪い微笑を口もとに湛《たた》えたのを、桐生は見逃さなかった。

「ひっどぉ～い。忍さんは献身的で、サービスもいいしぃ、根強い人気があるのよぉ。私なんかたまたま運がよくて指名が多いだけでぇ、まぐれだわ」

心にもない言葉――借金を払ってもらうためならば明美は、犬を猫と、猫を虎とでも言うだろう。

桐生は、ふたりの関係に思惟《しい》を巡らした。男にモテない保護者気取りのお節介な女に、男と金にだらしない甘え上手の女。女同士、特に水商売や風俗で働く者同士にありがちな関係だが、それだけではないなにかが、ふたりにはあるような気がする。

「それにぃ、忍さんの本業は看護婦さんなのよ。稼ぎが悪いどころか、お金持ちなんだからぁ。利息を値切ってるのはお金がないからじゃなくてぇ、道理に合わないことは嫌いな人なのよ、彼女は。ねっ？　忍さん」

「そ、そうでもないわよ。ここのとこ、いろいろと出費も多かったし……」

曖昧《あいまい》に言葉を濁す忍をみる明美の瞳に、微かながら不安のいろが浮かんだ。

「でも、あたしを助けてくれるお金を貸すくらいはあるんでしょ？」

「だから、あなたが借りた六十万と二日分の利息なら持ってるけど、百十四万なんてお金はないわよ」

「ないって……。どうして!?　忍さん、病院のボーナスが入ったばかりじゃないっ。二週間前に、貯金が三百万を超えたって言ってたじゃないっ。ねえっ、どうしてっ!?」

明美のカマトトぶっていた甘え声が詰問口調に豹変し、忍を責め立てた。トロい女を演じていた、ほんわかした眼は、カモった客が文なしだとわかったときのぼったくりバーの店員のように吊り上がっていた。

「そんなこと、明美ちゃんに関係ないでしょう？　もともと、あなたが作った借金だし、本当は私が払う筋合いのものではないのよ」

「玉城《たまき》さんでしょ？　エステのキャッチセールスやってるあの男に、貢いだのね？」

忍の広大な面積を持つニキビ顔に、狼狽が駆け抜けた。

「あ、あなたには関係ないって――」

「関係は大ありよっ！　デリヘルに売り飛ばされるかもしれない友達よりも、あんな軽薄な男のほうが大事なの？　忍さん、まさか、彼を本気で信じているんじゃないでしょうね？　彼の目的はあなたじゃなくて、お金なのよ。お・か・ねっ！」

「玉城さんのことを、悪く言うのはやめてっ。たしかに彼はキャッチセールスの仕事なんてして、うわついてみえるけど、根は純粋でまじめな人よ。田舎にいる年老いたお母さんが癌を患っていて、それで彼、手術費を稼ぐために必死になって働いてるの。私、看護婦をやっているから、癌になった患者さんを持つ身内の人が、経済的にも精神的にもどれだけ大変かが、よくわかるのよ。それに、お母さんの手術が無事成功したら、まっとうな仕事に就いて、私と結婚するって言ってくれたわ」

言って忍は頬を赤らめて、下唇を噛んではにかんだ。

エステ、キャッチセールス、玉城。ふたりのやり取りにじっと耳を傾けていた桐生は、明美と忍の会話の断片を拾い上げた。

エステティックサロンのキャッチセールス——渋谷や新宿あたりの路上で、若い女性に声をかけて事務所に連れ込み、高額な化粧品や美顔器具を売りつける営業マン。恐らく忍は、そのエステティックサロンの客で、玉城という営業マンに入れ揚げて大金を注ぎ込んでいるのだろう。

だが、玉城の店がインチキなのは、忍のニキビ顔と、冬眠前の熊のように皮下に蓄えられた脂肪と、手足の表皮に密集する黒々とした毛が証明していた。

忍が、どれだけの金と月日を玉城の店に費やしているのかは知らないが、美顔、痩身、脱毛のどれひとつをとっても、効果が現れているとは思えない。

「その田舎のお母さんは、さぞかし若くて綺麗な女《ひと》なんでしょうねえ？」

メンソール煙草に火をつけた明美は、窄《すぼ》めた唇から嘲笑交じりの皮肉を、紫煙とともに吐き出した。

「そ、それ、どういう意味よっ？」

忍は気色《けしき》ばみ、顔前にまとわりつく紫煙を手で払って明美を睨みつけた。

「わからないの？　玉城さんの言っていることは、全部でたらめってことよ。田舎のお母さんが癌を患っててお金が要るだなんて、そんな見え透いた嘘、いまどきの小学生だって信じないわ。もう一度言うけど、彼の目的はあなたからお金を引っ張ることだけ。お金がなくなったら結婚どころか、粗大ゴミみたいに捨てられるのが落ちよ。まあ、あの男《ひと》のことだから、田舎のお母さんが死んだとかなんとか適当な言い訳を並べて、話をうやむやにするでしょうけどね」

明美の高笑い――忍が歯噛みして、唇を噛んだ。

明美と忍の関係が、なんとなく読めた。明美が玉城を知っているということは、彼女もまた、エステティックサロンの客である可能性が高い。明美が貢いでいる女誑《たら》しは、ホストだけとはかぎらなくなってきた。

明美はともかくとして、忍が不似合いな風俗《せかい》に足を踏み入れた原因が、玉城にあるのは間違いない。明美と忍が玉城の店の客同士として出会ったのが先か、職場《ヘルス》で出会ったのが先かはわからないが、ひとつだけはっきりしているのは、ふたりを繋いでいるものが友情なんかではないということだ。

「私、帰るわっ。こんな不愉快な思いをしてまで、どうしてあなたの借金を払ってあげなければならないの。自分の尻拭いは、自分でするのね」

「あっ、そう。いいのね？　あたしにそんな態度をしても？」

憤然と立ち上がりドア口に向かいかけた忍の足が、明美の言葉でピタリと止まった。

「玉城さんに、ぜぇ〜んぶ言うわよっ。四十万の美顔器を買ったお金も、百万の痩身コースのチケットを買ったお金も、ヘルスで客のアレをくわえて稼いだお金だって、あなたが風俗嬢をやってるって、ぜぇ〜んぶバラしてやるから」

「明美ちゃん……あ、あなたって人は……」

振り返った忍はロウ人形のように表情を失い、同時に、言葉も失った。

「女って、醜いなぁ。だからぁ、嫌いなんだよねぇ〜」

涼しげな顔で煙草を吹かす明美と、立ち尽くすロウ人形を愉しげに見比べていた富樫が、己の醜さは棚に上げて、歯肉炎で腫れ上がった歯茎を剝き出しにして笑った。柳沢は、一糸乱れぬ七三分けの髪の毛同様に、身動《みじろ》ぎひとつせずに桐生の横に立ち、ことの成り行きを物静かに見守っていた。

肉親でもない知人の借金の代理弁済にきた忍と、代理弁済を頼んでおきながら、挑発的な態度を取り続けていた明美。気の合いそうもないふたりの繋がり——弱味。すべてに納得がいった。

明美の言うように、どうせ玉城は忍を利用しているだけだろうから、真実を知ったからといってどうなるものでもない。むしろ玉城は搾《しぼ》り取る金が増えて、心でほくそ笑むに違いない。が、桐生は忍に余計な忠告をする気はなかった。明美をデリヘルにぶち込み、ちまちまとギャラをピンハネするよりは、忍に肩代わりさせるほうが、よほど安全で効率がいい。

「あんた、この女の借金を払う気があるのかないのか、はっきりしてくれないか？　払う気がないんなら、気を持たせるようなまねはやめて、さっさと帰ってくれ。早速こいつをデリヘルの事務所に連れてって、客を取らせなきゃならないからな」

桐生は、わざと素っ気ない口調で忍に言った。結果はみえていた。忍が玉城に入れ揚げていると明美に知られたときから、明美の呼び出しに応じてこの事務所に足を踏み入れたときから、忍が代理弁済を引き受けることはみえていた。

「預金を下ろしても、元金分の六十万しかありません。利息の五十四万は、どうすればいいんですか……？」

忍の消え入りそうな声に、さっきまで利息を値切っていたときの威勢のよさは感じられなかった。

デスクチェアから腰を上げた桐生は、壁沿いに設置してあるルーミーケースから金銭消費貸借契約書を取り出して、忍の前に置いた。

「利息の五十四万は、あんたの借金になる。返済期日は今日から数えて十日後で、利息は三割。本来なら、風俗嬢には十日後決済なんて契約は結ばないんだが、代理弁済を引き受けたことに免じて特別にそうしてやる」

「利息にも、三割の利息がつくんですか……」

誰にともなく忍は、独り言のように呟いた。他人の借金、しかも高利の利息分にたいしてさらに高利の利息を上乗せされるという理不尽な要求を押しつけられているにも拘らず、忍が席を立つ気配はなかった。

「金額欄に、利息込みの金額七十万二千円を漢数字で書くんだ。いやなら、帰ってもいいぞ。無理に、他人《ひと》の借金の責任を取る必要はない。だが、明美が、玉城って男にあんたがヘルスで働いているってことをチクる行為にも、責任は取れないがな」

忍を見下ろす格好で仁王立ちの桐生は、片方の口角を吊り上げ、酷薄な笑みを漏らした。

忍の震える指先がボールペンを摑むのを合図に、青白い光が数回明滅した。フラッシュ――インスタントカメラを構えた柳沢を見上げる忍の顔が、不倫現場を激写された芸能人のように凍てついた。

「気にしなくていい。あんたがきちんと返済をしてくれたら、この写真は用なしだ。が、万が一にも飛んだりしたら、玉城って男にこの写真をみせて、忍というヘルス嬢がどこへ消えたか知らないか？　と訊ねることになる」

忍の弱味はもはや、明美のものだけではなくなっていた。

カメラから吐き出されたフィルムがフロアに舞い落ちる乾いた音と、紙面を滑るボールペンの硬質な音に交じって、啜り泣きが聞こえた。金額欄、返済期日欄、氏名欄、住所欄――書き進められた忍の達筆な文字が、涙で滲んだ。

「通帳と印鑑と部屋のカギ、それと千円札を出せ」

取り上げた金銭消費貸借契約書に、捺印漏れや記入漏れがないか隈なく視線を這わせた桐生は、熊手並みに大きな掌を広げて忍に突きつけた。

「いまからウチの柳沢と銀行に行って六十万を下ろし、合カギを作る。千円は、契約書の書類代と合カギの代金だ」

桐生は、涙と鼻水に塗《まみ》れたニキビ顔に疑問符を貼りつかせる忍に、冷たく言い放った。

「ええ〜っ!?　合カギ代や書類代まで払うのぉ？　せっこぉ〜い」

デリヘル行きを免れた明美は、他人事のように両肩を竦《すく》めて素頓狂な声を上げた。

はした金でも、金は金だ。ホストに大金を垂れ流す明美、キャッチセールスの男に大金を騙し取られる忍。金の力を、金の怖さを知らないくそ女どもには、はした金の有り難みがわからない。

はした金さえないために、地獄をみてきた男がいる、神《あくま》の奴隷になった男がいる、神《あくま》を殺した男がいる……。

リプレイされそうになった悪夢《きおく》を打ち消し、忍をみた。忍――濁音交じりに洟《はな》を啜りながら、ポーチに手を入れていた。いま話題になっている画家の絵がプリントされた預金通帳、銀行印、カギ、皺々の夏目漱石がテーブル上に並べられた。

桐生は、夏目漱石以外を柳沢に渡して踵を返した――デスクに戻った。

「忍さぁん、ありがとう。さっき言ったこと、本心じゃなかったのよぉ。あたしぃ、頑張って働いてぇ、必ず忍さんにお金返すからぁ。この恩は、一生忘れないわ」

ふたたび猫撫でモードに切り替わった明美の声色――でたらめを製造する唇。果たされることのない約束。今後、明美の稼いだ金がホストの装飾品を増やすことはあっても、忍の懐に戻ることはないだろう。

だが、そんなことはどうでもよかった。他人《ひと》を騙して得た金だろうが、脅迫して得た金だろうが、強盗をして得た金だろうが、自分の手もとにくるまでの過程などどうでもいい。金に、きれいも汚いもない。肝心なのは、金を支配する人間になれるか、金に支配される人間になるか、それだけだ。

抜け殻のように立ち上がった忍は、夢遊病者の足取りでドアへと向かった――柳沢があとを追った。

「富樫。柳沢が金を下ろして戻ってくるまで、女を部屋《VIPルーム》に入れておけ」

明美と忍が富樫と柳沢に促され、それぞれのドアへと吸い込まれた。いつものようにデスクに両足を投げ出した格好でモアをくわえた桐生は、くしゃくしゃの千円札の皺を丁寧に引き伸ばした。顔に張りを取り戻した夏目漱石を、チ・バルトロメイのクロコの財布にしまった桐生は受話器を摑み、番号ボタンをプッシュした。

『もしもぉ～しっ』。ぞんざいで威圧的な声――慶国ローンの清水《しみず》。電話の主が桐生だとわかったとたんに清水の口調は、話しかた教室の講師のように、品のいい敬語に早変わりした。

☆

五十二の蹄《ひづめ》が奏でる地鳴り、砂を蹴散らす十三頭のサラブレッド、空を切り裂く鞭の音、沸き上がる歓声、先頭を走る馬の名を絶叫するアナウンサー――グリーンチャンネルで放映されるナイター競馬の第十レース。

「そのままっ、そのままっ！」「ほら行けっ、差せっ、差せぇぇーっ！」「一、三っ、一、三っ、いちさあぁぁーんっ！」

缶ビールを片手に唾を飛ばすサラリーマン、ラーメンを啜る箸を持つ手を振り上げる水商売ふうの男、アイスコーヒーのストローをおちょぼ口でくわえたまま凝固するオカマ、煙草の紫煙と騎手への怒声を撒き散らす禿《はげ》おやじ――レース喫茶グレード・ワンの店内は、乱れ飛ぶ怒号と充満するアドレナリンともうもうと立ち籠める紫煙で、噎《む》せ返るような熱気に溢れていた。

どの眼もこの眼も、僅か二分にも満たない刹那の希望に血走り、どの口もこの口も、身勝手な願いを籠めた馬の走りに一喜一憂し、罵声と歓声を交互に吐き出している。

グレード・ワンは会員制で、歌舞伎町のさくら通り沿いに建つ雑居ビルの地下一階に店舗を構えていた。十五坪ほどの店内に丸テーブルが十卓ランダムに配置され、テーブルごとに三脚の椅子が備えてある。フロアの出入り口を入って、テーブルを挟んだ正面に置かれた30インチ以上はありそうな特大サイズのテレビのブラウン管は、自称馬券師達の熱い視線を釘づけにしている。

テレビの横にある簡素なカウンターの奥が小さな厨房になっており、ウエイター兼コックがサービスとして客に出しているインスタント食品の調理をする場所だ。

グレード・ワンが入室しているビルの一階は、経営者である南の事務所になっていた。事務所で身分証などを提出させて、会員希望者の簡単な面接を行う。客に成り済ました警察関係者の潜入と、負けが込んだ客が警察にチクるのを防止するためだ。自宅や会社住所を店側に知られてしまうと、チクったのがバレたときに仕返しをされるんじゃないかと考え、客も馬鹿なまねはしなくなるものだ。

開業して六ヵ月の間に目立ったトラブルも起きずに、グレード・ワンの経営も順調に進み、会員の紹介でネズミ算式に増え続けた会員数は現時点で百人を超えていた。

桐生は、フォークに巻きつけたナポリタンを口に放り込んだ。うまくもまずくもなかった。もともと、この店に食事を摂《と》る目的でくる客はいない。

グレード・ワンでは、平日は地方競馬、土日は中央競馬のレースを店内のテレビで放映し、食事や飲み物を提供して馬券を受ける。賭け金の一割はサービスで、一レースに賭ける上限は十万円だ。つまり、一万円の馬券を九千円で、十万円の馬券を九万円で買えるわけだが、逆に、どんなに自信のあるレースでも十万円までしか賭けることができない。

ようするにグレード・ワンはノミ屋だが、一昔前のように小汚いマンションの一室に、チンピラがたむろして客からの電話を受けるといったスタイルではない。

従来のノミ屋とグレード・ワンの違いは、現場にいる人間が堅気だということと、賭け金が後払いではなく、先払いということにある。いままでは、まず、客から電話を受けて月曜日に集金をして、当たった客には水曜日に支払うなどの方法が一般的だったが、このやりかただと堅気には無理だ。バクチ狂いの客は概して金に汚く、負け金を払う金がないと開き直る奴も多い。

そんなふてぶてしい客から金を毟《むし》り取るには、荒っぽい取り立てのノウハウを持っているヤクザ者でなければ難しく、堅気がのこのこと出て行っても、のらりくらりと躱されるか、出るとこに出よう、と逆に脅かされるのが落ちだ。

そんな事態を回避するために考えられたのが前金制度で、この方法ならば回収にまつわるトラブルも起こらないし、堅気にも安心して店を任せられる。

暴対法が実施されてから、ヤクザ者にたいしてなにかと警察の眼は厳しくなり、グレード・ワンのように表に堅気を据えて、裏で上がりを抜くというようなフロント企業的になったノミ屋が主流になりつつある。ここ歌舞伎町だけでも、レース喫茶と呼ばれる新手のノミ屋の数は数十軒にも上る。

堅気を前面に出した狙いは警察の摘発から逃れるだけではなく、客層の底辺拡大にもあった。ヤクザ丸出しの連中が群れるマンションに電話をするといった馬券の購入法だと、当たったときに本当に払い戻してくれるのか？　賭け金の集金にはどんな人間が現れるのか？

などの不安がつき纏い、利用客が擦《す》れ枯らしのバクチ狂にかぎられるのは必然だった。

それが、応対するのは柔和なウエイターで、その場でレースが観戦でき、おまけに飲み物と食事がサービスといったレース喫茶になれば、客層がガラッと変わるのも必然だ。

いま桐生が眼の前にしている、二十人はいるだろうグレード・ワンの客も、一部の水商売ふうの男やオカマを除けば、ほとんどが地味なスーツに書類鞄をぶら提げたサラリーマンらしき客だった。

客層の底辺拡大に成功したグレード・ワンは、平日でも十卓のテーブルはいつも満席で、土日の中央競馬の開催日になると立ち見客まで現れる。客さえ集まれば賭場の常で、店側がマイナスを出すことはありえない。

へたの横好き客が一日に賭ける金が約八十万で、まぐれ当たりの客に払い戻す金が約四十万。差し引き約四十万の抜き。中央と地方を合わせて月に二十開催と計算しても、一千万弱の利益が上がる。ボロい商売だ。

冷凍物のスパゲティやピラフ、バッタ屋から一本十円程度で仕入れる、賞味期限切れ寸前の缶コーヒーをグラスに移しただけのアイスコーヒー、同じくバッタ屋が、倒産した酒屋の品を借金の形《かた》に押さえた街金から買い叩いた缶ビールなどの経費は、たかが知れている。

南からは、毎週月曜日に売上げの半分を集金している。集金した金の六割を富樫喜三郎に納め、四割が桐生の取り分だ。月に八百万の上がりとして四百万が店に、二百四十万が富樫喜三郎へ、百六十万が桐生に転がり込む計算だ。

南は、ふたりの従業員の人件費、家賃、もろもろの経費を支払った残りのおよそ三百万という高額な給料を取っているが、三百万の中には、警察の摘発を受けたときにすべての罪を被って出頭する、生け贄《にえ》代の意も含まれている。

捜査の手が桐生に伸びる心配もなく、毎月二百万近くの金が転がり込むグレード・ワンは、自らが経営する桐生興業の次に、懐を潤わせてくれる大事な金蔓だった。

金欲の渦巻く店内のどろどろした空気を、驚愕と落胆のどよめきが震わせた。十万馬券が出たようだ。十万馬券——文字どおり百円が十万円に化ける超大穴馬券に、客達は毒気を抜かれたように各々の席へ腰を落とした。

「ちっくしょうっ、石崎《いしざき》の馬鹿野郎がっ！」

赤いタータンチェックのジャケットを着た色黒の男だけは、丸めた競馬新聞を握り締めたまま立ち尽くし、がっくりとうなだれる騎手を映す画面に向かって罵声を浴びせていた。

「羽田の野郎、石崎の馬に突っ込んでたみたいっすね」

菊池が、桐生の耳もとで囁いた。花井は競馬には興味がないらしく、焦点の合わない黒眼をスポーツ新聞の四コマ漫画に這わせていた。

石崎騎手が騎乗した、単勝一番人気のアブクマポワロが直線でもがき苦しむのを尻目に、最後方から追い込んできたのは十三頭中で十番人気と十一番人気の穴馬だった。さっき南から受けた報告によれば、羽田は、アブクマポワロを軸に二番人気と三番人気の馬二点に五万ずつの合計十万を流しており、今日だけで三十万をすっていた。

画面がメインレースのパドックに変わった時点でようやく、羽田は椅子に腰を下ろした。羽田は、怒りの残滓《ざんし》がこびりつく唇にストローを挟み、氷と水だけになったアイスコーヒーをズルズルと啜りながら、未練たらしい眼で競馬新聞をみつめていた。

未練たらしい眼――打ち止め。羽田の様子から察すると、メインレースにぶち込む金を十レースまでに溶かしてしまったようだ。

羽田正一《しょういち》。昨日、この店に取り立てに現れた慶国ローンの清水から桐生は、羽田が新宿でキャッチセールスを営業手段とするエステティックサロン、ソフィーを経営していることと、巣鴨の街金成豊《せいほう》から、無担保で二千三百万の借金をしていることを聞かされた。

エステティックサロン、しかもキャッチセールスと聞いて桐生はすぐに、忍がヘルスで働くきっかけになったであろう玉城という男の名が頭に浮かび、同時に、羽田が水商売や金貸しとは違った崩れかたをしている理由が納得できた。

美の追求という女の弱味につけ込みカモにする羽田《キツネ》にたいし、桐生《ハイエナ》の嗅覚は血肉《かね》の匂いを嗅ぎつけた。血肉《かね》の匂い――無担保で二千三百万もの大金を借りている羽田の不自然な契約に、桐生は眼をつけた。

通常、金貸しが二千万からの金を無担保で貸すなどありえない。羽田は会社こそ株式会社だが、自宅マンションも、会社が入っているビルも賃貸で、ソフィーで使っている美容器具類を売り飛ばすにしても二千万には程遠い。

清水の話では、羽田は契約時に成豊に手形を入れたそうだが、裏書き保証はなかったという。裏書き保証のない手形、つまり保証人のない手形となれば、ソフィーが不渡りを出したときにお手上げになる。

いくら街金の連中が桐生からみて詰めが甘いといっても、尻拭き紙にもならないような手形を二千万で割るほど愚かではないだろう。

じゃあ、なぜ、成豊は、羽田に二千三百万を融資したのか？　答えは簡単だった。成豊がじっさいに羽田に融資した金は九十万だけで、その九十万でソフィーを乗っ取ろうとしているのだ。

桐生は昼すぎ、羽田に関しての報告を受けたあと清水に、成豊とソフィーの調査を指示した。

成豊は、成瀬豊《なるせゆたか》なる小金持ちが片手間に始めた高利の街金で、ほかにも上野、浅草、御徒町などに十軒の街金を経営している。バブル紳士の残党が、手もとに残った小金で畑違いの金融業に手を出すのは、よくあることだ。

金融業、とくに高利の街金は、家賃十万前後の事務所にデスクと電話があれば開業できる手軽さもあり、最近では堅気の店も数多い。十日で三割の利息を取る店ならば、僅か百万の運転資金でも一ヵ月回せば九十万の利益が出る。が、堅気の弱点は客が飛んだときに回収するノウハウに乏しく、諦めもはやい。回収できなければ、十日に三割の利息も絵に描いた餅にすぎず、それ故、開業しても取りっぱぐれが相次いで潰れる店が多い。

成瀬も、本職は不動産会社を経営している堅気だが、羽田にたいしてのやり口を聞くと、ヤクザ者顔負けのアコギな男だ。

羽田は、約三ヵ月前にバクチの金ほしさに高利の街金に手を出した。最初のうちは一軒で九十万の借入れだったのが、十日毎の三割の利息二十七万が次第に払えなくなり、利息を払うためにまた高利の金を借りるという自転車操業に陥り、最終的には一千万を超える債務に膨れ上がっていた。

最初に九十万を摘んだ一軒が成瀬グループの街金だったのが運の尽きで、羽田は、次々と関連の街金を引き回されたのだ。これを業界用語で、回しと言う。回しとは、A店で払えなくなった債務、たとえば元金九十万の三割の利息が二十七万で、元利含めて百十七万の金を系列のB店で借りさせてA店の借金を払わせる。

今度はB店の百十七万に十日で三割の利息がついて百五十二万一千円になり、払えなければ系列のC店に回される。そしてC店で百五十二万一千円を借りさせてB店の借金を払わせ、それに三割の利息がついて、といった具合に延々と街金巡りがリピートされ、暴利が暴利を呼び、ゴキブリさながらに利息が増殖する。

結局羽田は十軒の街金を回され、最後に連れて行かれた成豊の契約書にサインするときには、一千二百四十万に一ヵ月の利息九割が加算されて、二千三百五十六万に膨れ上がっていた。たったの九十万が、僅か三ヵ月そこその間に二千万以上の借金に化けたのだ。

成瀬に途方もない金額の返済を要求された羽田は仕方なく、一ヵ月後が期日の手形を振り出した。二千三百五十六万の金を作らねば羽田は不渡りを出して、ソフィーを手放すことになる。成瀬にしても、元手が九十万でエステティックサロンを買収できれば安い買い物だ。

九十万が、三ヵ月で二千三百五十六万――信じ難い話だが、街金や闇金の世界では珍しくもないことだ。とくに桐生が身を置く闇金の世界は、内臓売買、売春強要、なんでもありの無法地帯だ。表社会の住人が崇め奉る暴対法も、伝家の宝刀である自己破産も、借金地獄の底なし沼にどっぷりと嵌まった溺死寸前の落伍者を、助け出すことはできない。

落伍者は知っている。警察に駆け込もうが、弁護士事務所の門を叩こうが、金を作らなければ、底なし沼から抜け出せないことを。

落伍者は知っている。会社を犠牲にして、家族を犠牲にして、己の肉体《からだ》を犠牲にしてでも金を作らなければ、底なし沼から抜け出せないことを……。

落伍者の羽田、底なし沼に片足を突っ込んだ羽田。成瀬の計画は成功寸前だった——桐生が、金の匂いを嗅ぎつけるまでは。

成瀬もなかなかの策士なのだろうが、自分の域には達していない。自分ならば手形に二千三百万からの額面を書かせた以上、二束三文のエステティックサロンを買収することでお茶を濁さず、きっちりと満額取り立てる自信があった。

玉城慎二《しんじ》——ソフィーのトップセールス、羽田の部下、忍に貢がせている女誑し。清水から受けたソフィーの調査報告で玉城の名を耳にしたときに、桐生の脳みそはパブロフの犬のように条件反射で涎を垂らした。

成瀬には気の毒だが、羽田を地獄へと案内するのは桐生の役目だ。堅気は堅気らしくちまちまと、十万前後の小金を貸しつけ、目糞のような利息を稼ぐ程度がお似合いだ。

桐生は、口内に残るスパゲティのケチャップをバドワイザーで流し込みながら、血走った眼で競馬新聞を睨む羽田に視線を投げた。羽田の顔に、まだ会ったことのない玉城のニヤけ顔が重なった。女を食い物にしてきた玉城も、今度は己が食い物にされる番だ。

羽田が、椅子を蹴るように立ち上がった。桐生も、菊池と花井を促して席を立った。またどうぞ、のウエイターの声を背中に受けて出口へと向かう羽田の前に桐生は立ちはだかった。

「羽田正一さんだね？」

桐生を見上げる、羽田の顔が氷結した。咄嗟《とっさ》に逃げ道を探し求めて泳ぐ羽田の黒眼を察知した菊池と花井が、さりげなくドア前を塞いだ。

「い、いま、金がないんです。明日になればなんとか都合できますから、ま、待ってください」

強張った声帯から震え声を捻り出し、強張った頬の筋肉をひきつらせながら羽田は愛想笑いを浮かべた。羽田は自分達を、取り立て屋と勘違いしていた。成豊の手形の期日は一ヵ月先だから、恐らく、支払いの遅れている慶国ローンの人間だと思っているのだろう。

「俺らは、取り立てにきたんじゃない。あんたの借金を、チャラにしてやろうと思ってな」

「へっ⁉」

金欲と疲弊で澱みきった羽田の眼に、猜疑《さいぎ》のいろと狡《こす》っからい光が同居した。

「成豊の、二千三百五十六万の借金をチャラにしてやるって話だ」

言うと桐生は、踵を返してドアに向かった。借金がチャラ、という魅力的な餌につられた羽田は、盲導犬よりも従順な足取りで桐生に続いた。

☆

社長室。六畳ほどのワンルームタイプの事務所――グレード・ワンが地下に入ったビルの一階。南が、木の盆に載せた四本の缶ビールを、ソファに座る桐生達の前に置いた。客のアドレナリンが充満して蒸し暑かった地下室に比べ、事務所内はクーラーがよく利いていた。

「で、俺の借金をチャラにするとかなんとかって、どういうことですか？」

両脇に菊池と花井、正面に桐生、凶相トリオに囲まれた格好で座る羽田が、怖々と切り出した。

遠目だと若々しく垢抜けていた羽田も間近でみれば、ボディパーマをかけたオールバックの髪の生え際が後退し、嫌味なほどに陽灼けした肌はかさついて張りがなく、街金をたらい回しにされた影響か眼の下にべったりと隈を作り、頰から顎にかけては無精髭が伸び放題になっていた。

取り立てを恐れてマンションに寄りついてないのか、桐生が一昨日にみかけたときと同じ赤いタータンチェックのジャケットはよれよれで薄汚れ、羽田の躰からは饐えたような酸っぱい臭いが漂っていた。

「明日のナイターのメインは、中央地方交流のＧＩレースだったよな？」

羽田の問いかけに答えず桐生は、窓際のデスクに座って小型液晶テレビの画面を食い入るようにみつめる南に声をかけた。あと十五分後、午後八時五分にメインレースの発走だ。全レースの中で客が勝負をかけて大金をぶち込むメインレースは、グレード・ワンにとっても大勝負だ。客から大きくかっ剝《ぱ》げるか、逆に的中されて大きな支出になるかの分かれ目――最大の山場だ。

「はい、帝王記念です」

液晶画面から視線を離した南は、アリクイのような異様に細長い顔を桐生に向けた。南は二十五歳で、グレード・ワンで働く以前《まえ》はゲーム喫茶の従業員だった。

五千万の金を貯めたら、カジノをオープンさせるのが夢です。面接時に熱っぽく語る南にそのとき桐生は、心で冷笑を浴びせた。南の夢は、夢のまま終わるだろうことを桐生は知っていた。答えは簡単だ。五千万が貯まる以前《まえ》に南は警察に捕まり、グレード・ワンは閉鎖する。桐生は新しい生け贄を捜して、店名と住所を変えてレース喫茶を再オープンする。その繰り返しだ。

感傷もなにもない。自分にとっては南もそのほかの人間も、捨て駒にすぎない。自分のために尽くし、自分の懐を潤し、自分のために散る。それでいい。利用価値のなくなった人間は、ボロ雑巾みたいに捨てるだけだ。

「勝てる自信、あるか？」

缶ビールのプルタブを開けながら桐生は、羽田に言った。

「帝王記念のことですか？」

桐生は頷き、ビールで喉を湿らせた。

「自信は大ありです。明日は、荒れますよ。断然人気が予想される、地方のメイセイクラシックはカモです。なんたって、ここのところ使い詰めのローテーションですからね。俺の知り合いに、メイセイクラシックを世話してる厩務員《きゅうむ》と通じてる奴がいましてね。なんでも、夏バテの兆候が出てるって言ってたらしいんですよ。それで——」

「前振りはいいから、狙ってる馬を言え」

馬の話になったとたんに饒舌になり、眼を剝き、口から泡を飛ばす羽田の能書きを桐生は遮った。

「中央から参戦する人気薄の二頭、ナゴヤシチーとミスターカイジンです」

南から、明日の予想が載っている競馬新聞を受け取った桐生は、帝王記念の馬柱表をみた。十四頭立て、ダート二千メートル。羽田の言うとおり、五人の予想者全員がメイセイクラシックにグリグリの二重丸を打っていた。二枠と六枠に入ったナゴヤシチーとミスターカイジンは、それぞれ白三角がひとつずつあるだけだった。

「羽田。お前が金を持っていたら、枠連、馬連、単勝、どれで勝負するんだ？」

「二頭の単勝にぶち込みますよ。ナゴヤシチーもミスターカイジンも九歳。サラブレッドの九歳といえば人間だと初老にあたりますが、二頭とも五歳と六歳の時期に二年間骨折で休んでましたからね。競争年齢は七歳ってところです。そんなことも知らずに年齢だけで判断する馬鹿のおかげで、ナゴヤもミスターも単勝で万馬券に近いはずですよ。ちっくしょう……。俺に金さえあれば……金さえあれば……」

馬鹿はお前だ、の言葉をビールで呑み下し、桐生は二頭の予想単勝オッズをみた。馬番ゼッケン2番のナゴヤシチーが八十八倍で、9番のミスターカイジンが八十六倍。二十五万ずつ賭けた場合に、2番がきたら二千二百万、9番がきたら二千百五十万の払い戻しになる。

「よし。ふたつの条件つきでお前に、明日の帝王記念で勝負する五十万の金を貸してやる。二頭に、二十五万ずつぶち込めや」

「えぇぇっ!?　本当ですかっ!!」

顔を輝かせ大声を張り上げる羽田の瞳から、さっきまで浮かんでいた猜疑のいろは消え失せていた。活気づく羽田とは対照的に、南の細長い顔が蒼白になった。

「き、桐生さん。ウ、ウチは十万が上限です。に、二十五万なんて金をそんなオッズに賭けられて、万が一のことがあったら……」

桐生の腹積もりを知らぬ南は、空気を貪る金魚のように、青紫に変色した唇をパクパクさせていた。

「おい、南。俺らのやることを信用しろって。お前にゃ、迷惑はかけねえからよ」

桐生の描いた絵図を知っている菊池が、南を諭した。絵図だなんだと難しい話がわからない花井は、地下でも読んでいたスポーツ新聞の四コマ漫画に、ふたたび視線を落としている。

「ああ、本当だ。ふたつの条件を、お前が呑んだらの話だがな」

まだなにか言いたげな南を無視して、桐生は羽田に顔を向けた。

「なんです？　条件って？」

羽田が身を乗り出した。モアをくわえた――菊池が差し出すライターの火に、顔を近づけた。鼻孔に忍び込む羽田の不快な汗の臭いを、紫煙で追い払った。

「成豊に入れた二千三百五十六万のソフィーが振出し人の手形を、俺が買い戻す。その手形の裏書き人に、お前の会社の玉城って男に署名させることがひとつ。もうひとつは、俺らが玉城から手形金の回収が終わるまでの間、しばらくどこかへ身を隠すことだ」

「そ、そんな……。あなた、誰なんです？　どうして、成豊の手形のことを？　どうして、玉城のことを？」

矢継ぎ早の疑問――活気づいていた羽田の顔に、怪訝と不審が広がった。窓を通して雪崩れ込むさくら通りの喧騒に、テレビが垂れ流すメインレースのファンファーレと羽田の鼻息が絡みついた。

ヘレン・ケラーの唇の動きを見守るアン・サリバン先生のような羽田の熱い視線が、桐生の言葉を待っていた。

「俺は、大久保で金貸しをやっている桐生って者だ。お前が五十万を摘んだ慶国ローンの清水と、懇意にしててな。成豊と玉城のことは、その清水からの情報だ。玉城って男の名は清水に聞く前に、ウチで金を借りていたヘルス嬢からも聞いていたがな。仕事でもトップセールスで、プライベートでも女に貢がせて、相当な金を貯め込んでいるみたいだな、玉城は」

富樫組の名は伏せた。迂闊に代紋を出して、羽田をビビらせたくはなかった。玉城の裏書きを取るまではドミノを並べるが如く、慎重にことを運ばなければならない。最後の一手を打つ前にドミノが倒れてしまえば、二千三百万からの抜きがフイになってしまう。

「し、しかし、五十万の競馬資金と引き換えに、二千三百五十六万の手形の裏書きを従業員にさせるだなんて……。いくらなんでも、無茶だ……」

落ち着きなくジャケットのポケットをまさぐっていた羽田が、皺々になったキャスターマイルドのパッケージを取り出した——空だった。舌打ちする羽田の顔前に桐生は、モアの真紅のパッケージを差し出した。

「成豊だって、元は九十万の借金だったんだろう？　このままだとあんたは、たったの九十万のために会社《ソフィー》を失ってしまう。しかも、いまのあんたは文なしだ。競馬で勝負する金もない。だが、俺の条件を呑めば、あんたには一発逆転のチャンスが残されている。当たれば、手形の借金はほとんどチャラになったも同じだ。自分にとって、どっちが最善の選択かを、よく考えてみろよ」

ヘコヘコと頭を下げつつモアをパッケージから抜いた羽田に、桐生は火をつけてやりながら言った。

「でも、万が一俺が帝王記念の馬券を外した場合は、やっぱり、会社を失うのは同じでしょう？　その上、五十万の借金も新たに増えてしまうし……」

万が一馬券を外した場合――バクチ狂に共通する恐ろしいまでの自信過剰、究極のエゴイズム。バクチ狂にとって一番大切なのは、バクチに突っ込む金だ。バクチの金を作るためなら、身内の犠牲も厭《いと》わない。強欲で狡猾な羽田の眼――親父の眼。蘇りそうになる九州弁を、鼓膜から追い払った。

羽田にたいして沸き上がる侮蔑と憎悪を桐生は、偽りの微笑で塗り潰した。モアの煙を、腹式呼吸をするように深く吸った。バクチ狂のくそ野郎をぶちのめしたい衝動を、紫煙で麻痺させた――抑えた。

バクチで脳みそがイカれている羽田だからこそ、バクチで盲目になっている羽田だからこそ、利用価値がある。

バクチ狂と不良債務者——金に翻弄され、金の奴隷になり、最後は金に殺される破滅のツインズ。バクチ狂であり不良債務者でもある羽田は、必ず身内《たまき》を売る——生け贄にする。親父が自分をそうしたように……。

ふたたび込み上げる侮蔑と憎悪を、親切ごかしの仮面の下に封印した。

「その万が一の場合に備えて、玉城を裏書き人にするのさ。あんたはどこかに身を隠す。俺らは玉城を追い込み、二千三百五十六万を切り取る。玉城の手前、ソフィーは潰すことになるが、ほとぼりが冷めた頃にまた、別の場所で会社を設立すればいいだろう？」

「玉城は入社して以来一年間、ずっとトップセールスとしてソフィーを支えてきてくれました。そんな玉城に、泥を被せるようなまねはできません。それに……新しく会社を設立するといっても、先立つものがなければ……」

羽田がわざとらしく眼を伏せ、言葉を詰まらせた。本音と建前。

建前——玉城に泥を被せるようなまねはできない。

本音——玉城を売るも売らないも金次第。

卑屈が服を着たような、羽田のいじいじとした思わせ振りな態度をみて、桐生は確信した。

「玉城から金を回収したら、あんたに一千万をバックする。会社なんざ休眠会社漁れば、安いやつだと五、六十万で転がっている。一千万あれば、詐欺まがいのキャッチの会社作るには十分だろ」

「お、俺に一千万を⁉」

頓狂な声を張り上げ立ち上がる羽田の動作を勘違いした花井は、四コマ漫画から視線を剝がしてソファを蹴った。さすがに元プロボクサーだけあって、身のこなしが素早かった。シッシッシッシッと妙な息と唾を吐き、シャドーボクシングを始める花井をみる羽田の瞳に怯《おび》えが走った。

「やめろ、花井」

桐生に窘《たしな》められ、ソファに腰を下ろした花井は座ったままの姿勢で、シッシッシッ、とシャドーボクシングを続けていた。興奮したときの発作――花井のパンチドランカーの症状は、一日毎に悪化している。もうそろそろ、見切り時かもしれない。いくらヤクザ世界がドロップアウトした者の集団でも、脳みそがドロップアウトした人間は使い物にならない。

「条件を吞むのか吞まないのか？　どうするよ？　羽田さん」

ひきつり笑いを浮かべソファに尻を埋める羽田に桐生は、勢いよくモアの煙を吐き出しながら言った。紫煙の先で羽田は、相変わらずハムレットさながらに苦悩の表情を作っている。

「俺は別に、玉城が裏書き人じゃなくてもいいんだぜ。成豊から手形を回収したら、あんたを徹底的に追い込むだけの話だ。ただ、玉城も貢献したかもしれないが、あんたの会社のおかげでいい給料を取っていたのも事実だろう？　おまけに奴は、ソフィーの客をヘルスで働かせ、金を吸い上げている。そんなホストまがいの行為も、あんたの会社があってこそできることだ。騙すようなまねは心苦しいが、社長の一大事に恩返しをしてもらっても、バチは当たらないと思うがね。新しい会社で儲けるか、穴馬をドカンと当てたときに、玉城には穴埋めをすればいい。騙し取るんじゃない。一時的に、金を立て替えてもらうだけだ」

くだらない演技を続ける羽田——反吐《へど》の出そうなセリフで、桐生も共演した。金欲に蝕まれた羽田に、罪悪感などあろうはずがない。正当化——羽田の頭にあるのは債務から逃れ、帝王記念にぶち込む五十万の金を手にし、嵌めた従業員からかっ剝いだ一千万を懐に入れる、ろくでもない行為の正当化しかない。

「言われてみれば、奴にも随分といい思いをさせてきた。奴を含めた営業マンの給料は、完全歩合制《フルコミッション》だ。ほかの営業マンには売上げにたいして三十パーセントしか与えてないが、奴には五十パーセントの歩合を出している。月に四百万を売上げたら、二百万の給料だ。自分が辞めたら会社が困るだろうことを楯に、奴は増長しまくっていた。奴の売上げで助けられたことが多かったのも事実だが、客を色で落としていた反動で、キャンセルが多かったのも事実だ」

吐き捨てるように言うと羽田は、煙草を灰皿に乱暴に押しつけた。ろくでもない行為の正当化を、桐生は辛抱強く聞いてやった。

「契約するまでは、歯の浮くようなセリフを垂れ流して何十万もする商品をローンで買わせ、次の客にも同じセリフを吐いていれば、騙されたと気づいてキャンセルするのは当然の成り行きだ。本来なら、キャンセルになった契約は営業マンの給料から差し引くのが決まりなんだが、奴は、アフターフォローが悪いから客が嫌気がさした、などと、俺やエステティシャンのせいにして、キャンセル分の五十パーセントの歩合もきっちりと取っていた。ソフィーで働いた一年間で奴が稼いだ給料は、三千万近くになる。その中の一千万を一時的に立て替えてもらっても、あなたが言うようにバチは当たらないかもしれないな……」

まどろっこしい羽田の正当化の講釈が終わった。なんやかんや言っても、羽田の会社は玉城におんぶに抱っこだったに違いない。キャンセル分まで給料を支払っていたとしても、それを上回るだけの売上げを玉城が上げていたからこそ、クビにしなかったのだろう。

眼前に現れた怪しげな男が持ちかける条件を呑めば己の借金はチャラになり、その上一千万の金が手に入る。もっともらしい能書きを並べ立てても、ようするに羽田は、金に転んで従業員を売るカス男にすぎない。

桐生は、心でほくそ笑んだ。このカス男をうまいこと操れば、懐に大金が転がり込む。元手は、成豊から手形を買い戻す九十万と、情報を提供してくれた慶国ローンの清水の債権を買い取る五十万だけだ。羽田が帝王記念にぶち込む五十万は南に受けさせるだけで、桐生が現金を用意する必要はない。万が一、羽田の賭けた馬が一着に入っても、桐生が買い戻した二千三百五十六万の手形と相殺すればいいだけの話で、グレード・ワンに損害はない。

桐生が、成豊と慶国ローンに払った合わせて百四十万の金は、二頭どちらの馬がきても手形の額面より二百万前後少ない配当なので、その分を羽田の借金として、飯場にでも放り込めば解決する。

つまり、二千万以上の金を取り損ねたとしても、桐生の持ち出しは一円もないということ――ノーリスクハイリターンだ。

だが、バクチはそんなに甘いものじゃない。とくに、冷静な思考能力を失った不良債務者の予想は、馬じゃなくオッズを優先するために、当たった例しがない。五十万の元手で二千万以上の配当をゲットするなど、処女のヘルス嬢を捜し出すほどに難しい。

口には出さなかった。桐生はモアを消し、缶ビールをひと息に飲み干した。

「羽田さん。あんたが、物わかりのいい人でよかったよ。早速だが、誓約書を一筆書いてもらう。成豊に入れた手形の買い戻しを、俺に全権委任したって旨をな。おい、南。レポート用紙を一枚くれ」

桐生はスーツの内ポケットから桐生興業の名刺を取り出し、羽田の前に南が置いたレポート用紙の隣に並べた。

「ほ、本当に、その、なにのほうがうまくいったら……」

「心配するな。一千万は、約束どおりに払ってやる」

核心をオブラートに包みいじいじしている羽田に、桐生は頷いてみせた。いまの羽田は、帝王記念の馬券が当たることよりも、千人の福沢諭吉を手に入れるほうに気がいっている。

金で従業員を売るカス男――一千万など、払うわけがない。明日、成豊から手形を買い戻し、羽田の馬券が外れるのを見届けて、玉城から手形の裏書きを取る役目が終わったら、それでおさらばだ。金を食い潰すしか能のない貧乏神に用はない。

「さあ、はやく誓約書を書いてくれ。玉城についても、訊かなければならないことが山とある」

羽田の握るボールペンが、紙面の上に乾いた音を落としながら走るのを見届ける桐生の切れ長の眼に冷厳な光が宿り、歪められた唇に酷薄ないろが浮かんだ――嗤った。

魂の売買契約。金に転んだ羽田、金に眼が眩んだ羽田、金に欺かれる羽田――金のためなら、悪魔だろうが死に神だろうが見境なく手を結ぶ愚か者。その愚か者を騙し、取り込み、玉城《カモ》を陥れようとするひとでなしの自分。

ひとでなしで結構——桐生は呟いた。もう、奴隷の生活に、生きたまま送る死人の生活に戻るのはごめんだ。金がないのは、首がないのと同じ。この世は、弱者は滅び強者だけが生き残る、金がすべての弱肉強食。

掌の中で、ビールのアルミ缶がくの字に折れた。飲み口から垂れ落ちた琥珀色の滴が、レポート用紙に書かれた誓約書の三文字を滲ませた。

誓約したのは、羽田だけじゃない。桐生も誓った——玉城を、地獄に叩き落とすことを……。

3

ショルダーバッグの肩紐を、きつく握り締めて歩く女。バッグの持ちかた同様、警戒心が強すぎる——見込みなし。

制服姿で、脇目も振らずに早足で歩く女。会社の雑用を頼まれた、行きか帰りのどちらかだ。どちらにしても時間に追われている——見込みなし。

ロングヘアを掻き上げ、ハイヒールで冷たくアスファルトを刻みながら、美貌と美脚を誇示するように歩く女。スーツはグッチ、バッグはエルメスのケリー、細く白い首に巻かれたスカーフもエルメス。ブランドで固めたこの手の女は、胡散《うさん》臭く無名なエステには見向きもせず、CMに売れっ子女優を起用するようなステータスのあるエステにしか興味はない——見込みなし。

二十センチ近くはありそうな流行《はやり》の厚底サンダルを履き、ピンクのノースリーブのワンピースを着たガングロ茶髪の女。時間はありそうだが、金がなさそうだった。おまけに、歳も二十歳に届いてない。未成年は本人を口説き落としても、ローンを組む際に親の保証が必要となる——見込み以前に問題外だ。

午前十一時十二分。まだ、人もまばらな新宿通りでカモを物色する玉城の姿は、ひと際目立っていた。

百八十センチを超える長身を、四十万の芥子《からし》色のヴェルサーチのスーツで包み、毛先だけピンパーマをかけてナチュラルなハネを作ったストレートロングの髪は、ブラウンをベースにプラチナブロンドにブリーチされた、ストライプメッシュが入っている。

モデル顔負けの玉城と行きすぎたコギャルや水商売ふうの女は、十人中八人は振り返り、熱っぽい視線を投げてくる。それは、あたりまえのことだった。持って生まれたこの美貌とスタイルに磨きをかけるために玉城は、膨大な時間と金をかけていた。

カットだけで軽く一万円は飛ぶ、青山にある芸能人御用達のヘアサロンで、週に一回は髪染めとブリーチをして毛先にピンパーマをかけ、八十万もするドイツ製の等身大の陽灼けマシンを購入して、週に四回八時間は肌を灼いて小麦色の肌を維持し、自宅マンションのある表参道駅近くの入会金二百万のアスレチックジムで、週に三回のトレーニングを欠かさない。

ほかにも、就寝前の顔パック、肌のマッサージ、一日五回の歯磨き、眉毛と鼻毛のトリミング、口臭予防、爪の手入れなど、数え上げたらきりがない。

これだけの努力をする理由は、コギャルやお水の女を口説くためではない。未成年のコギャルやローンの組めない水商売の女は玉城にとって、カモにもなれない対象外だ。瑞々しい肌になりたい、凹凸のついた躰になりたい、脱毛したい、と眠れぬ夜を過ごす二十歳すぎで会社勤めの女こそ、玉城を燃え上がらせる相手だ。

だが、黙ってても客のほうから飛び込んでくる大手のエステティックサロンと違って、街頭で女に声をかけ、アンケートやらなんやらと偽り、事務所に連れ込んで、高額の商品を買わせるというハンデのあるソフィーのやりかたでは、商品の説明だけで契約に結びつかせるのは難しく、どうしても色が必要となる。

玉城の勤めるソフィーは、区役所通り沿いに建つ雑居ビルの六階に十五坪ほどのフロアを構えている。玉城を含めた五人の男性営業マンが、新宿通りでキャッチしたカモを区役所通りの雑居ビルに連れ込み、商談に入り、契約までこぎつけたら同じフロアに設置してあるマッサージルームで、俄《にわか》エステティシャンがカモのマッサージとメーキャップを施し、キャンセル防止に一役買う。

玉城達営業マンにとって一番困るのは、無理やり褒める部分をみつけ出し、反吐が出そうなお世辞を一時間も二時間も並べ立てて苦労した末に結んだ契約が、いとも簡単にキャンセルされてしまうことだ。

ローン契約には、契約時から八日間以内ならば契約解除ができるクーリング・オフという忌々《いまいま》しい制度がある。玉城は固定給なしで、売上げにたいして五十パーセントの歩合給を取っているが、たとえばカモに五十万のローンを組ませて二十五万の給料を確保したとしても、キャンセルされたら取り分はゼロになる。

そのためにソフィーの俄エステティシャンが、カモの気が変わらないようにキャンセル防止のマッサージを施すわけだが、玉城に言わせれば、そんなものはなんの役にも立ってはいない。

だいたい、営業マンの口車に乗せられて、ふらふらと事務所までついてきて何十万ものローンを組むまぬけな女が、クーリング・オフなんて知っているはずがない。友人や親兄弟に知恵を入れられて、キャンセルを申し立ててくるパターンがほとんどだ。

友人や親兄弟の説得にも耳を貸さない状態——商品とともに己を売る。それが、玉城が過去の経験で培った最善のキャンセル防止策だ。

どれだけ商品が優れていても、周囲からあれやこれやと吹き込まれると、本人も不安になってしまう。しかもキャッチセールスが新聞や週刊誌でバッシングされている記事にカモが眼を通せば、キャンセルは決定的となる。あらゆる否定的雑音をシャットアウトするには、いかにカモを己の虜にするか、それがすべてだと言っても過言ではない。

カモを己の虜にする——セックス。ホストの原理と同じで、女を盲目にする手っ取り早い方法は、セックスが一番だ。クーリング・オフの適用期間がすぎるまでの八日間は、とにかく肉体《セックス》で繋ぎ止める。だが、セックスで繋ぎ止めるにしても、女をその気にさせなければ話にならない。だからこそ玉城は、男を磨くことにたいしてかかる時間や金には糸目をつけない。その労力と支出が、何十倍にもなって返ってくるのがわかっているからだ。

「ちょっとすいませーん。あの、私、化粧品のモニターモデルを捜してる者なんですが……」

玉城は、声のするほうに眼をやった。型に嵌まった、センスのかけらもないアプローチ――湯沢《ゆざわ》が、富士銀行の前で二十代半ばと思われる女を止めていた。湯沢は三十八歳になるソフィーの営業マンで、キャッチ歴五年の古株だ。アプローチ同様に、田舎ホストさながらのパープルのスーツはセンスがなく、髷《まげ》を切られた武士のように、額から後頭部にかけて禿げ上がったへアスタイルに突き出た頬骨と出っ歯が印象的な湯沢は、どちらかと言えばピンサロの呼び込みでもやっていそうな雰囲気の男だ。

さりげなく玉城は湯沢の背後に回り、女の容姿に舐めるような視線を這わせた――舌打ちをした。

暇人丸出しのゆったりとした受け答え、人のよさそうな下脹《しもぶく》れの顔、厚いファンデーションでも塗り潰しきれない額のニキビ、くびれのないダルマ体形、ストッキングに包まれた二本の大根、大根に密集する脛毛《すねげ》――美顔、痩身、脱毛の三冠王を眼前にして、舌打ちが舌舐《したな》めずりに変わった。

美顔、痩身、脱毛が必要な女というだけで、舌舐めずりをしたわけじゃない。女が金を持っているかいないか、財布の紐が堅いか緩いかを見抜く玉城の観察眼と洞察力は、依頼客を眼前《まえ》にしたシャーロック・ホームズをも上回る。

女の履いているローヒールはフェラガモで、耳にはシャネルのイヤリング、無防備に腕にひっかけている水色のバッグは、発売したばかりのルイ・ヴィトンのヒューストン。

結論——金離れがよく、簡単に落ちる極上のカモ。現金があるかどうかは別にして、ブラックリストにでも載っていないかぎり、高額のローンを組めるだけの経済的立場はありそうだ。湯沢如きのへたくそなアプローチで立ち止まり、熱心に話を聞く性格と考え合わせても、千人にひとりの上客なのは間違いない。

玉城は、頭の中で素早く電卓を弾いた。美顔クリーナーセット、四十万、スリムバンデージセット、二十八万、脱毛クンスペシャル、五十五万、締めて百二十三万の契約は堅い。

遠巻きに、和田《わだ》、島内《しまうち》、小暮《こぐれ》の三人が、極上ガモをゲットしそうな湯沢の一挙手一投足に、嫉妬と羨望の入り交じった眼差しを向けている。

玉城は湯沢に背を向け、ふたりのやり取りに聞き耳を立てた。

「当社の化粧品についての感想を、アンケート方式で答えてもらうだけです。お時間は取らせません。ほんの、四、五分で終わりますから」

「えぇ〜、どうしようかなあ。なんだか怖いしぃ。アンケートとか言って、なんか買わせるんでしょ？」

　玉城は、失笑を嚙み殺した。いくら女が千人にひとりの極上ガモでも、十年前にタイムスリップしたような湯沢の古臭いアプローチで落とすのは無理だ。普通の女なら、立ち止まりもしないだろう。これでは、湯沢が月に二、三本の契約しか取れないのも無理はない。

「いいえ、なにも売ったりしませんよ。ほ、本当に、あなたをモニターモデルとして、当社の化粧品についてのご意見を伺いたいだけです。なんとか、お願いしますっ」

　出っ歯を剝き出しにして、揉み手でざんばら頭を下げる湯沢の姿が眼に浮かぶようだった。

　結果はみえた。営業マンが口角泡を飛ばさんばかりに拝み倒す展開になったら、一部の例外を除いては、まず、どんな女でも腰を引く。一部の例外とは、多少不安な要素があるにしても、それを上回るだけの魅力が営業マンにある場合だ。その心理状態は、危険だと思いつつも、モテない男が若い女の誘いに乗ってぼったくりバーに誘い込まれるパターンに類似している。

　湯沢と違って自分には、いかなる不安も懸念も相殺してお釣りがくるほどの美貌と話術がある。

「あの、私、人と待ち合わせてるから、これで……」

「お願いしますぅ〜」

申し訳なさそうな女の声と、見苦しく懇願する湯沢の声が交錯した。待ち合わせ——でたらめ。ざんばら頭の湯沢が鬱陶《うっとう》しくなっただけだ。女の断り文句がでたらめだということは、数分後に証明される——自分が証明してみせる。

玉城はいったんふたりから離れ、富士銀行の建物の陰に移動した。ヴェルサーチのセカンドバッグから、携帯手鏡と電動式鼻毛カッターを取り出した。スイッチを押した——唸りを上げるモータ音。膨らませた鼻孔に、鼻毛カッターを挿入した。ジョリッという小気味好い感触が掌に伝わった。左右の鼻孔に同じ動作を繰り返し、鼻毛カッターをしまった。続いて、脂取り紙で鼻のテカりを、デンタルクリアペーパーで歯の汚れを拭き取り、口臭スプレーをシュッとひと噴きした。口内に、クールミントの味が広がった。

手鏡を覗いた——端整な顔立ちにうっとりとした。女が、自分に夢中になるのも仕方がない。眉ブラシで眉毛を整え、ブラシで髪を梳《と》かしたあとに、手櫛でナチュラルなウエーヴを作った。仕上げに、頭を軽く左右に振った。手鏡の中で、陽光を受けたブラウンのロングヘアがシルクの光沢を放ちながら、さらりと宙に舞った。

「完璧だ」——鏡の中の自分に微笑みかけ、身だしなみツールでパンパンに膨らんだセカンドバッグを小脇に抱えた玉城は、新宿通りに戻った。極上ガモが愛想笑いを下脹れ顔に貼りつけ、湯沢のもとから立ち去るところだった。

「四、五分だけだからぁ～」

未練たらしく呼びかける湯沢の横を擦り抜けた玉城は、新宿三丁目方面に向かう極上ガモのあとを追った――正面に回り込んだ。

「さっきは、ごめんね」

玉城は声を潜め、片目を瞑《つむ》ってみせた。このウインクで落としたカモは、数知れない。ウインクのあとに八重歯を覗かせながら、にっこりと微笑みかけるのが秘訣だ。驚いた表情で立ち止まった極上ガモは、パンダのように汗で滲んだアイラインに縁取られた小さな眼を、大きく見開き玉城をみつめた。

「出っ歯の彼、俺の上司なんだ」

さらに囁きのボリュームを落とした玉城のセリフに、瞼をパチパチさせていた極上ガモがクスッと笑った。手応えあり――玉城は、十メートルほど離れた位置で憤怒の表情で立ち尽くす湯沢に冷笑を、小首を傾げてぶりっこする極上ガモに甘い微笑を投げ分けた。

ただでさえ、取り逃した女にアプローチする玉城に腸《はらわた》が煮えくり返っているだろう湯沢が、己がギャグにされていると知ったら、ざんばら髪を振り乱して殴りかかってくるに違いない。

揉め事はごめんだった。喧嘩には、からっきし自信がない。口先と顔のよさで渡ってきた人生——女を丸め込み、欺き、利用する薄っぺらな人生。殴り合いなどの野蛮な行為で、大事な美貌が傷つけられたら、たまったものじゃない。

「はっきり言ってウチは、エステの会社なんだ。湯沢さん、君に声をかけた人だけど、彼がアンケートだけって言ったのは嘘なんだ。本当のところ俺達、ここにずっと立ってて、お客さんを捜してるのさ。だけどそれは、金のためじゃない」

「へえ〜、正直なのね。だけど、お金のためじゃないっていうのは、信用できないわ」

「本当さ。いくらお客が増えても、俺達は固定給だから関係ないんだ。でも、社長がひどい男でね。一日ひとりは事務所に連れて行かなきゃ、クビになっちゃうんだよ。だから、どうせ連れて行くんなら好みの女のコがいいな、と思ってさ」

照れくさそうに玉城は俯き、伏し目がちに極上ガモをみつめた。伏し目——はにかみ、気弱そうに、それでいて真摯《しんし》ないろを湛えた瞳。母性本能に訴える眼つきを、鏡相手に何百回も練習した。ハンサムフェイスの自分だからこそ効果的なのであり、相変わらず恨みがましい視線を送っている湯沢が同じことをやっても、気色が悪いだけだ。

「またまたぁ〜、口がうまいんだからぁ。私が、ニキビも目立つし太っているから、声をかけたんでしょう？」

　そのとおりだ。おまけに、騙されやすくて暇人で、金と男にルーズそうだから声をかけた
――口に出す代わりに玉城は顔を上げ、まっすぐに極上ガモの瞳を射抜いた。その毅然とした顔からは、はにかみも気弱さも消えていた。

「俺は、我慢強いほうじゃない。仕事だからって、退屈な時間を過ごすなんてまっぴらだ。わかるかい？　この意味が？　会社をクビになりたくないがためだけに事務所に客を連れて行くんなら、契約するしないは別にして、好みの女のコと時間を潰したいんだよ。そうじゃなければ、上司がアプローチに失敗した君に声をかけるわけがないだろう？」

　心にもないセリフ、反吐の出そうなセリフ。歯が浮きまくった、虫酸が走った、我慢した
――忍の記録を破るために。

中江《なかえ》忍――総額八百二十三万の個人売上げレコードを持つ、三十二歳のオールドミス。玉城の顧客、超のつく極上ガモ。

　ソフィーでの八百二十三万以外にも、プライベートの部分で忍には金を使わせた。左手に嵌めている二百二十万のピアジェ・ポロの腕時計は、先月、玉城の二十八回目のバースデープレゼントに、今日履いている四万九千円のロレンツォ・バンフィの靴は、忍の給料日に買ってもらったものだ。忍は、自分にメロメロだった。器量が悪くてブ男にさえ見向きもされ

なかった彼女が、モデルのような自分にかわいいだなんだとおだてられて、骨抜きになるのも仕方のないことだ。

忍が、看護婦をやりながら貯めた定期預金——美顔に、痩身に、脱毛に、化粧品に、玉城の装飾品にすべて消えた。本来ならそろそろ切り捨てるところだが、玉城のカモのうちのひとりから、忍がヘルスで働き始めたと聞いた。切るのはやめた——甘い汁は、まだ吸える。あんな女に金を払ってチンポをしゃぶられる男には気の毒だが、同情はしない。金を吸い上げるために玉城は、その、あんな女を、週に一回ペースで抱いているのだ。

「本当に、口がうまいんだからぁ」

極上ガモが頰を赤らめ、玉城の腕を軽く叩いた。打ち解けたふたりの雰囲気を、藁人形に五寸釘でも打ち込まんばかりの怨念に満ちた眼で湯沢がみていた。

「もし、君への思いを信用してもらえないのなら、喫茶店でも構わない。一日ひとりは、事務所に連れて行かなければならないノルマはクリアできないけど、そんなことはどうだっていいんだ。君を、このまま帰したくない」

内臓が溶け出しそうな、臭すぎるセリフ——玉城はせつなげな表情を作り、さりげなく極上ガモの手を握り締めた。男に相手にされたことがない故に、少女マンガやメロドラマのヒロインに己を置き換える忍や極上ガモのタイプには、白馬に乗った王子様を演じるのが一番だ。

「もう、負けたわ。つき合ってあげる。どうせつき合うんだから、あなたの立場がよくなるように事務所まで行くわ。でも、なにも買わないわよ。それでもいい？」

「もちろんさ。本当にありがとう。かわいいコは性格が悪いって相場が決まっているんだけど、君は特別だね。それとも、俺が遊ばれてるのかな……」

玉城は弱々しく呟き、唇を噛んでみせた。せつなげな表情から不安げな表情へ――アカデミー賞ものの演技を玉城は続けた。

「なに言ってるのよ。あなたって、見かけによらず結構まじめなのね。さあ、事務所はどっち？　いじいじしてると、時間がなくなるぞ」

極上ガモに腕を引っ張られた。「ありがとう」――もう一度繰り返した玉城は、ふたたび自慢の八重歯スマイルをみせた。いまの自分は、ノストラダムスをも凌ぐ予言者だ。百万以上の契約を結ぶ極上ガモの姿が、はっきりと眼に浮かぶ。笑わずには、いられなかった。

☆

「それでさあ、ちょっとすいません、って声をかけた瞬間に振り向いたその女が、いきなりビンタくらわしてきてさ。それからしばらくは、女性に声をかけるのが怖くなっちゃってね。

ったく、俺は痴漢じゃないってんだよ」

極上ガモ、茂原泉《もばらいずみ》のひと際大きな笑い声が、フロアを疾走した。陰気な顔で陰気なトークを続ける和田と、堅苦しい商品説明のオンパレードで客を辟易《へきえき》させている島内が、露骨に眉をひそめて玉城をみた。

約十坪のスペースに商談用の円卓がH形に五脚並び、ドア付近の二脚に和田と玉城、フロアの中央に設置された円卓に島内、という配置だった。

小暮と湯沢はカモをキャッチできずに、まだ、灼熱のアスファルト地獄に躰を炙《あぶ》られている。回転できない営業マン、つまり、カモを事務所に連れてこられない路上組は、夏場は容赦なく照りつける陽の光を長時間浴び続けて、黒人並みに肌が黒くなる。ソフィーに入社して一ヵ月の小暮はともかくとして、売上げ最下位が定位置の湯沢は、いまの時期はガングロコギャル状態になっている。

路上組のひとり小暮が、どこからみても十六、七の、髪を安っぽいヘアマニキュアで赤く染めた、家出娘ふうのカモにもならない少女を引き連れ事務所に現れた。ドア付近を和田と玉城が占領しているのをみて、小暮の顔が歪んだ。渋々と小暮は、マッサージ室に隣接している円卓に少女を促した。

営業マンはみな、ドア付近の円卓で接客をしたがる。その理由は、格子のパーティションに遮られた、窓際の簡素なマッサージ室にある。等身大の鏡にパイプ椅子、そして粗末な美顔器が置かれただけのその空間で、俄エステティシャン二名が、客にアフターフォローの美顔マッサージを施すわけだ。

昔の客がマッサージしている近くで、新しい客にトークをするのはいやなものだ。クーリング・オフの期間がすぎている客ならばキャンセルの心配はないが、新しい商品を売りつける追加契約を結ぶのが難しくなってしまう。

調子のいいことを言って高額なローンを組ませた営業マンが、別の客にも同じようなトークをしているのを聞くと裏切られた気分になり、二度と商品を買ってくれなくなる場合が多い。

だが、自分は別だ。玉城は、美顔マッサージを受けている客の耳もとで甘い言葉を囁き、追加契約を取るのが得意だった。自分との熱い一夜を経験している客が断ることは、まず、ありえない。ローンを組めなくなった客はサラ金で借りてでも、自分の期待に応えようとする。その結果、客が自己破産に追い込まれようが知ったことじゃない。蜜を吸えなくなった花は自分にとって、生ゴミ同然の価値しかない——切り捨てるだけだ。

貴重な時間をデートに費やすのも、ヤリたくもない女に奉仕《セックス》するのも、すべては金を引っ張るためだ。

忍もそうだった。最初は百万前後の契約だったが、僅か六ヵ月の間に七百万以上の追加契約を取った。もちろんそれだけの金額を吐き出させるまでに、砂漠に落ちたコンタクトレンズを探すような苦労の末にみつけだした忍のチャームポイントを大袈裟に褒めちぎり、気があるふうを装い、無気力なイチモツを無理やり奮い立たせて奉仕したのは言うまでもない。

三十二歳にして処女だった忍は、早漏男の射精並みのスピードで、身も心も玉城の虜になった。だが、忍の年齢と容姿を考えると、ヘルスを続けるにも限界がある。トップセールスの座と高収入を維持するには、早急に第二の忍を確保しておく必要があった。

玉城は、過去の実体験におもしろおかしく脚色を加えながら話す合間に、泉に気づかれないようにピアジェ・ポロに眼をやった——十二時三十一分。泉を事務所に連れてきて、約一時間。商品に関しての説明は、一切していなかった。一時には、忍が美顔マッサージに現れる。玉城は、鎌首を擡《もた》げる焦燥感を無視した。

ゆっくりと、ゆっくりとだ。焦るな、落ち着け——心の中で、呪文のように呟いた。ここで焦って契約の話をすれば、元も子もなくなってしまう。

忍の記録を破り得る可能性を秘めた極上ガモ——泉は、玉城と同じ二十八歳で、埼玉にある地方銀行の行員だった。むろん独身だ。

玉城の脳みそは、泉のデータを知った瞬間から涎を垂らしっ放しだった。銀行員となればローン会社の信用は抜群で、二十八歳という年齢も、かなりの貯金が見込める上に、結婚にたいして焦りを感じる頃でもある。

体調不良を理由に有給休暇を取って、ショッピング目的で新宿に出てきたと泉は言っていたが、そんなのは嘘っぱちだ。ショッピングなら、土日でもできるはずだ。派手なメイクに派手な格好をして、平日にわざわざ休暇を取ってぷらぷらしているのは、ナンパされるのを待っているからにほかならない。なぜ平日かといえば、土日は新宿も渋谷も若くてかわいい競争相手がうようよとしており、ダルマ体形で下脹れ顔の己の出番がないのを認識しているからだろう。

焦ってはならない。これほどの好条件が揃う獲物には、滅多にお目にかかれるものではない。泉の躰中の細胞の隅々に自分の魅力が染み渡るまで、契約に関する話に触れてはならない。

和田と島内が、格好の反面教師だ。通夜のように湿っぽくユーモアのかけらもない和田と、薬を処方する薬剤師の口調でトークを続ける島内。和田のカモは何度も腕時計に眼をやり、島内のカモは椅子に浅く腰かけて、セカンドバッグを両腕でしっかりと抱え込んでいる。どちらのカモも、席を立つ口実で頭は一杯のはずだった。

この稼業は、商品を売るのではない。自分自身を売り込むのだ。いまは、漆黒の闇が広がる洞穴で、飲まず食わずで修行するパラマハンサ・ヨガナンダ並みの忍耐が必要だ——己に言い聞かせた。

商品とは、無関係の話を続けた。商品とは、無関係の話を聞いた。五分、十分、泉がグイグイと自分に惹かれていくのがわかった。忍の来店時間が近づいた。手応えと焦燥が、玉城の心を綱引きした。煙草を吸った。氷が溶けて水っぽくなったアイスコーヒーを、ストローで吸い上げた。

小島《こじま》かおりが、マッサージ室のパイプ椅子にスラリと伸びた足を組んだ姿勢で座り、格子のパーティション越しに意味ありげな含み笑いを投げてきた。思わず、舌を鳴らしそうになった。

含み笑いの意味——「忍さん、もうすぐくるよ。大丈夫?」。恐らく、そんなところだろう。泉はマッサージ室に背を向けているので、かおりの姿は視界に入らない。泉の肩越しから玉城は、かおりを軽く睨めつけた。

かおりは、ソフィーの二名いるエステティシャンのうちのひとりで、玉城の女だ。もともとは客だった。半年前に、歩行者天国になっている新宿通りを、友達と連れ立って歩くかおりに声をかけたのがきっかけだ。

最初は、友達が目当てだった。ストレートロングの茶髪をシルバーのストライプで染め分けたかおりは、切れ長の二重瞼にシャープな鼻梁を持つ、玉城と並んでも遜色のない美貌とスタイルの女で、カモの対象から大きく外れていた。対照的に、墨汁をぶっかけたような重々しい黒髪をショートにした小太りの友達は、化粧も服装も地味な女だった。

ナンパならいざ知らず、ふたり連れにアプローチするときは、容姿が見劣りするほうに声をかけるのが、キャッチセールスの鉄則だ。美人にばかり話しかけると不美人が拗《す》ねて、「はやく、行こう」となるからだ。

友達だと思っていた小太りの女は、かおりの姉だった。軽い驚きと同時に玉城は、妙に納得した。黄色のファーコートを羽織った水商売ふうの女と、雨でもないのに区役所の職員のような愛想も色気もないカーキ色のレインコートを身に纏った女。よくよく考えれば、これだけアンバランスなふたりが、友達であるほうが不自然だ。

予想どおり、かおりは渋谷のキャバクラ嬢で、姉は都庁の職員だった。玉城はかおりを無視して、姉に攻撃の的を絞った。意外な結果が出た。姉は五分で席を立ち、かおりだけが残った。玉城は、一気にやる気を失った。キャバクラ嬢でローンが組めないということもあったが、美顔器も痩身セットも必要としていない容姿端麗なかおりに、売り込む商品が思いつかなかったのだ。

カモに去られて脱力感に蝕まれていた玉城から、かおりは現金で二万円分の化粧品を買った。ゴミみたいな契約だった。男に口説かれるのがあたりまえの毎日を送っていたかおりは、自分になびかない玉城に興味を持った。

かおりに、店への同伴を求められた。断った。女から金は巻き上げるが、女に金を使うなど玉城の辞書にはない。意地になったかおりは、今度はホテルに誘ってきた。ホテル代を払わなくていいなら、という条件で誘いに乗った。かおりが買った二万円の化粧品の五十パーセントの歩合では、玉城の取り分は一万円にしかならない。ホテル代を払ったら、稼ぎが消えてしまう。

ブスでもデブでも何十万もの歩合が取れる女なら、こちらからホテルに誘って宿泊料金を持ってやるが、いくら魅力的な女でも、一、二万の契約では割に合わない。女は商品であり、金蔓だ。それ以上でも以下でもない。女にうつつを抜かすほど、自分は愚かではない。

大枚をはたいても、セックスしたがるヒヒおやじに囲まれ天狗になっていたかおりは、プライドを傷つけられながらも、玉城の条件を呑んだ。セックスすれば、玉城が己の虜になると思ったのだろう。

結果は逆だった。キャンセル防止のために、女の悦ばせかたを日々研究している玉城のホスト顔負けの腰遣いと、ＡＶ男優に匹敵するフィンガーテクニックに、虜になったのはかおりのほうだった。スケベ汁を垂らし二ラウンド目を要求するかおりに、玉城は第二の条件を突きつけた。

第二の条件——昼間は、ソフィーのエステティシャンとして働くこと。

当時、社長の羽田は、結婚して辞めたエステティシャンの穴埋め要員を捜していた。もちろん、かおりに話を持ちかけたのは、羽田なんかのためじゃない。

月に二十人ペースで増える玉城の顧客は半年前に既に、百人を超えていた。玉城が新規の客にトークしている最中に、マッサージにきた客とバッティングして険悪なムードになり、契約を取り損ねたのは一度や二度じゃなかった。以前から、自分の顧客専用のエステティシャンがほしかった玉城には、かおりの存在はうってつけだった。

医者が病気であったり、歯医者が虫歯であったりすれば不自然なように、美を売り物にしているエステティックサロンのエステティシャンが、ニキビ顔だったり太っていたら説得力もなにもない。その点かおりは肌もきれいで、スタイルも文句がなかった。しかも、キャバクラで働いているだけあって、客のあしらいかたがうまいのが、なにより玉城には魅力的だった。

すんなりとかおりは、第二の条件も受け入れた。玉城は、心変わりさせないようにかおりの肉体《からだ》を一晩中攻め続けた——骨抜きにした。

——玉城さんね、あなたがマッサージにくるのを首を長くして待ってたのよ。ほら、新規の契約を取らなければクビになるから彼、仕方なくほかのお客さんと話してるけど、本当ははやく、あなたのところにきたくてウズウズしてるよ、きっと。口を開けば由美ちゃん由美ちゃんって、もう、耳にタコができちゃった。

マッサージをしながら囁くかおりのでたらめのおかげで、客同士のバッティングで契約が反故《ほご》になることはなくなった。かおりは自分だけは特別だという優越感に浸り、マッサージを受けている客も優越感に浸り、新規の客も優越感に浸る。だが、玉城にとって特別なのは、金を運んでくる女だけだ。その意味では、誰もが特別であり、誰もが特別ではない。それは、すっかり恋人気分でぺちゃくちゃと喋り続けている眼前の泉も同じだ。

「でね、でね、そのおじさんが、十万も定期預金にしたのにティッシュしかくれないのか、って騒ぎ出しちゃってぇ。もう、私、腸《はらわた》が煮えくり返ってたけど、営業スマイル浮かべて平謝りよ」

それは、自分も同じだった。心で毒づき、顔に微笑を湛えて玉城は大袈裟に相槌を打った。

腕時計の針は、あと四分で午後一時を指す。忍の足音が、ひたひたと脳内に谺《こだま》した。そろそろ、仕掛け時だ。

「ああ！　いっけねえ、もうこんな時間だ。一時間半も引き止めちゃって、ごめんね。泉ちゃんと話してると愉しくて、ついつい時間を忘れて……」

わざとらしい仕草で玉城はピアジェ・ポロを覗き込み、大声を上げた。時間を、忘れるはずがない。忍がくる以前《まえ》にローン用紙にサインをさせ、今夜ホテルで会うことを約束し、さっさと事務所から追っ払ってしまいたかった。

「あ、本当だ……」

似合いもしないカルティエの腕時計に視線をやった泉が、顔を曇らせた。手応えは十分だ。

「もう会えないかと思うと……。いけないいけない。そんなこと言ったら、泉ちゃんをまた引き止めることになっちゃうな」

玉城は、憂《うれ》いに沈む瞳で数秒間泉をみつめ、泣き笑いを浮かべてみせた。顔がいいから、なにをやっても様になる。泉の母性本能が、転げ回るほどにくすぐられているのが、手に取るようにわかる。

「あのさ……。ほかのひと達、商品の説明とかしてるのに、あなたはなにもしなくていいの？」

「え？」

意外な表情を作る自分――心で驚喜《きょうき》する自分。

「だから、いいよ。話を聞いても。あなたの会社がどんな商品を扱ってるか、興味もあるし
……」

下脹れ顔を赤らめ、泉が言った。泉が興味があるのは商品なんかじゃなく、この自分だ。

「ありがとう。でも、気持ちだけで十分だよ。泉ちゃんみたいなかわいいコには、エステなんて必要ないしね」

「おべんちゃらはいいから、はやく説明をして」

言葉とは裏腹に、泉は舞い上がっていた。ストローがあるのに、アイスコーヒーをグラスごと口に運ぶ動作にも、それはみて取れた。

「わかった。言葉に甘えるよ。ファイルを持ってくるから、ちょっと待っててね」

片目を瞑り玉城は、泉の肩に手を置き席を立った。肩に乗せた左手の小指をさりげなく立てて泉の耳朶を軽く撫でてやると、ダルマ形の躰がビクッと反応した。やはり、男に触れられることに慣れていない。玉城の行動には、なにひとつとして無意味なものはない。カモを自分に夢中にさせて、契約に結びつかせるために計算されたことばかりだ。

「小島さん、ファイルをくれないか」

玉城は、マッサージ室の椅子に座って口紅を引いているかおりの背後に回り、よそよそしく声をかけた。かおりは、ドレッサーの抽出《ひきだ》しから取り出したファイルを後ろ手に渡しながら、玉城のペニスを握り締めた。全身が強張った。脳みそが冷や汗をかいた。腰を引き、かおりの五指から逃れながら泉をみた――泉は、背中を向けてアイスコーヒーを飲んでいる。

ほっと胸を撫で下ろした。硬直した筋肉がゆっくりと弛緩《しかん》するのと入れ替わりに、ペニスが硬直した。

鏡の中のかおり――瞳に挑発的ないろを浮かべ、悪戯っぽく唇を舌で舐め回している。かおりの肉厚な唇、とくに上唇は卑猥に捲れ上がり、淫靡《いんび》な印象を与える。

「おい、ふざけるな。もうすぐ忍がくる。エレベータの前で待機しててくれ。忍が出てきたら偶然出くわしたふりをして、外へ連れ出すんだ。俺に昼めしの買い出しを頼まれたとかなんとか適当な理由をくっつけて、一緒に選びに行こうって誘うんだ。女房気取りのあいつは、喜んでついて行くだろうよ。三十分は、戻ってくるなよ」

玉城は、かおりの耳もとで囁いた。

「わかったわ。その代わり、今夜慎ちゃんの部屋に行くから、たっぷりとかわいがってちょうだいね。いま、耳もとで囁かれて、アソコが濡れちゃった」

「馬鹿、聞こえたらどうすんだ」

甘ったるい声で囁き返すかおりの背中を、玉城は小突いた。聞き飽きたダンスミュージックを垂れ流す有線のボリュームは大きく設定してあるので、囁きが泉にまで届くことはありえないが、万が一届いたらシャレにならない。

「ごめん、ごめん。忍さんのほうは、うまくやるから」

鏡越しに玉城は頷き、ドレッサー上のブラシを手に取って髪の毛を梳かした。鏡に注ぐ視線を、かおりから自分に移した。右、左、正面——あらゆる角度からチェックしても、完璧な顔だった。玉城は、鏡に映る自分の美貌に引き込まれそうになる誘惑に抗い、泉の待つ円卓に戻った。

「お待たせ。本当に泉ちゃんには必要ないと思うけど、ひととおり説明するね。まず、宿便《しゅくべん》から話そうか。ええっと、宿便は……あった。これが宿便だよ」

幼児に絵本をみせるようにファイルを開いた玉城は、ビーカーの中に溜まった黒っぽいヘドロ状の写真を指差した。

「なにこれぇ～。気持ち悪ぅ～い」

泉が、ぶよぶよして脂ぎった頬を両掌で挟み、場末《ばすえ》のキャバレーのホステスのような鼻声を出した。気持ち悪いのはお前だ——胸奥で毒づいた。

「でしょう？　これが宿便、つまり腸に溜まった便のことなんだ。泉ちゃん。毎日お通じをする人で、何キロくらいの宿便が腸に溜まっていると思う？」

「ええ～、わかんなぁ～い。一キロくらい？」

場末のキャバレー女の鼻声に、コギャルふうのイントネーションを織り交ぜた泉は、小首を傾げて玉城をみた。

「とんでもない。五キロ前後は溜まってるんだよ」

泉にたいしての吐き気とムカつきを胸に飼い慣らし、玉城はにっこりと微笑んだ。

「五キロもぉ!?　信じらんなぁ～い」

鼻声と甘え声のハーモニーが、鼓膜に不快に絡みつく。ピンクの制服を着たかおりが、形のいい尻を振りながら玉城の横を擦り抜けてフロアを出た。泉が、敵意に満ちた視線でかおりの後ろ姿を見送った。

さっきのかおりの指の感触を思い出し、聞き分けのないペニスが股間にテントを張った。泉に気づかれたらまずい。自分の腹の上で、二段腹を揺すりながら腰をグラインドさせる忍を想像した。男根が萎《しぼ》んだ――テントが畳まれた。

「まだ、驚くのははやいよ。五キロっていうのは毎日お通じをしている人の話で、便秘気味の人、とくに女性に多いんだけど、そういう人は、七キロとか八キロの宿便が溜まってるのがあたりまえなんだ」

「そんなに!?」

「そう。だから、その宿便をすべて排出すれば、単純計算で体重が七キロから八キロは減るのさ。泉ちゃんの体重は、みた感じから察すると四十五キロくらいでしょ？」

マイナス十五キロ分のお世辞――どうみても、六十キロは下らない。

「女性に、体重を訊くのは失礼よ」

口を窄め、泉は下脹れ顔をなおいっそう膨らませた。他人《ひと》の迷惑を顧みぬ、ぶりっこフェイスの連発。セーラムに火をつけた——メンソールの紫煙で、いらいらを鎮めた。

「泉ちゃんみたいにスタイルのいいコに体重を訊くのは、ちっとも失礼じゃないさ。まあ、ウチの痩身セットに含まれているダイエットフーズを飲めば、宿便がきれいに取れて体重が落ち、ニキビもなくなるけど、どちらにしても君には必要ないよ」

「ニキビが？　どうして？」

案の定、泉は身を乗り出してきた。

「腸内に溜まった宿便は、何日か経つと毒素を発生させるんだ。その毒素が血液中に混じって、いろんな障害を引き起こすのさ。ニキビは、悪脂肪と呼ばれる汚れが毛穴に詰まってできる場合と、宿便が原因のふたとおりがある。前者だと美顔マッサージをして汚れを取れば大丈夫だけど、後者だと内面からきれいにしないとニキビは治らないんだ」

宿便が腸内に何キロか溜まっていたり、ニキビの原因になっているのは事実だが、それを排出したからといって、その分の体重が減ったり、肌がつるつるになるかどうかはわからない。

が、そんなことはどうでもよかった。売りつけたあとに効果が出なければ、甘い物を食べたでしょ？　とか適当な理由を並べて客のせいにすればいい。もっとも、自分の虜になった客が効果云々で騒ぎ出すことはありえない。クレームをつけてくるとすれば、追加契約が見込めなくなった客を、玉城が切り捨て冷たく接し始めたときだが、その頃にはクーリング・オフの適用期間をすぎており、時既に遅し、だ。

「私、やってみようかな。その、ダイエットなんとかって商品。額のあたりにニキビが目立ってるし、躰も少し太めだし……」

「そんなにいいスタイルしてて太めだなんて、ほかの女《ひと》に聞かれたら怒られちゃうよ。それに、ニキビが目立つって、どこに？」

隣の円卓で陰鬱なお通夜トークを続ける和田が、呆れ果てた顔で玉城をみた。

和田は、なにもわかっていない。女は基本的に自惚れ屋だ。嘘だろうがでたらめだろうが徹底すれば、醜いアヒルも己を麗しき白鳥だと錯覚するものだ。

「ほら、ここよぉ、ここぉ」

泉が舌足らずの口調で、ぷちぷちと赤く突起したニキビを指差した。

「ああ、それね。あんまし小さなニキビだから、わからなかったよ。過去に何百人の女性をみてきたけど、君ほどトラブルが少なくてきめ細かな肌のひとは、そういないからね」

「これでも、ニキビと太めの躰に悩んでるんだからぁ」

泉は、図に乗っていた。これでもなにも、それだけのニキビヅラと肥満体ならば、悩むのは当然だ。

「たしかに、泉ちゃんの肌はきめ細かくて敏感が故に、ちょっとした刺激でニキビやシミになる可能性はあるね。これはね、美肌を持つ女性《ひと》の宿命なんだよ。言うなれば、両刃《もろは》の剣ってやつさ。デリケートな肌を予防する意味で、ウチの商品を使ったほうがいいかもしれない。でも、ダイエットフーズを使ったら体重も七、八キロ落ちちゃうけど、構わない？」

「う〜ん、仕方がないね」

玉城は円卓の下で拳を握り締め、心で歓喜の声を上げた。「北風と太陽」作戦は大成功だ。ウイークポイントをじくじくと突っついて商品を押しつけても、客は意地になり金を吐き出さない。褒めて、おだてて、持ち上げて、決して商品を売り込まない。旅人が堪らず自らコートを脱ぎ捨てたように、あくまでも、己の意思で金を吐き出させるのがポイントだ。

セーラムを消した。和田の客が席を立った。待ってましたとばかりに、島内と小暮の客もあとに続いた。ガキを相手にしていた小暮はさておき、和田と島内は北風流の強引なトークが敗因だ。

頬の筋肉がスキップした——和田と島内の失敗に、泉が陥落したことに。

宿便排出で内面をきれいに、美顔マッサージで外面をきれいに、ついでに手足のむだ毛処理も……——ふたりっきりになったフロアで玉城は、マシンガントークを開始した。軟体動物並みに玉城に骨抜きにされた泉は結局、美顔クリーナーセット、スリムバンデージセット、脱毛クンスペシャル、ダイエットフーズセットを買うことを承諾した。

当初の目論見を、十七万上回る百四十万の契約——手取りにして、七十万の歩合給。この美貌と話術を授けてくれた神に感謝した。

玉城は席を立ち、ドアをロックした。ローン用紙を片手に円卓に戻り、泉の肩に腕を回して引き寄せた。驚愕の表情で瞼を大きく見開く泉に、唇を押しつけた——吸った。

泉の躰は銅像のように硬く強張ったが、抵抗する気配はなかった。顔を傾け、歯の隙間から舌をこじ入れた。泉の舌が、ナメクジのように絡みついてきた。汗ばんだ下脹れの頬が、玉城のすべすべの頬にぺちゃりと貼りついた。ゆっくりと唇を離した。泉の濃度の濃い唾液が、糸を引いた。

「さあ、はやくサインをして。契約書を書き終えたら、紀伊國屋書店の前で待っててくれる？　三十分ほどしたら、俺も行くから。時間は、あるんだろう？」

玉城は、うがいと洗顔に行きたいのを我慢して、熱くほてった泉の顔を両手で包み込んで、意味ありげに囁いた。

瞳を潤ませこくりと頷いた泉は、洗脳された信者のようにローン用紙にボールペンを走らせた。興奮の余韻を引き摺り、ボールペンを持つ手が小刻みに震えている。

「いままでに、なにかローンを組んだことある？　着物とか、英会話の教材とか？」

泉が、首を横に振った。

「そっか。でも、念のために、頭金を現金でたくさん入れてたほうがいいな。百万を超えると、いくら内容のいいお客さんでも、保証人をつけろとか言われるかもしれないから。四十万くらい、入れられそう？　無理しなくても、いいんだよ」

極上の金蔓を手中に収めた玉城は、「アルプスの少女ハイジ」のおじいさんよりも優しく、包容力があった。

「ううん。四十万だったら、大丈夫」

上気した頬、掠れた声、潤んだ瞳。もはや泉は、冷静な判断力と金銭感覚を失っていた。

紀伊國屋書店の前で待ち合わせ――ホテルに直行。心変わりさせないための、定期預金と、今後の稼ぎをすべて吐き出させるための、仕上げの一仕事《セックス》。

二本目の煙草に火をつけた。セーラムの紫煙を口内で弄びながら玉城は、ローン用紙に印鑑を押す最愛の恋人をみつめた。

最愛の恋人――自分に金を運び続けているうちは、泉は、最愛の恋人に違いなかった。

4

メルセデスは、巣鴨駅南口の白山通り沿いから少し奥まった場所に建つ、コンビニエンスストアが一階に入ったビルの前で、ゆっくりと停車した。巣鴨第一ビル——壁面に浮き出ている文字と、慶国ローンの清水から聞いたビルの名を脳内で照合した。

成瀬は、通りを行き交う車の排気ガスで黒ずんだこのビルの三〇二号室に、事務所を構えている。

成瀬——高利の街金融、成豊の経営者。成瀬は、自身の経営するほかの街金で九十万を借りた羽田を、次々とグループ内で回し、最終的に二千三百五十六万に膨れ上がらせた債権の担保として、ソフィーの手形を振り出させた。

菊池が、ドライバーズシートを飛び降りて、リアシートのドアを開けた。桐生は、靴底を溶かすような熱を持つアスファルトに降り立ち、モアをくわえた。助手席から軽快なフットワークで滑り降りた花井が、アル中患者のように震える手で、ライターの火を差し出した。

桐生は、ブリオーニの黒いスーツの背中を焦がす陽差しから逃れ、巣鴨第一ビルの薄暗いエントランスに足を踏み入れた。「禁煙」のプレイトと、出入り口に設置された灰皿を無視して奥へと進んだ。三〇二号のメイルボックスに印字された成豊の文字を視界の隅に捉えながら、エレベータに乗った——雑巾が生乾きしたような不快な臭いが、鼻孔をついた。

震度一の体感で上昇したエレベータが、三階でパックリと口を開いた。花井、桐生、菊池の順でエレベータを降りた。三〇二号室——成豊。クリーム色のスチールドアに、シルバーのプレイトが貼りつけてあった。菊池が、ドア脇のインタホンを乱暴に押した。『どちらさん？』——ぶっきらぼうな男の声。まだ、若い。

「どちらさんじゃねえっ。さっさとドアを開けろっ！」

スピーカーに怒声を吹き込んだ菊池が、ドアノブをガチャガチャと回した。

『あぁ!? ちょっと待ってろやっ、こら！』

気色ばんだ声がとぎれ、解錠の音がした——ドアが勢いよく開いた。

「てめえら——」

坊主刈りが伸びたような髪をシルバーに染めた男が、桐生達をみて怒声を呑み込んだ。右の耳朶《みみたぶ》と両の小鼻にピアスを嵌めている銀髪坊主の歳は、まだ二十一、二といったところか。

「だ、誰だよ、あんたら……」

銀髪坊主の声は、明らかにトーンダウンしていた。

「てめえみたいなガキに、用はねえんだよ」

言いながら菊池は銀髪坊主を押し退け、事務所内へと踏み入った。桐生と花井もあとに続いた。

桐生興業の半分ほどのスペースしかない狭苦しい事務所内には、カウンターテーブル、コピー機、スチールデスク、応接ソファが足の踏み場もないほどにひしめいており、壁紙はヤニで黄ばんでいた。

「ま、待てってつうんだよっ」

及び腰ながらも必死に行く手を遮ろうとする銀髪坊主に、ファイティングポーズを取った花井が擦り寄った。花井の焦点の合わない藪睨《やぶにら》みをみた銀髪坊主のピアス顔が強張り、二歩、三歩と後退した。

「なんなんだっ、てめえらっ！」

銀髪坊主の背後、向かい合う四脚のスチールデスクの奥の黒革張りのソファにふんぞり返る、ひょうたん顔のでぶっちょが、甲高い声を張り上げた。

光沢のある下品なグレイのダブルスーツに、黒地に金の柄が入った趣味の悪いネクタイをぶら下げているでぶっちょの左腕には、これまた趣味の悪い金無垢のロレックスが巻かれていた。金貸しの王道を行く成金スタイルのでぶっちょの歳は、自分より三つか四つ上にみえる。

でぶっちょ――多分成瀬に違いない。でぶっちょの両脇には、銀髪坊主とさほど変わらない歳のキツネ眼の男と、イボイノシシのように頰骨の突き出た男が、ボディガードを気取っている。

「おい、でぶ。お前が成瀬か？」

桐生は、眼を剝き熱《いき》り立つ菊池を制して、冷々《ひえびえ》とした響きを帯びた低音をでぶっちょに投げかけた。

「なっ、なっ……。きっさまぁ、ナメてんのかっ、こらぁ!!」

配下の眼前《まえ》で恥をかかされた成瀬が立ち上がり、短い手足と二重顎をぶるぶると震わせた。

桐生の圧倒的な迫力に気圧《けお》されながらも成瀬は、ふたりの俄ボディガードと銀髪坊主の眼を気にして、懸命に巻き舌を飛ばしてきた。

「お前の、汗でベタベタの顔なんて、ナメたくはない」

おちょくるような桐生の言葉に菊池が手を叩いて大声で笑い、成瀬の顔は朱色に染まった。

「おめえら、喧嘩売ってんのかっ、ああっ!?」

「たいがいにしとかんと、キレるぞっ！」

イボイノシシとキツネ眼が、スチールデスク越しに吠えた。ハッタリだけは一丁前だが、ふたりとも腰が引け、こちらに向かってくる気配はなかった。

「ヤクザ者にもなれねえで、弱い者からしこしこ金を搾り取ってる半端なてめえらが、桐生興業相手にどうやってキレるんだ。お？　キレるんなら、キレてみろやっ！」

菊池の怒声に、事務所内の澱んだ空気が凍てついた——イボイノシシとキツネ眼の顔も凍てついた。剝製状態で立ち尽くすふたりに挟まれた成瀬が、ダッチワイフのようなまぬけヅラで口をぽっかりと開けた。

菊池は心得ていた。いくら相手がヤクザ者を気取っても、所詮は堅気だ。堅気相手に、富樫組の名を出せば恐喝になる恐れがある。わざわざ代紋をちらつかせなくとも、高利貸しの世界に身を置く者で、桐生興業イコール富樫組だということを知らない人間はいない。

スチールデスクを迂回した桐生は剝製二匹を掻き分け、長ソファにどっかりと腰を下ろした。テーブルに桐生興業の名刺を置き、成瀬に着席を促した。怖々と尻をソファに沈めた成瀬は、名刺を手に取り、威圧的に並ぶ毛筆体の太文字に視線を這わせた。

「おい、お前ら鬱陶しいんだよ。外に出てろ」

桐生は、所在なげに突っ立つイボイノシシ、キツネ眼、銀髪坊主に追い払う仕草で手を振った。三人が縋《すが》るような眼を成瀬に向けた。

「ちょうどいい。三人で唐沢建設に行って、遅れ分の金を切り取ってこい。払えねえって言うんなら、新しい手形をもらってくるんだ」

「でも……」

ボスの身を案じるイボイノシシが、不安げな声を出した。

「でももホモもねえっ。言われたとおりにしろっ！」

成瀬の甲高い声で一喝されたイボイノシシは、銀髪坊主とキツネ眼を従え事務所をあとにした。

三人を追い払ったのには、理由がある。配下の眼前《まえ》では成瀬も、素直になれないと思ったからだ。

「桐生興業の方が、私になにか……？」

さっきまでの威勢のよさは影を潜め、成瀬の言葉遣いも態度も、一流ホテルのコンシェルジュのように恭しくなった。だが、桐生をみつめる成瀬の瞳の中に、恐怖とは別種の冥いなにかが入り交じっているのが気になった。それに、成瀬の生白いひょうたん顔には見覚えがあった。

ケツを持っている街金の事務所、クラブ、ノミ屋……。モアをテーブル上のクリスタルの灰皿で揉み消した桐生は、ここ数日間の行動範囲を記憶で辿ったが、成瀬をみかけた覚えはない。

「新宿のエステティックサロンの経営者、羽田正一を知ってるな？」

記憶の旅を中断し、桐生は成瀬に問いかけた。羽田の名を耳にした瞬間に、成瀬の生白い肌が狼狽色で彩られた。

「ウ、ウチの店で二千三百万あまりの金を貸している客ですが……。奴が、なにか？」

「二千三百万の金を貸しているだぁ？　吹かしこいてんじゃねえぞっ、くそ豚がっ！」

スチールデスクに尻を乗せていた菊池が飛び降りて、罵声と同時に誓約書をテーブルに叩きつけた。灰皿がテーブルの上で、成瀬のでぶった躰がソファの上でバウンドした。

誓約書――昨日羽田に書かせた、成豊に振り出したソフィーの手形を買い戻す旨の、桐生興業への全権委任状。

紙面の文字を追っていた成瀬が、表情を失った。

「ふ、吹かしてなんかいませんよ。それに、これは……どういうことですか？」

「どういうこともなにも、そこに書いてあるとおりだ。俺らは、羽田の振り出した手形を買い戻しにきた」

「それはもう、羽田への貸し金を払ってもらえるなら、私のほうは一向に構いませんがね」

成瀬が、犬歯に光る金歯を剝き出しにして卑屈に笑った。

「おい、菊池」

菊池が、ルイ・ヴィトンのアタッシェケースを桐生に渡した。ロックを解き、アタッシェケースの上蓋を開けた。ケース内を埋め尽くす百万の札束二十三束に、成瀬の眼球が吸い寄せられた。

「ここに、二千三百万の現金がある。そっちも、手形をみせてもらおうか」

「へいへい、お安い御用で」

成瀬は小躍りするように立ち上がり、応接ソファに隣接するパーティションの奥へと消えた。

桐生は菊池と顔を見合わせ、互いに笑いを噛み殺し合った。意味のわかっていない花井も、つられて唇の端を歪めた。

「どうぞ、気の済むまでご覧ください」

パーティションの奥から戻ってきた成瀬が、ゴツい色石の嵌まった人差し指と中指に挟んだ手形を桐生に差し出した。

桐生は素早く、手形の表裏に視線を這わせた。

約束手形・金額、¥23、560、000※　振出人、株式会社ソフィー、代表取締役羽田正一、支払期日、平成十一年九月十六日　受取人、記載なし　裏書き欄、記載なし
羽田の言葉に、嘘はなかった。

「どうです?」

アタッシェケースに粘っこい視線を貼りつかせていた成瀬が、焦れったそうに訊ねた。

「問題ない」

手形から視線を剝がし、桐生は素っ気なく言った。

「そうですか。じゃあ……」

クリスマスプレゼントをもらう子供のように成瀬は、上気したひょうたん顔に満面の笑みを湛えながら両手を広げた。

桐生はアタッシェケースの中から札束を一束摑み、十枚の一万円札を抜いてテーブルに放った。餌を前に、お座りの姿勢で待つ犬さながらに桐生の手の動きを見守る成瀬を無視して、モアに火をつけた。

「なにしてる。はやくしまえよ、成瀬さん」

「へっへっへ。桐生さん、冗談きついんだから」

成瀬の満面の笑みに、僅かながらひきつり笑いが混濁した。

「冗談なんか言ってない。お前が、羽田に貸した九十万だ。取っておけ」

「んな……。きゅ、きゅ、きゅうじゅうまんだと!? あんた、たったの九十万で、二千三百五十六万の手形を買い取ろうってのか!? 現金があるって言うから、手形を渡したんだっ。それじゃまるで、詐欺じゃねえかっ！」

満面の笑みが吹っ飛び血相を変えた成瀬は、憤然と憤懣《ふんまん》に手を引かれるように席を蹴った。甲高い声が裏返り、ハイ・ボイスに拍車がかかっていた。

「あんだとぉ!? 若頭《かしら》にたいして、口の利きかたに気をつけやがれっ！ そのたったの九十万で、二千三百五十六万の手形を振り出させたのは、てめえだろうがぁっ！ おぉっ!? どうなんだっ、くぉらぁっ!!」

菊池が成瀬のネクタイを摑み、前後左右に激しく揺さぶった。もげそうに揺れる成瀬の頬肉に菊池は、往復ビンタをくらわした。グェッ、グェッと呻いた成瀬の顔が、射精寸前の亀頭並みに赤黒く怒張した。いつの間にか花井が桐生の横にピタリとつき、戦闘態勢を取っている。

「その辺にしておけ」

桐生の言葉を受けた菊池は、成瀬に唾を吐きかけてネクタイを持つ手を離した。ソファに背中から無様に倒れた成瀬は、喉と頬を擦《さす》りながら酸素を貪っている。菊池の唾液がドロリとへばりつくひょうたん顔は、レイプされ、精液を顔射《がんしゃ》された女の如く屈辱と苦痛に歪んでいた。

「あんた……どこまで俺らをコケにすれば気が済むんだ……」

消え入りそうな掠れ声を、成瀬は捻り出した。

どこまで俺らをコケにすれば気が済むんだ……。桐生は、成瀬の掠れ声を脳内で反芻した。俺ら、というのは成豊を指しているのか？　それとも、別の意味があるのか？　涙で充血した眼――冥いなにかが入り交じった眼。成瀬の瞳に浮かぶ憎悪にも近い屈辱のいろは、ソフィーの手形の件だけが原因なのか？　だが、手形を九十万で奪い取る以前、桐生興業の名を耳にした時点で既に成瀬は、冥い眼で自分をみつめていた。

思考を止めた。桐生を恨みに思っている人間は、両手両足の指を使っても数えきれない。親父を、恨んで恨んで恨み尽くして育った自分は、いま、他人《ひと》の恨みを養分に財と権力の華を咲かせてきた。恨む立場の人間より、恨まれる立場の人間でありたい。恨まれるのは自分にとって勲章であり、力の証であり、最高の褒美だ。

桐生はソファから腰を上げ、仰向けの姿勢のまま横たわる成瀬に顔を近づけた。

「お前らのような能なし、力なしは、どこまでもコケにしてやる。ゴミみたいなバクチ狂相手にうまく立ち回ったつもりだろうが、いい気になるな。ヤクザ者を気取って大物ぶっても、お前は所詮アマチュアだ。堅気は堅気らしく、負け犬は負け犬らしく、分相応にこそこそと小金を稼いでろ。いいか？　上には上がいるってことを忘れるな。天狗になったそのダンゴ鼻を、俺が元に戻してやる」

桐生は酷薄な微笑を口もとに浮かべ、成瀬の脂ぎった鼻にモアの火を押しつけた。ジュジュッという肉を焦がす臭い――成瀬の絶叫を手土産に、桐生は事務所をあとにした。

☆

落とされた照明、艶《なまめ》かしい嬌声、荒い鼻息、螺旋状に渦巻く紫煙――連れ出しパブ、モンテ・ローザ。いかがわしく淫靡なムードに満ち溢れている十五坪の空間に設置された十のボックス席は、午後九時をすぎているというのに、三分の一も埋まっていなかった。

桐生は、客のいない隅のボックス席で、暇そうに肩を並べて座る五人の外国人ホステスに眼をやった。客の相手をしている、ふたりのホステスと合わせて七人。この店のホステスは十人だったはずで、残る三人は奥の部屋で富樫喜三郎達の相手をしているか、客にデートに連れ出されたかのどちらかだ。

桐生の姿を認めた星野《ほしの》とふたりのボーイが慌てて駆け寄り、頭を下げてきた。顔の筋肉のコントロールを失った客達は、コロンビア女の乳房を揉んだりメキシコ女の太腿を触ったりと忙しく、派手に出迎えられる大男の存在など、まったく眼中になかった。

「組長《おやじ》は?」

躰を折り曲げた格好で桐生は、百六十センチそこそこの星野の耳もとで囁いた。桐生と同じ三十六歳の星野は、モンテ・ローザの責任者だ。

「十分ほど前に、おみえになりました。奥でお待ちになっておりますので、どうぞこちらへ」

星野が慇懃《いんぎん》に囁き返し、桐生をフロアの奥へと先導した。

モンテ・ローザは、桐生興業から歩いて数分の、大久保通り沿いに建つ朽ちかけた雑居ビルにある。このビルは、カラオケBOXを都内に数軒経営していた男の物件だった。男には、三年前に桐生興業で一千万の金を貸していた。大手家電メーカーなどの参入でカラオケBOXの業界は飽和状態になり、男は経営に行き詰まった。結局、男は借金を精算できず、桐生はビルを差し押さえた。

四階建てビルの一階がモンテ・ローザで、二階から四階は、富樫組でケツを持つ街金業者に貸している。

星野の小さい背中が、フロアの奥のアコーディオンカーテンに吸い込まれた――桐生も続いた。

「よう、悪いな。忙しいところを呼び出して」

アコーディオンカーテンの向こう――U字形のソファの中央に陣取る富樫喜三郎が、片手を上げて濁声《だみごえ》を投げてきた。

「失礼します」

言いながら、富樫喜三郎の背後に立っていた組長付きのボディガードふたりが素早い動きで桐生に駆け寄り、頭を下げ、ボディチェックを開始した。桐生はボディチェックを受けつつ、視線を巡らした。

富樫喜三郎の右手に、小柄なタイ女と人工ブロンドヘアのコロンビア女、左手には透きとおるような白い肌をした大柄なロシア女と……。

桐生は巡らしていた視線を、ロシア女の隣で静かにブランデーグラスを傾けている、鋭利な刃物を連想させる眼を持つ男で止めた。男は、桐生に浅く頭を下げた。立場上仕方なくそうした、というようなおざなりな頭の下げかただった。

男の名は鬼塚英二《おにづかえいじ》──富樫組の若頭補佐。桐生は、三つ歳下のこの兄弟分とまったく反りが合わなかった。理由はわかっていた。冷徹で、打算的で、金への執着心が強く、目的達成のためならば手段を選ばない鬼塚は、自分とよく似ていた。似すぎているが故に、互いに反目している。

金融業、ノミ屋、デリヘルをシノギとする桐生にたいし、連れ出しパブ、デートクラブ、ポーカーゲームをシノギとする鬼塚。富樫組の屋台骨は、ふたりの双肩にかかっているといっても過言ではない。

慢性的に患っている糖尿病が悪化した富樫喜三郎は、ここ一、二年、引退の二文字を口にするようになった。富樫組は、構成員数八千名を誇る広域組織菊田連合の傘下団体である。富樫組自身も六十団体の枝を持ち、菊田連合の傘下団体の中では最高の千二百名の構成員を抱えている。

富樫喜三郎が引退するとなれば当然、桐生が跡目を継ぐ。そうなった場合、若頭には鬼塚が昇進する。実質的に組の運営の要になる若頭に鬼塚がなるのを桐生は望んでいないし、彼もまた、眼の上のたんこぶの桐生が組長になるのを望んではいないだろう。

ふたりが反目しながらもここまでやってこられたのは、富樫喜三郎の存在があったからだ。つまり、富樫喜三郎の引退は、富樫組が空中分解する引き金になる危険性を十分に孕《はら》んでいる。

「遅くなって、申し訳ありません。仕事が手間取りまして……」

ボディチェックから解放された桐生は、富樫喜三郎に詫びを入れながら、ブルガリをみた――午後九時十七分。十七分の遅刻。桐生は、コロンビア女の横に腰を下ろした。テーブルを挟んで、鬼塚と向かい合う形になった。テーブル上には、半分ほど空いたヘネシー・XOの酒瓶と、フルーツの盛り合わせが置かれていた。

富樫喜三郎の、短く刈り込んだ胡麻塩頭の下の深い皺が彫り込まれた顔は既に、まっ赤に変色していた。富樫喜三郎はもともと下戸《げこ》で、酒の席でもウーロン茶しか飲まない。富樫喜三郎が酒を飲むのは、めでたい話か言いにくい話をするときだけだ。桐生は、今夜の話は後者だと確信した。鬼塚が同席していることを考えると、確信はさらに深まった。

「なにか、トラブルでもあったのか？」

富樫喜三郎は、シルバーフレイムの眼鏡の奥の眼を細めて、穏やかな口調で言った。その穏やかさが、桐生の心を暗鬱とさせた。

「いいえ。切り取りで、少し手間取りまして……」

嘘――切り取りになど、行ってはいない。三十分前まで桐生は、歌舞伎町のグレード・ワンにいた。

午後八時五分発走の、ナイター競馬のメインレース帝王記念で、ナゴヤシチーとミスターカイジンが見せ場もなく馬群に呑み込まれるのを見届け、羽田に新しい手形を切らせた。賭けた馬が負けたというのに、羽田はさばさばとしていた。新しく切った手形の裏書き欄に従業員である玉城の署名を取れば、己は二千三百五十六万の債務から逃れられるからだ。しかも羽田は、玉城から手形金を回収すれば、一千万のバックマージンをやると言った桐生の約束を信じていた。

桐生はまず、羽田の切った手形の裏書き欄に菊池と花井に署名させた。玉城を安心させるためだ。

桐生の描いた絵図はこうだ。七月分の売上げを支払いに使ってしまい、今月末の給料が払えそうにもない。銀行で手形を割り引いて金を作ろうと思っているが、裏書きがなければ融資をしてくれない。そこで、知人の社長ふたりに裏書きを頼んだが、万全を期してもうひとりだけ署名がほしい。裏書きなんて単なる形式にすぎない。裏書き欄には、菊池社長と花井社長が名を連ねているので、万が一にも迷惑がかかることはない。それでも不安なら無理にとは言わないが、給料を払える保証ができなくなってしまう。

羽田の話によれば、月末までにローン会社の承認が下りた売上げが、翌月の十日にソフィーの口座に振り込まれるシステムになっており、玉城を含めた営業マンやエステティシャンの給料は末日に支払われる。驚いたことに羽田は、全営業マンの上げた七月度の九百万近い売上げを、成豊の借金返済に充てていたならばまだわかるが、すべてをバクチに溶かしていた。おおかたバクチ狂の考えそうなことで、九百万を二千三百万に増やそうとでもしたのだろう。

玉城からすれば、羽田の持ちかける裏書き署名の条件を呑まなければ、七月度の稼ぎが水の泡になってしまう。ちなみに、玉城の七月度の売上げは三百八十六万で、五十パーセントの歩合給にして百九十三万の金を、フイにするとは考えられない。

必ず玉城は、裏書き署名に応じるはずだ。ソフィーに入社して一年、毎月コンスタントに二百万前後を稼ぐ玉城は、いままでに軽く二千万以上の歩合給を手にした計算になる。どんなに金遣いが派手でも、一千万は貯えがあるだろう。羽田や明美の話から察すると、玉城は装飾品にも金をかけている。装飾品を売り飛ばしてもなお不足分が出たとすれば、タコ部屋にでもぶち込めばいいだけの話だ。元手はたったの百四十万だ。たとえ手形金全額を回収できなくても、一千万以上の抜きになるのは間違いない。

「組長《おやじ》、お話というのは？」

思わず緩みかけた頬を引き締め、桐生は訊ねた。

巣鴨の成豊の事務所を出て、桐生興業へ移動するメルセデスの車内で仮眠を取る桐生の携帯にかかってきた、富樫喜三郎からの電話――午後九時に、モンテ・ローザに顔を出すようにとの指示。

「まあ、そう慌てるな。取り敢えず、酒でも飲んでゆっくりしろ。コニャックでいいか？」

桐生は頷いた。酒など、どうでもいい。一刻もはやく、席を立ちたかった。女誑しの玉城の自宅も、今夜のうちに下調べをしておきたかった。くそ忌々しい鬼塚と、酒を酌み交わしている暇はない。

富樫喜三郎に促されたコロンビア女が、毒々しい紫のマニキュアで塗られた五指でヘネシー・XOのボトルを摑み、ブランデーグラスに琥珀色の液体を三分の一ほど注いだ。

「どぞ、飲むね」

変なイントネーションン――コロンビア女が、安っぽい香水の匂いと安っぽい微笑を振り撒きながら、桐生にブランデーグラスを差し出した。

モンテ・ローザにいる女《ホステス》はみな、ほとんど日本語を喋れないが故に、通常のクラブやパブでは務まらない。この店にくる客は、一万円のテーブルチャージを払って酒を飲みながら、好みの女を物色し、交渉が成立したらホテルへと消える。ショートで二万円、泊まりで四万円。デート料は、女と店で折半だ。路上の立ちんぼと同じで、ショート、ニマンイェン、トマリ、ヨンマンイェン、のセリフだけ繰り返していれば、あとは股を開いてよがり声を上げるだけで事足りる。

「お前ら、フロアに戻ってろ」

日本語は通じないが、アコーディオンカーテンを指差す富樫喜三郎のジェスチャーをみて、女達は次々と腰を上げた。

「話というのは、この店のことでな」

肉づきのいい尻を振りながら出て行く女の姿が完全に消えるのを見届け、富樫喜三郎が痰の絡んだような濁声で切り出した。

仕立てのよい紺色のスリーピースのスーツの袖から覗く細腕を、ミネラルウォーターのペットボトルに伸ばしてタンブラーになみなみと注いだ富樫喜三郎は、筋と皮の目立つ首に突き出る喉仏を上下に動かし、うまそうに飲み干した。立て続けに富樫は、三度同じ動作を繰り返した。やたらと水をガブ飲みするのは、シャブ中と糖尿病患者に多くみられる特徴だ。もちろん富樫喜三郎は、シャブ中ではない。

「みてのとおり、閑古鳥が鳴いておる。十人中八人が待機じゃ、話にならんだろ。そこでだ。この店を任せている鬼塚に相談したところ、外国人ホステスを切り捨てて、男を置いたらどうだ、という話が出てな。まあ、その、なんだ。わしはもう六十六のじじいだ。こういった奇抜な発想は、お前の意見を聞いたほうがいいと思ってな……」

「男？　どういうことだ？」

桐生は、言葉を濁す富樫喜三郎から、涼しい顔でブランデーを舐める鬼塚に視線を移した。

「だから、男を置くんですよ。若くて、ピチピチした少年をね。はっきり言って、男色嗜好《だんしょくしこう》の客をターゲットにしたほうが儲かると思うんですよ。オープン当初こそ、物珍しさでこの店も繁盛しましたが、最近ではデートクラブもデリヘルも外国人娼婦専門の店が増えましたからね。わざわざ怪しげな店に足を運ぶよりは、自宅やホテルにまで出向いてくれるほうが手軽でしょう。その点、男相手のデートクラブってのはあまり耳にしないし、競合相手も、女の商売に比べたら遥かに少ない。最初はこの店を使って実験的に様子をみてから、うまくいくようであれば、出張サービスも始めようと思いましてね」

長めのオールバックの髪を櫛で後方に梳かしながら鬼塚は、含み笑いを浮かべた。

脳みそが沸騰した――怒りと狼狽が、頭蓋内で悲鳴を上げた。鬼塚に悟られぬように平静を装い、ゆっくりとブランデーグラスを傾けた――富樫喜三郎に眼をやった。富樫喜三郎は気まずそうに横を向き、ダンヒルをくわえた。鬼塚の差し出したデュポンの上蓋を撥ねる金属音が、ささくれ立つ神経を逆撫でした。

「男を売る商売は競合店が少ない分、女を売るよりも客も少ないってことだろう？　言わば、一種のマニア相手の商売だ。ズブのシロウトが思いつきでやって成功するほど、甘くはないと思うがね。鬼塚よ、商売がうまくいかないからといって、安易にデートクラブやデリヘルのせいにしないで、少しは自分の経営手腕を疑ってみたらどうだ？」

皮肉と嫌味をシェイクした桐生の挑発に動じるふうもなく鬼塚は、富樫喜三郎に差し出したデュポンで、己のくわえたパーラメントに火をつけた。

「お言葉を返すようですが、男を売ろうってアイディアは思いつきでも安易でもありませんよ。新宿二丁目界隈のホモ専の経営者に話を聞いたり、若い衆の知人に小遣いを渡して一ヵ月ほどボーイとして働かせて情報を取ったり、じっくりと調査した上での結論です。それに、モンテ・ローザを任されてるのは俺ですよ。ホモ専にした結果、ガミ喰って責任取るのは俺だし、若頭《かしら》じゃありません。この店舗《はこ》を提供してくれたのは若頭《かしら》だから、一応報告したほうがいいと組長《おやじ》が言うので話をしたまでです。若頭《かしら》だって、俺がこけたほうが都合がいいんじゃないんですか？　それとも、この店をホモ専にしたらまずいことでもあるんですか？」

情を感じさせない薄い唇から紫煙を吐き出した鬼塚は、含み笑いを薄ら笑いに変え、嫌味を返してきた。

嫌味を返す？　鬼塚は、自分の過去を知っているのか？　相変わらずバツが悪そうな表情で煙草を吹かしている富樫喜三郎をみて、臨月を迎えた妊婦の腹のように疑心が膨らんだ。沸騰した脳みそが、頭蓋骨を溶かしてしまいそうだった。拳を握り締めた――奥歯を噛み締めた。指の関節と顎の関節がギリギリと軋んだ。こめかみに浮いた血管が、皮膚を突き破る勢いで脈打った。

「随分と偉くなったもんだな、鬼塚よ」

きつく嚙み合わせた奥歯から低音を絞り出した桐生は、鬼塚を見据えた。桐生の鋭利な視線を受けても、鬼塚はガラス玉の瞳に冷たいいろを、口もとには薄ら笑いを湛えたままだった。自分に睨めつけられて顔色ひとつ変えずに平然としている男は、鬼塚以外に記憶がなかった。

喜怒哀楽を封印した鬼塚の能面――鏡をみているようだった。

「おいおい、ふたりとも。いがみ合うのはよさんか。酒がまずくなるだろう」

嫁と姑の諍《いさか》いに挟まれ困惑する夫さながらにふたりを執《と》り成す富樫喜三郎の言動が、桐生の疑心を急速に膨張させ続けた。

「組長《おやじ》、ふたりだけで話をしたいんですが……」

鬼塚の眼を見据えたまま、桐生は言った。

「わかった。鬼塚、フロアで待っててくれないか。お前らも、席を外せ」

鬼塚は、富樫喜三郎が言い終わらないうちに席を立った――薄ら笑いが視界から消えた。

富樫喜三郎のボディガードふたりも、鬼塚に続いた。

「悪かったな、桐生。誤解をせんでくれ。わしはもちろんのこと、奴にも悪意はない」

三人の姿が消えるのを待ってから、富樫喜三郎が苦渋に満ちた表情で口を開いた。

悪意――それを確かめるために、鬼塚に席を外させた。悪意がなくても本来なら、自分にたいして楯突く人間は誰であろうと赦しはしない。

桐生があの場を収めたのは、富樫喜三郎のためだ。引退を考える富樫喜三郎は、跡目を継ぐ桐生と片腕となる鬼塚の対立に、心を痛めている。桐生にとって、富樫喜三郎は親だ。それは、盃を受けた受けないだけではなく、父親代わり、という意味も含まれていた。

十四歳のときに親父を殺した桐生は、四年の年月を医療少年院で送った後《のち》に、伯父と名乗る男に引き取られた。男は、お袋の兄だと言った。お袋に兄がいたかを聞こうにも、祖母は七年前に死んでいた。

男は、桐生を東京に連れて行った。伯父かどうかもわからぬ、鋭い眼光の怪しげな男について行くのには不安もあったが、身寄りのない父親殺しの青年に、ほかに選択肢はなかった。

男の住まいは、十五畳の洋間と八畳の和室を持つ、新宿区にあるマンションの三階だった。牛と豚とトラクターに囲まれた九州の片田舎で育った青年には、巨大な墓石が建ち並ぶようなビルの群れと、ファッション雑誌から飛び出したみたいなきれいな女性がそこここにいる東京の生活は、カルチャーショックの連続だった。

男には、八歳の男の子と、当時十八歳だった桐生とそう歳の変わらぬ若い後妻がいた。前妻は、息子を産んだときに死んだと聞いた。

男の家での生活は、夢のようだった。お代わりし放題の温かいご飯、ボリュームたっぷりのステーキ、冷蔵庫を埋め尽くすジュースと果物、ふかふかのベッド、それよりもなにより も嬉しかったのは、男も後妻も桐生に優しかった。

引き取られて半月がすぎた頃、男に、経営する会社の手伝いをしてほしいと頼まれた。桐生に異存はなかった。男の会社、富樫コーポレーションは、大久保の雑居ビルの二階にあった。十坪にも満たない狭苦しい事務所では、スーツ姿の人相の悪い社員達が電話に向かって罵声と怒声を送り込んでいた。

最初は、なにをやっている会社なのか判断がつかなかったが、次々と現れるみすぼらしい身なりで冥い顔をした訪問客に、人相の悪い社員達が金を放り投げているのをみて、男の仕事が金貸しだということがわかった。

桐生が言いつけられた仕事は、事務所の掃除と電話番だった。電話は、ひっきりなしにかかってきた。どの声も逼迫《ひっぱく》し、卑屈な響きを帯びていた。かかってきた電話の主の氏名、生年月日、自宅住所、職業、家族構成、借り入れ軒数などを訊いて、男の用意した申し込み用紙に書き込むことまでが桐生の役割だった。申し込み用紙に眼を通した男が折り返し電話をかけ、融資ＯＫの場合は身分証の持参を義務づけ、事務所に呼んでいた。

手伝い始めて数日間は、息子のような歳の男達に怒鳴られ、なじられ、それでもヘコヘコと頭を下げて僅かな金を手にする客に、昔の自分をダブらせて同情心を寄せた。だが、月日が経ち、仕事にも慣れ、接客を任される頃には、自分の顔色を窺い、自分の言葉に全神経を集中させる客にたいして、優越感を感じていた。金を持つことが、己に諂《へつら》う客を奴隷のように扱うことが、こんなにも気持ちのいいものだと初めて知った。

金を返せない債務者にたいしての、男の取り立ては荒っぽかった。

半狂乱になった債務者の女房をトルコ風呂、いまで言うソープランドに沈める、わけもわからず泣き喚く子供の給食費を毟り取る、債務者が健康体ならば横浜の寿町あたりの病院にぶち込み、血を抜いて金に換える——サラ金規制法が施行される以前《まえ》の金融業界は、なんでもありのパンクラチオン状態だった。

罪悪感など、微塵《みじん》もなかった。金がない人間は、金を持っている人間の奴隷だ。奴隷がいやならば、金を持つ側の人間になるしかない。

富樫コーポレーションで働いて二年、桐生の二十歳の誕生日を祝う銀座のクラブで、男の正体を明かされた。

男——富樫喜三郎はお袋の兄でもなんでもなく、大久保を拠点とする富樫組組長、富樫重《しげ》吉《きち》の息子で、自らも若頭の肩書きを持つヤクザ者だった。

みたこともないような高級な酒を飲み、みたこともないような美しいホステスに囲まれ舞い上がっていたせいもあろうが、不思議と、驚きはなかった。二年間の富樫コーポレーションでの過激な業務内容を通じて、なんとなくだが予感はしていた。

富樫喜三郎から聞いて初めて知ったのだが、バクチ狂いの桐生の父親は、賭場に借金を作っていた。富樫は、その賭場の胴元の組長と兄弟分だったのだ。

——もうすぐ、父親殺しで医療少年院に入っとる桐生のガキが出てくる。桐生のカスは、ウチに二百万の借金ば残して殺された。どぎゃん事情があって親ば殺したか知らんばってん、ガキにはきっちりと、尻拭いばしてもらうつもりばい。

——そのガキを、俺に売ってもらいたい。

たまたま九州の賭場に顔を出していた富樫喜三郎は、愚痴を垂れる兄弟分にその場で二百万を支払い桐生を買った。

桐生は誕生日の翌日に盃を受けて、正式に富樫組の構成員になった。父親殺しの少年の天職は、ヤクザ者しかないと富樫喜三郎が思ったかどうかは知らない。が、桐生がこれまで富樫組に納めた金が二百万の数百倍になったのを考えると、富樫喜三郎の眼力は正しかったことになる。


「あのことを、鬼塚に話したんですか？」

桐生は、モアに火をつけた。声が罅割れていた。乾いた唇に、フィルターが貼りついた。煙草を持つ指先が震えた。

あのこと——口にするのも悍《おぞ》ましかった。富樫喜三郎は、あのことを知っている。なぜ自分が、親父を殺したかの理由を知っている。万が一あのことを鬼塚に話していたら、たとえ富樫喜三郎でも赦しはしない。

身を引き裂かれそうな記憶——屈辱なんて生易しい言葉では、言い表すことのできない生き地獄。

「わしが、お前に恥をかかせるまねをするわけがないだろう。モンテ・ローザの件は、一週間前に相談を受けた。鬼塚の言うとおり、この店は奴に任せている。わしの許可を得れば、お前の許可を得る必要はない。わしとて鬼塚の商才は認めているから、本来ならばお前に話を通すこともなかったが、内容が内容だ。桐生よ。お前らふたりが、反りが合わんのは知っておる。だがな、今回にかぎっては、奴も悪意があってのことじゃない。純粋に、組のシノギを考えてのことだ。気持ちはわかるが、なんとか堪《こら》えてくれんか」

レンズ越しに覗く富樫喜三郎の瞳に、自分にたいしての憐れみのいろが浮かんでいた。

ブランデーをひと息に呷《あお》った。アルコールと悔恨の念が、胸を焼いた——モアが指の中で、くの字に折れた。村沢がバルコニーから転落したときも、親父を殺したときも後悔はしなかった。だが、十八年前、東京に向かう飛行機内で、富樫喜三郎にあのことを話したのは失敗だった——悔やんでも、悔やみきれなかった。

「疑うようなことを言って、申し訳ありませんでした。鬼塚の件は、組長《おやじ》にお任せします」

押し殺した声で言うと、桐生は席を立った。

「もう行くのか？　もっと、ゆっくりしていったらどうだ」

富樫喜三郎の濁声が、背中を追ってきた。桐生は振り向かずに、アコーディオンカーテンを擦り抜けフロアに出た。さっきまで、鼻の下を伸ばしていたふたりの客の姿はなかった。コロンビア女とメキシコ女を伴って、夜の街に消えたのだろう。

弾かれたように駆け寄る星野を制して、桐生は出口へ向かった。

「ごくろうさまです」

待機する八人のホステスに囲まれブランデーを舐める鬼塚が、まったく感情の籠らない口調で頭を下げた。桐生は足を止めた――束の間、視線が交差した。鬼塚の挑発的な眼差し――桐生は、薄い微笑を返した。

堪《こら》えてやるのは、親代わりの富樫喜三郎に頼まれたからではない。富樫組の組長である、富樫喜三郎に頼まれたからだ。富樫喜三郎が引退して自分が跡目を継いだら、容赦はしない。

富樫組三代目の襲名祝いは、鬼塚の屍《しかばね》だ。

胸裡《きょうり》深く燻る冥い殺意から眼を逸らし、桐生はフロアをあとにした。

5

騎乗位の忍が、ごわごわの髪の毛を振り乱して腰をグラインドさせるたびに、二段腹が波打ち、ベッドが軋んだ。ひしゃげた鏡餅みたいに垂れた乳房が、縦横《じゅうおう》に揺れている。玉城は、やけくそ気味に腰を突き上げた。トドの求愛さながらに忍が吠えた、いや、喘いだ。

ピンクの照明、巨大な貝殻の中に設置されたベッド、天井と壁面を覆う鏡、マジックミラーで仕切られたバスルーム――渋谷のファッションホテル。今日だけで、この部屋に入ったのは三回目だ。

最初の奉仕の相手は、百四十万の契約を取った下脹れ顔の泉だった。玉城は、美顔マッサージに訪れた忍には歯医者に行くと偽り、新宿の紀伊國屋書店の前で待たせていた泉のもとに向かった――ホテルへ直行した。

躰を硬くして、まぐろ状態で横たわる泉の耳もとで、きれいだかわいいだと反吐の出るようなセリフを囁き、得意の高速ピストンで攻め立てた。玉城が発射するまでの間に、泉は痙攣しながら三度達した。

ふたり目の奉仕の相手は、渋谷のファッションヘルスで働いている明美だった。泉への奉仕が終わり事務所に戻ったら、明美がマッサージを受けていた。玉城は、美顔器を売り込んだ。いまは無理だが、今月末になればいくらか余裕ができるので買ってもいい、という見込み契約を取った。

見込みを見込みで終わらせないために、玉城は彼女のマッサージが終わるのを待ってホテルへ連れ込み、腰が抜けるほどにマグナム弾をぶち込んだ。

もとはデパートのエレベータガールだった彼女は、玉城の虜になり、金を貢いでいるうちに風俗嬢に舞い落ちた。ただ、明美がほかの客と違うのは、玉城が、己以外の女とも肉体関係を持っているのを知っていることだ。が、それは明美が心が広いというのが理由ではない。ある日、忍とホテルに入るところを、偶然に目撃されてしまったのだ。しかも偶然は重なり、忍は明美の勤める店《ヘルス》でアルバイトをしていた。

――彼女とは、商品を売るために仕方なく関係を続けているんだ。でも、君は違う。

玉城の出任せを、明美は疑うことなく信じた。己よりも明らかに見劣る忍の容姿が、玉城の嘘に真実味を帯びさせた。目撃された相手が忍じゃなくてかおりだったら、こうはいかなかっただろう。忍は利用されてるだけ。そんな底意地の悪い優越感に明美は浸っているのだが、利用されているのは彼女も同じだ。

そして三人目が、盛りのついた雌犬のように玉城の腹上で身悶える忍だ。昼間事務所で相手をできなかったお詫びに、玉城のほうから携帯に電話をかけてホテルに誘ったのだ。ヤリたくもない女とのダブルヘッダーで、さすがの玉城もへとへとだったが、ここで忍の機嫌を損ねるわけにはいかない。

もうすぐ、忍の勤務している病院の給料日だ。ソフィーの売上げレコードホルダーの忍には、既に全商品を売りつけているが、そんなことは関係ない。美顔器が二台あろうが脱毛クンスペシャルが三台あろうが、忍は、自分の頼み事ならなんだって聞いてくれる。

忍は、効果を期待してソフィーの商品を買っているのではない。

トウモロコシ顔負けの、でこぼこのニキビ顔、コレステロールのコートを羽織ったような肥満体、密林の如く腟に密集する腟毛――鏡をみれば、八百万以上注ぎ込んだ商品がなんの役にも立っていないのは、一目瞭然だ。顔と相談せずに、ヘルス嬢になってまで彼女がインチキまがいの商品に湯水のように金を注ぎ込むのは、自分の甘いハンサムフェイスに、処女を捧げた王子様に、ぞっこんだからだ。

だからこそ玉城は、本来なら歯牙にもかけないような三十路すぎの不細工な女に、プライドを粉々にしてまで奉仕しているのだ。

「慎二……し、慎二……」

眉根を寄せ、ダンゴ鼻を膨らませ忍が喘いだ。

玉城は、忍が一刻もはやく果ててくれるのを祈った。脂肪たっぷりの肉体《からだ》に汗を浮かべて腰を振る忍をみていると、力士とセックスしている錯覚に襲われる。

眼を閉じた。忍のニキビ顔、五百円玉サイズの乳輪、乳輪に浮かんだぶつぶつ、弛《たる》んだ下腹、髪と同じ針金並みの陰毛を、視界から消した。そうしなければ、痰壺《たんつぼ》のような忍の膣内で孤軍奮闘しているペニスが、萎えてしまいそうだった。

瞼の裏で、かおりの嬌態《きょうたい》を想像した。無駄肉の一切ないスレンダーボディ、それでいて張りのあるたわわな乳房、掌に吸いつくような滑らかな肌、くびれたウエスト——萎えかけていたペニスが復活した。

ひと際ボリュームアップした忍の快感ボイスを、なるだけ耳に入れないようにした。脳内でイメージングしたかおりに、意識を集中させた。

ペニスがちぎれるほどに、忍の腰遣いが激しくなった。腰遣いに比例するように、息遣いも激しくなった。

「慎二ぃーっ!!」——悍ましきエクスタシー。忍が、玉城の上に覆い被さるように崩れた。

ひしゃげた鏡餅ふたつが、玉城の胸板にべっちゃりと貼りついた。小刻みに痙攣する忍の膣から、不発のまま萎えたペニスが、ふにゃりと抜けた。鼓膜に雪崩れ込む忍の荒い吐息が、玉城の神経を逆撫でする。

はやくどけっ、馬鹿野郎！――心で毒づきつつ、忍の背中を優しく撫でた。忍の背中は、不快にぬるついていた。掌を汗が舐めた。忍の体重に、胸が圧迫された。

「よかったよ」

エクスタシーの余韻に浸る忍を突き飛ばしたい衝動を堪え、玉城は、フレンチマンさながらに甘く囁いた。

「嘘っ。慎二ぃ、イッてないでしょ？」

忍は上体を起こし、ペニスからコンドームを外して玉城の顔前に突きつけた。

「コンドームをみなくても、わかってた。忍ね、慎二のアレの膨らみかたで、イッたかどうかわかるの」

すっかり女房気取りの忍が、自慢げに小鼻を膨らませて言った。汗の玉の浮くダンゴ鼻からは、鼻毛がはみ出ていた。

「今日は歯医者で神経を遣って、疲れてるんだ。でも、気持ちよかったよ。俺は忍の肉体《からだ》だけじゃなくて、心にも惚れてるから」

浮いた歯が、上顎を突き破りそうだった。

「それはわかってるぅ。わかってるけどぉ、今日の慎二、なにかおかしい。忍には慎二のこと、なんでもわかるんだからぁ」

それはわかってるぅ、の言葉に、思わず玉城は自制心を失いそうになった。女とは、じつに浅ましく、恐ろしい生き物だ。

キャッチした当時の忍は己をよく知っており、玉城がいくらおだてても、私なんて、あなたと釣り合うわけがないわ。どうせ、利用してるだけなんでしょ、と、消極的な言葉しか吐かなかった。

それが、どうだ。僅か半年足らずで、忍は己をいい女だと勘違いし、玉城の恋人、妻、母親のつもりになっている。

なによりも赦し難いのは、自分と忍の組み合わせが、蝶とダンゴ虫が交尾するほどに不自然だというのを認識していないことと、ぶりっこ口調で己のことを、忍、ということだ。できるものなら、悪態、罵倒、雑言、怒声、罵声のすべてを忍に浴びせたいところだが、我慢した。

「忍の考えすぎだよ」

玉城は穏やかな笑みを浮かべ、セーラムをくわえた。

「慎二ぃ、まさか、浮気なんてしてないよね？」

忍が小首を傾げ、軽く睨みつけながら言った。浮気……。玉城は、セーラムの紫煙を肺奥深く吸い込んだ。忍の言葉にいちいち腹を立てていたら、脳梗塞になってしまう。

「してるわけないだろ。俺は、忍に夢中なんだ」

玉城は膝を立て、忍の股間に押しつけた。膝小僧が、忍のラブジュースでベタベタになった。

「あんん……。ごまかしても、だぁ〜め」

忍は、はみ出た鼻毛を震わせながら黄色い声を上げると、身を捩《よじ》って玉城の膝から腰を引いた。

「かおりさんってコ、慎二に気があるんじゃないの。あなたのお弁当買っているとき、なんだか嬉しそうだったもの。いつも、彼女に頼んでるの？」

今日の昼間、泉と鉢合わせさせないため、かおりに、忍を連れて弁当を買ってきてくれと頼んだ。それが、忍には気に入らないらしい。

「歯医者に行かなきゃならなかったんで、時間がなかったんだ。いつもは、外で食べてるよ」

「私、なんだか、あのコ嫌いだな。蓮《はす》っ葉《ぱ》っていうか、品がないっていうか……。ああいうコって、慎二みたいな男をみると外見で判断して、すぐに色目遣うんだから……」

蓮っ葉だろうが品がなかろうが色目を遣おうが、ルックスとスタイルが抜群のかおりなら、まだ赦せる。己の容姿を顧みず、頬を膨らませ上目遣いで拗ねる忍以上に赦せない女など、そういるものではない。

「彼女、知らないんでしょう？　私と慎二が、つき合ってること」

忍と肉体関係まで結んでいることを、かおりは知らない。だが、まぬけな女が、売上げのために玉城に騙されていることは知っている。

「知ってるよ。だから、忍と一緒に選んでくれって頼んだのさ」

「でも、あのコ、慎二が卵焼きを好きだって知ってた」

忍の嫉妬は続いた。ベッドのシーツを、いじいじと指先で摘んでいる。

「そんなの、あいつじゃなくても会社の人間なら、誰でも知ってるよ」

「あ〜っ。あいつなんて言いかたぁ、恋人みたいでぇ、忍ぅ、いやだなぁ」

「俺には、ほかの女はすべて物にしかみえないんだ。朝から晩まで、忍のことばかり考えている。嘘じゃない」

本当だった。女はすべて物――玉城にとって、女は化粧を施した福沢諭吉にしかみえない。

朝から晩まで、忍のことばかり考えている――これも本当だ。今度はなにを売りつけようか、それればかり考えている。

「信じていいのぉ？」

「ああ、もちろんさ。心配性の、お・ば・か・さん」

お・ば・か・さん、の言葉に合わせて、忍のダンゴ鼻を人差し指で軽く突っ突いた。指の腹に、忍の鼻脂がこびりついた——舌打ちの代わりに、自慢の八重歯を覗かせ忍をみつめた。さりげなく、天井の鏡に映る自分に視線を移した——何千回みても、惚れ惚れする微笑だ。

「裏切ったら、忍、赦さないからぁ」

忍は、玉城の唇から抜いた煙草を灰皿で消して覆い被さると、髪、瞼、鼻、唇、顎、耳朶、喉仏、胸板、乳首、臍にキスの雨霰を降らせ始めた。キスマークだけはつけられまいと玉城は、身悶えるふりをしながら躰を捩り、忍の唇が肌に触れる時間を最小限に食い止めた。

「ここも、ここも、慎二の肉体《からだ》はぜぇ〜んぶ忍のものよ。それから、ここも……」

玉城の萎びたイチモツにむしゃぶりついた忍は髪を振り乱し、激しく頭を左右に振った。玉城は、精一杯気持ちよさそうな声を出してみせたが、季節外れの冬眠に入ったイチモツはピクリともしない。玉城は、拷問級の苦痛に耐える己のペニスに同情した。

「どうしてぇ〜。こんなこと、初めて……」

玉城の股間から顔を上げた忍が、震え声を絞り出した。マシュマロが詰まったような脂肪に覆われた、瞼の奥の瞳が涙で潤んでいる。

出会って六ヵ月。勃起しないことが初めてなのが、奇跡に近い。いままで週一ペースで、忍相手に奮闘してきた孝行息子を責めることなど、玉城には、できはしない。

「じつは、その気になれないのには、理由があってね」

二本目のセーラムに火をつけた玉城は、天井に向かって紫煙を吐き出しながら、物憂い口調で切り出した。

「その気になれない理由って、なに？」

口角にくっついた玉城の陰毛を指先で取り除き、忍が不安げに訊ねた。

「俺、会社をクビになるかもしれない……」

玉城は声を詰まらせ、語尾をビブラートさせた。

「ええっ⁉　どういうこと⁉」

忍が驚愕の表情で、身を乗り出してきた。

「最近、忍のことが頭から離れなくて、仕事に身が入らないんだ。とくに今月は成績が悪くて、社長から呼び出しをくらっちゃってさ。八月度の目標額を達成できなかったら、辞めてもらうって……。仕方ないよな。無能な社員に給料払い続けるほど会社も楽じゃないし……。俺って、やっぱ、営業向いてないのかな……」

玉城は、自嘲的に笑った――下唇を噛んでみせるのを、忘れなかった。無能な営業マンを装った。忍を含めたカモ達には、売上げに関係なく、固定給で働いていると偽っていた。

「だって、慎二、契約一杯取ってるじゃない」

「ほとんどが、キャンセルだよ。ほかの営業マンは、お客さんの気が変わらないようにセックスしたりしてるけど、俺はだめだな。忍以外の女と寝るなんて、考えただけで吐き気がする。そんなことしてまで契約残すくらいなら、クビになったほうがましさ。お前と出会ったことで、俺、すっかり骨抜きになっちゃったよ」

ジゴロ顔負けのパフォーマンス——泣き笑いの表情を作り、玉城はわざと明るく言った。

「慎二……。クビになったら、田舎のお母さんの治療費はどうするの？」

キャッチセールスをしている理由を忍には、癌を患っているお袋の治療費を稼ぐためだと話していた。むろん、でたらめだ。お袋は、玉城が高校生のときに、二十も歳下の若い男に入れ揚げ蒸発した。それから二年後、親父もやはり娘のような歳のあばずれの肉体《からだ》に溺れて失踪した。肉欲と色欲に盲目にされ、息子を捨てた両親《ろくでなし》。癌に冒されて死んでくれたほうが、まだましだった。

セーラムのフィルターを、強く噛み締めた——演技じゃなかった。

「そんなに、湿っぽい声出すなよ。クビになっても、俺は平気だ。同居している兄貴も頑張って仕送りするだろうし、俺は、田舎に帰ってお袋の面倒をみながら地道に働くよ。朝晩身を粉にして働けば、兄貴の送金分と合わせて治療費もなんとかなるさ」

演技を再開した。同居している兄貴——これも、でたらめだ。青山の自宅マンションに、忍を寄りつかせないための嘘。

「ただ……」

玉城は眼を伏せ、長い睫、瞼、声、唇を震わせた。いら立たしげに、煙草を立て続けに吹かしてみせた。

「ただ……なに？」

忍が先を促すように、汗ばんだ掌で玉城の髪をねっとりと撫でた。サラサラヘアが、脂ぎってしまう。部屋に帰ったら、リンスとトリートメントは、いつにも増して時間を費やさねばならない。

「ただ……忍と離れ離れになるのだけが、つらい……」

忍が絶句した。クライマックス——心で舌を出すもうひとりの自分が、スピルバーグ監督さながらに、スタート！　の合図を出した。

両親に捨てられたときの感情を、脳内に呼び起こした。眼球と鼻の奥が熱くなった。止めどなく涙が溢れた。女を欺くため、売上げを伸ばすためならば、忌わしい過去《きおく》を利用することも厭わない。

美形を歪めて悲痛ないろを浮かべる玉城の迫真の演技は、「タイタニック」を凌ぐ感動を忍に与えた。薄眼を開け、忍の様子を窺った。肉まん顔に吹き出たニキビを涙で濡らし、両の鼻孔から洟を垂れる忍をみて、玉城はほくそ笑んだ。

目標額まで、いくらなの？——次に忍の口から出る言葉が、手に取るようにわかった。

「仕事、辞めていいわ。忍が、慎二と、慎二のお母さんの面倒をみて上げる。慎二、忍と結婚してっ！」

今度は、玉城が絶句した。予想外の展開、思いがけないセリフ。時が氷結した、躰中の血液が氷結した、思考が氷結した——凍てつく眼球が、思い詰めた表情で玉城をみつめる忍を捉えた。

「忍、いままで、慎二のために、たくさんお金を使った。でも、慎二の手もとに渡るのは、僅かな固定給だけでしょ？　忍、ずっと考えてたの。五十万の商品を買っても、慎二はちっぽけなお給料しかもらえない。でも、結婚したら、忍が稼いだお金は、全部慎二のものになる」

「し、しかし……」

「いいの、わかってる。慎二、ヒモになるのはいやだって言ってたよね。だから、貸しにする。慎二が、なにかやり甲斐のある仕事をみつけて、働き出してからの出世払いで返してくれたらいいわ。でも、焦る必要はないのよ。だって夫婦になったら、ずぅ～っと一緒だもん。ベイビーができちゃったら、忍も仕事を辞めなきゃならないから、それまでには仕事を決めてもらわないと困るけど。あっ、そうだ。忍が勤めてる病院で、警備員を募集してるの。夫婦で同じ職場ってのも、素敵だと思わない？」

夫婦、ベイビー、警備員、同じ職場……――冗談じゃなかった。眉目秀麗《びもくしゅうれい》な自分が顔面致死女の忍と結婚し、ベイビーを作り、警備員になり、同じ職場で勤める？　冗談じゃない。アラスカで海水浴でもしたように、表皮を鳥肌が支配した。心臓が凍りついた。

「ありがとう。お前にそう言ってもらって、力が涌《わ》いてきた。目標額まであと百万、なんとか、頑張ってみる」

玉城は、凝固する声帯から掠れ声を捻り出した。

「慎二、忍と結婚するのがいやなの？」

忍が、いい女ぶった仕草で前髪を掻き上げ、玉城の瞳を覗き込んできた。玉城は、瞳をみつめ返したまま上体を起こしてセーラムを灰皿で消すと、忍の両肩を摑んだ――指が、脂肪にめり込んだ。

「忍の気持ちは嬉しいけど、負け犬のまま、結婚という聖域に逃げ込みたくないんだ。結婚したら、スケベな医者どもがうようよいる病院なんかで、お前を働かせてはおけない。家に閉じ込めておかなきゃ、安心できないからな」

「慎二の、そういう九州男児っぽいわがままな姿を知ってるのは、忍だけね」

忍の戯言を、右の耳から左の耳に素通りさせた。いつの間にか結婚話に摩《す》り替わった話題を、早急に引き戻さなければならない。

「はぁ〜っ。そうは言っても、あと百万もの契約、どうしたもんかなぁ」

玉城は、忍の両肩を摑んでいた手を放し、大袈裟に頭を抱えた。眼球をそっと動かし、視線を横滑りさせた。忍は、深刻な表情で眉間に縦皺を刻んでいた。いつもの顔、いつものパターン。無限に金を引き出せる、打出の小槌――忍がなんとかしてあげる。そのひと言を引き出すためだけに、虫酸が走るひとときを、忍とともに過ごした。

「ごめん……。今月、ちょっと、ピンチなんだ……」

忍が、ぽつりと呟いた。

「え？　なんのこと？」

玉城はとぼけた。いやな予感がした。ピンチだと？　どういうことだ？　どういうことだっ？　どういうことだっ⁉

「慎二を助けてあげたいんだけど、お金がなくて……」

忍の声が、蚊の羽音ほどに小さくなった。

「なあんだ、そのことか。俺のことなら、気にするなよ。お前に買ってもらおうなんて、これっぽっちも思ってないんだから。それより、どうしたの？　お金がないなんて。もうすぐ、給料日だろ？」

　憤怒と失意に強張る頰の筋肉を無理やり従わせ、玉城はなにげない口調で訊ねた。

「慎二に、言うつもりはなかったんだけど……。忍の友達《たち》が質の悪い男に引っかかっちゃって、お金をたくさん貢いだらしいの。たぶん、相手はホストかなんかだと思うけど……。彼女、ヤクザがやっているような会社でお金を借りていたのよ。それで、忍……彼女の借金を、肩代わりしてあげたの……」

　洟を啜りながらの、忍の告白——友達に、電話で助けを求められたのが昨日の昼頃。その友達が借りていた六十万に、一ヵ月で九割もの利息がつき、借金は、百十四万に膨れ上がっていた。忍は、なけなしの貯金六十万を銀行で下ろして支払い、不足分の五十四万を己の債務として契約書にサインした。期日は十日後。利息は三割。二十五日には、七十万二千円を返済しなければならない。

　追悼の辞を述べるような忍の陰気な告白を聞いているうちに、ひとりの女が頭に浮かんだ。忍に、電話で助けを求めた友達——明美に違いない。忍がヘルス嬢になったことも、偶然にも先に同じ店で働いていた明美から聞いた。

　彼女を指名するのは、視力の悪い客だけ——寝物語で明美は、いつも忍を馬鹿にしていた。忍は明美に、ヘルスで働いていることを自分には絶対に言わないでくれと、口止めしていた。

明美が貢いでいるという、質の悪い男——自分。口止め——弱味。読めてきた。自分に貢ぐ金を作るために明美は、高利の金融屋から金を借りた。返済不能に陥った彼女は、忍を呼び出した。金を貸してくれなければ、自分にすべてをバラす。おおかた、そんなところだろう。舌打ちした——余計なまねをした明美に。

「ごめんね……。力になれなくて……」

舌打ちが、己に向けられたものだと勘違いした忍が、鼻声で謝った。

「お前が、謝ることじゃない。忍を巻き込んだその友達に、舌打ちしたのさ」

自分の声が、どこか遠くから聞こえるような気がした。底無しの虚無感と脱力感に、心が蝕まれてゆく……。忍は文なしだ。貯金も夏のボーナスも、自分が吸い尽くした。病院の給料だけでは、金融屋の借金を精算することは不可能だ。そうなれば、忍はただではすまない。十日で三割の利息を取るようなアコギな奴らだ。金を回収するためには、なんだってするだろう。

急速に、心が冷えた。忍に奉仕するのは、今夜で最後だ。金を持っているだけが、自分の売上げに貢献するだけが取り柄の忍——文なしになった上に、ヤクザ金融に追われる不細工な女に用はない。

「どこに行くの？」

立ち上がり、バスルームに向かう玉城の背中に、忍の不安げな声が貼りついた。

「シャワーを浴びて、帰るのさ」

いままでと打って変わった、冷たい声色――忍を愛する男の役は、もう終わった。

「慎二……」

振り向かずに、バスルームのドアを閉めた。忍の啜り泣きが、忍び込んできた。シャワーの蛇口を捻った。熱い湯で、躰中に付着した忍の汗と唾液を執拗に洗い落とした。とくに陰部は、入念に洗った。コンドームの、ゴムの匂いを消さなければならない。ボディソープは使わなかった。汗やゴムの匂いは落ちても、シャワーを浴びたことが、かおりにバレるからだ。

忍と、キスしたことを思い出した。シャワーのノズルを口につけ、十回以上うがいした。歯を磨きたかったが、これも我慢した。

まるでケダモノに犯された生娘のような玉城の動作を、マジックミラー越しにみているだろう忍の啜り泣きが、慟哭に変わった。

6

爆笑が、鼓膜を震わせた。菊池が、花井が、富樫が、柳沢が、腹を抱えて笑っている。笑いの渦に歩み寄った。桐生に気づき、爆笑が止《や》んだ。どの顔もこの顔もおかしさを堪《こら》え、必死に笑いを噛み殺している。

「菊池、なにがおかしい？」――桐生は凄んだ。瞬間強張った菊池の頰肉が桐生の顔をみて膨れ上がり、プフゥーッと噴き出した。

「若頭《かしら》、いまさら渋く決めても、だめっすよ」――菊池の言葉を合図に、花井が、富樫が、柳沢がふたたび爆笑した。

「てめえら、俺をナメてんのかっ⁉　なにがだめなんだっ、ああ⁉」

今度は、富樫に詰め寄った。「だって、若頭《かしら》って――」――言葉を切った富樫が、歯肉炎で腫れ上がった歯茎を耳もとに近づけ囁いた。富樫の囁き――頭蓋内に、熱湯をぶちまけられた。熱くたぎった脳みそが、大量のアドレナリンを吐き出した。

「だ、誰がそんなことを……」――声が震えた、膝が震えた、握り締めた拳が震えた。

「俺ですよ」――富樫の肥満体の背後から、鬼塚が現れた。

「き、きさま……。きさまがバラしたのかっ!!」

「こんなにおもしろい話を独り占めするほど、俺は欲張りじゃないですよ。楽しいことは、みなで分かち合わないとね」

鬼塚が嗤った。つられるように菊池が目尻から涙を零し、花井が白眼を剝き、富樫が歯糞だらけの歯を覗かせ、柳沢が七三分けの髪を振り乱しながら嗤った。

こめかみで、金属音が弾けた。視界に漆黒が広がった。ベルトに挟んだトカレフを抜いた。引き金にかけた指――絞った。絶叫する間もなく、鬼塚の眉毛から上が砕けた。飛び散った脳みそと脳漿が、頰を濡らした。

仰向けに倒れた、鬼塚の屍に近づいた。息を呑んだ。屍は、鬼塚じゃなかった。下駄のような四角い顔、腫れぼったい一重瞼、ひしゃげた鼻、黒紫色した分厚い唇――「親父っ！」

桐生は絶叫した。

「無駄ばぁ～い、た・も・つ。いくら殺しても、父ちゃんは死なん。ぬしの心の中で、いつまででん生きとる。父ちゃんは死なん。ずぅ～っと、ずぅ～っと、ぬしと一緒ばぁ～い」

親父が、むっくりと立ち上がった。すてて姿で一升瓶の焼酎をラッパ飲みしながら、一歩一歩、歩を詰めてきた。

「ふざけんなっ!!　てめえは死んだっ、俺が殺したっ！」

叫んだ。トカレフを構えた。引き金を引いた、引いたっ、引いたっ！　三発の銃弾が、親父の喉もとに吸い込まれた。引き裂かれた喉から噴き出す焼酎と鮮血が、霧のように宙に拡散した。それでも親父は倒れず、焼酎のラッパ飲みを続けて歩を詰めた。抉《えぐ》れた喉の穴から、血交じりの赤い焼酎が止めどなく垂れ流れている。

「父ちゃんは死なん。ずぅ〜っと、ずぅ〜っと、ずぅ〜っと、ぬしと一緒ばぁ〜い」

親父の両掌が、桐生の頬を包み込んだ。

「近づくんじゃねえっ、俺に、触れるんじゃねえぇぇーっ!!」

絶叫――桐生は、トカレフの銃口を己のこめかみに当てた。引き金を引いた。漆黒の闇が広がった。


叫び声を上げ、跳ね起きた。鼓動が激しく、胸壁をノックしていた。首を巡らし、視線を泳がせた。闇に浮かぶデジタル時計の数字で、視線を止めた――午前二時五十一分。

ベッドから下り、手探りでダウンライトのスイッチを探った。闇に慣れていた瞳孔に、オレンジ色の光が押し入った。反射的に眼を細めた桐生はダウンライトの光量を落とし、ベッドに腰を下ろした。

ナイトテーブルに置きっ放しの飲みかけのバドワイザーを摑み、ひと息に飲み干した。炭酸が抜けて水っぽかったが、喉の渇きは潤せた。

躰中、不快にベタついていた。しっぽりと汗を吸ったTシャツを脱ぎ、捻り潰したバドワイザーの缶とともに、フローリングに投げ捨てた。乾いた音と湿った音が、静まり返った室内に響き渡った。エアコンのリモコンを押し、強風に設定した。饐えた臭いのする生温い空気を、冷風が掻き回した。

モアに火をつけた。十五畳のベッドルームに漂う紫煙を、眼で追った。冷房で室温が下がり汗は引いたが、鼓動は相変わらず胸壁を乱打していた。腰を上げ、くわえ煙草のままベッドルームを出た。

むっとする熱気が、躰にまとわりつく。毛穴から、ふたたび汗が染み出した。トランクスひとつの格好で、廊下を直進した――二十畳のリビング。

電灯のスイッチを入れた。青白い明かりが、闇を切り取った。酒棚を覗いた。舌打ち――ウイスキーもブランデーもきれていた。仕方なしに桐生は、ゴードン・ドライ・ジンを取り出した。カーテンを開け、アームチェアに腰かける――熟睡する赤坂の夜景が、八階のルーフバルコニーの窓を占領した。

モンテ・ローザを出た桐生が、菊池の転がすメルセデスで北青山にある玉城のマンションに到着したのが、午後十時半頃だった。

玉城の部屋は、芸能人が住むような瀟洒《しょうしゃ》なレンガ造りの外壁で覆われた高級マンションの五階の角部屋、五〇一号室だった。青山通りに面する窓には明かりはついておらず、携帯からかけた電話にも誰も出なかった。

本番を前に、玉城の面割りの目的で車内で待機すること三十分。茶と銀に髪を染め分けた、派手な顔立ちをした女がマンションに吸い込まれ、ほどなくして五〇一号室の窓に明かりがついた。念のため玉城の部屋に電話を入れたら、若い女性が出た——当然、無言で切った。

羽田の話では玉城は独身なので、電話に出た女は、数多い彼女の中のひとりなのだろう。

結局、玉城らしき男が現れたのは、午前零時すぎだった。黒いポルシェで駐車場に乗りつけた色黒の男は、颯爽と車を降り、サイドミラーで髪形を整え、ロン毛を靡《なび》かせながらエントランスへと入った。同性の眼からみても、思わず見惚《みと》れてしまいそうないい男だった。

しばらく間を置き桐生は、女のときと同じように、携帯から玉城の部屋に電話を入れた。気怠げな声で男が出たのを確認し、桐生は青山をあとにした。

玉城のニヤけヅラをしっかりと頭にインプットした桐生が、赤坂の自宅に戻ってきたのが午前一時頃。護衛も兼ねて隣室に住む菊池と花井のふたりと別れ、シャワーもそこそこに桐生はベッドに潜り込んだ。

モンテ・ローザの一件でささくれ立った神経は、睡魔を遠くへ押し退けた。一時間以上経ってようやく浅い眠りについたときに、あの夢だ。

いやな夢だった。桐生はジンのキャップを開け、ボトルに直接口をつけて生《き》のまま呷った。無味無臭の透明の液体は素っ気なく、ただ、喉を激しく焼くだけだった。いまは、その荒っぽい刺激が心地好かった。ビールを飲むピッチで、ジンを流し込んだ。食道と胃が、燃えるように熱かった。内臓もろとも、すべてを焼き尽くしたかった。だが、桐生を呪縛するあの記憶は、酔いが回れば回るほど、克明に脳裏に蘇った。

桐生は、闇空をバックにしたルーフバルコニーの窓ガラスをみつめた——憎悪と悲嘆を抱擁する、二十六年前の自分が手招きしていた。

☆

地獄には、続きがあった。イワシの件で文句を言った日を境に、桐生と祖母にたいする親父の蛮行《ばんこう》は急激にエスカレートした。

気に入らないことがあるたびに桐生を殴りつけ、窘める祖母を罵倒した。桐生は耐えた。小学校を卒業したら、働くつもりだった。中学校に行くことより、祖母に楽な生活をさせてあげたかった。栄養たっぷりの食事と、ふかふかの布団を与えたかった。

そしてお金が貯まったら、祖母を連れてこの家を出る。その思いだけが、出口のみえない桎梏《しっこく》の状況でも桐生を前向きにさせた。

相変わらず親父は、畜生が見向きもしないような腐れたイワシしか持ち帰らなかった。桐生は学校の給食を、持参した弁当箱に詰め替えて持ち帰り、祖母に食べさせた。祖母には、休んだ生徒の余り分だと嘘を吐《つ》いた。心が痛んだ。でも、病気の祖母に畜生以下の食事をさせるのは、もっとつらかった。

給食の時間に、コッペパンと牛乳だけしか口にせず、おかずを弁当箱に詰める桐生を級友達は馬鹿にした。貧乏星人と嘲笑された。我慢した。祖母がおいしそうに肉ジャガや卵焼きを口にする顔を想像するだけで、残酷な小悪魔達のいじめも苦にならなかった。

——ババちゃん。今日は、クリームシチューばい。いま温め直すけん、ちょっと待っとってね。

——保。今日はババちゃんはおなかが減っとらんけん、お前がお食べ。

ある晩、持ち帰ったシチューを弁当箱から鍋に移してガス台に載せた桐生の小さな背中に、祖母が優しく声をかけた。

——僕は、大丈夫ばい。学校で同じもんばたくさん食べたけん、もう、シチューはこりごりたい。

言い終わると同時に、鍋から立ち上るシチューの匂いに触発された桐生の腹の虫が鳴った。

――おなかは、こりごりじゃなかみたいね。

嘘は見抜かれていた。見抜いていながら祖母は、桐生の好意を無にしないように、騙されたふりを続けていてくれたのだ。柔和な笑みを、深く皺の刻まれた顔に浮かべる祖母にみつめられ、桐生は言葉を失った。

――保は、ババちゃんのことが好きね？

――もちろんたい！

――じゃあ、いまから言うババちゃんの話ば、よく聞くとよ。

桐生は頷いた。

――植物でたとえれば保は蕾《つぼみ》で、ババちゃんは枯れた花。ババちゃんはこれ以上栄養ば摂っても、花ば咲かせることはできん。イワシで十分たい。ばってん、保、お前はこれから花ば咲かせるために、たくさんの栄養ば摂らないかんとよ。ババちゃんが好きなら、立派な花ば咲かせてくれんね？　おかずば持ってきてくれるとは嬉しかばってん、気持ちだけでよかよ。そぎゃん青白か顔ばしとる保ばみとると、そのほうが心配で、ババちゃんは早死にするばい。

桐生は、祖母に心配をかけないために、翌日からはきちんと給食を食べた。その代わりに恥を忍んで、級友達が口をつけていないおかずをもらって回った。

――貧乏星人が、乞食星人に変身したばいっ！

心ない数人の悪ガキどもが音頭を取ると、クラス内は爆笑と嘲笑に包まれた。みなは、事情を知らなかった。桐生がなぜ物乞いのまねをするかを話せば、大部分の級友達の同情心を買えただろうが、祖母が惨めになるみたいでいやだった。自分が馬鹿にされたり蔑まれるのは構わないが、祖母が好奇の視線に晒《さら》されるのだけは避けたかった。

だが、この行為が引き金になり、桐生は担任教師に職員室へと呼ばれた。さすがに桐生も事情を隠し通せなくなり、祖母のことを話した。もちろん、親父の傍若無人《ぼうじゃくぶじん》の振舞いは伏せた。お金がなくて、食費に困っている――それだけを伝えた。

担任教師は、その日の夜八時頃に桐生の家を訪問した。担任は、親父と同じ三十五歳の熱血的な男性教諭だった。天井の四隅にクモの巣が張り、ゴキブリが這い回る空き家のような荒廃した六畳の和室で横たわる祖母の姿をみた担任の顔が歪んだ。

桐生は祈った。キリスト、ブッダ、アラー……。思いつくかぎりの聖者や神に、親父の帰りが遅くなることを祈った。担任の性格を考えると、親父に激しく抗議するのは間違いない。外ヅラのいい親父は、その場は適当な詫びの言葉を並べて平謝りするだろうが、あとが怖かった。祖母もその辺を察知して、親父の帰りが遅くなるから、日を改めてこちらから連絡をすると担任に言った。じっさいに、親父の帰りはいつも十時すぎだった。

桐生の祈りは通じなかった。その日にかぎって親父は、九時前に帰ってきた。予想どおり担任は、厳しい口調で桐生のやっていることを親父に伝え、生活はどうなっているのかを詰問した。予想どおり親父は、実直そうな口調で仕事の激減と女親のいない生活の大変さをしんみりと語り、担任の同情心に訴えた。

三十分がすぎた頃には、まんまと親父の口車に乗った担任の口調は穏やかになり、親父もしおらしい態度で反省の弁を述べていた。

――お前も大変だろうばってん、お父さんも一生懸命働いとるとだけん、頑張るとばい。おかずは、先生の分ばやるけん、もう、物乞いのごたるまねはやめろ。なあに、心配せんでもよか。みなには内緒でやるし、先生は明日から弁当ば持ってくるけん大丈夫たい。桐生、腐るんじゃなかばい。夜のあとには朝が、冬のあとには春がくるとだけん。

学園ドラマさながらの臭いセリフを吐いて瞳を潤ませた担任は、桐生の肩を力強く叩き、爽やかな笑顔を残して帰った。

桐生が心配なのは、担任の昼食のことなどではなかった。恐る恐る、親父をみた。親父はちゃぶ台の前であぐらをかき、いつものように焼酎をラッパ飲みしている。さっきまで浮かべていた、人のよさそうな顔は影を潜めていた。ジキルがハイドに変貌《かわ》るのが怖かった。親父が焼酎を喉に流し込む音が、針の筵《むしろ》に座る思いの桐生の鼓膜で、やけに大きく谺した。

——保、風呂に入るばい。

一升瓶の中の焼酎が半分に減った頃に、親父がパンツひとつになり立ち上がった。

——安雄さん、あなたまさか……。保ば、赦してやってくれんね。この子が悪かとじゃなか。私が……。

——ばあちゃん。なんば誤解ばしとると？　久し振りに、保と一緒に風呂に入るだけたい。俺は、なんも怒っとらんよ。安心して、寝なっせ。

寝床から不安げな表情で見上げる祖母に、親父はにっこりと微笑んで言った。桐生は我が眼を疑った。親父がこんなに優しい表情をするのは、お袋が蒸発して以来初めてのことだった。

バクチで、大儲けでもしたのだろうか？　あれこれと思惟を巡らしながら桐生は、タオルを持って親父の大きな背中に続いた。依然として祖母は不安げな顔をしていたが、それは、孫にたいする暴力を案じてのことだと思っていた。

一階の納屋にある五右衛門風呂は、部屋を貸してくれている農家の主人のもので、家族が入り終わった八時から十時までの間は、桐生達が使用してもいいことになっていた。

底板に両足を乗せた桐生は、垢と陰毛の浮く生温《なまぬる》い湯に身を沈めた。農家の家族が入り終わったら薪《たきぎ》の火が消されるので、一時間もすれば、すっかり湯は冷めてしまう。

だが、そのときの桐生には湯が熱かろうが温《ぬる》かろうがどうでもよかった。風呂椅子に腰かけ、タオルに石鹸を泡立てる親父の一挙手一投足に神経を尖らせた。いつ、拳が飛んでくるかわからない。

――保よ。

エコーの利いた親父の野太い声が、桐生の心臓を鷲掴みにした。

――ごめん、父ちゃん……。

桐生は、震え声を絞り出した。

――なんね、ぬしまで。父ちゃんは怒っとらんって、言うただろが。湯から出て、父ちゃんの背中ば洗ってくれんね。

親父の笑顔――昔の優しい頃の笑顔。夢じゃない。酔っているから、気分がいいのか？　いや、桐生に暴力を振るうときも親父は酔っているので、それはない。なぜ急に優しくなったのかわからなかったが、桐生は嬉しかった。

――うん！

桐生は風呂釜から飛び出て、親父の背中にタオルを上下させた。

――苦労ばかけたな、保。これからはイワシじゃなくて、ちゃんとした食いもんば持って帰ってやるけんね。

――どぎゃんしたとね？　父ちゃん、急に？

――どぎゃんもこぎゃんもなか。さあ、そぎゃんことより、前も洗ってくれ。

太い首、厚い胸板、鍛え上げられた腹筋――陰部に移ろうとする桐生の小さな手を、親父のゴツい掌が押さえた。

――チンポは、タオルじゃなくて素手で洗ってくれんね。タオルじゃ、細かところまで汚れが落ちんけんね。

取り繕うように言うと親父は、焼酎で黄ばんだ歯を剝き出しにして笑った。疑うことなく桐生は、石鹸で泡立てた掌で親父の黒々としたペニスを包んだ――擦《こす》った。陰毛に埋もれていた干涸びたナマコみたいな親父のペニスが、掌の中でムクムクと膨れるのと比例するように、桐生の心に疑念が膨らんだ。鼓動が、駆け足を始めた。

――も、もう、よかね？

桐生は、怖々と訊ねた。親父は下駄顔を上に向け、気持ちよさそうに眼を閉じていた。ペニスは、掌に収まりきれないほどに怒張していた――黒光りした亀頭が、桐生を睨んでいた。鼓動の駆け足がはやくなった。

――まだばぁい。もっと……強く擦らんと……汚れが……落ちんだろうもん……。

親父の声はうわずっていた――だが、口調は優しかった。親父の機嫌を損ねたくなかった。

泣き出したいのを堪え、桐生はペニスを擦る掌の動きに力を込めた。左向きに湾曲したペニスは、冷凍されたバナナのようにカチカチだった。が、冷凍バナナと違うのは、掌の中のそれは熱を持ち、ミミズの如き太い血管が幾筋も浮き出ている。

——た、保……手ば放せ……。

親父が眼を開いた。腫れぼったい一重瞼の奥の瞳は潤み、ひしゃげて横に広がった小鼻がヒクヒクしていた。ほっとした。鼓動が駆け足をやめた。しかし、快楽を貪るように震える親父の唇から吐き出された言葉は、信じられないものだった。

——こ、今度は……尺八ばしてくれんね……？

——えっ……!?

——口ば使って……父ちゃんのチンポばしゃぶるとたい……。

当時十歳の桐生は、ペニスを唇や舌で愛撫する行為が尺八と呼ばれていることを知らなかった。また、ペニスを口でしゃぶることに、なんの意味があるのかもわからなかった。小学生の桐生にとってペニスは、おしっこをする道具、それだけの認識しかなかった。

——い、いやばい。そぎゃんこと、できん……。

桐生は、勇気を振り絞り拒否した。おしっこをする場所を口に含むのは汚いという理由だけではなく、本能が、桐生になにかを訴えていた。訴える声に、耳を傾けた。父親と息子の間で赦される行為ではない、と本能に後押しされた罪悪感が、心の奥底で喚いていた。

――なんでね？　父ちゃんのチンポは保が洗ってくれたけん、汚くなかばい。さあ、はよ、しゃぶってくれ。

親父は怒ることなく穏やかな声で言うと、すっくと立ち上がった。その穏やかさが、怖かった。ジキルがハイドに変貌《かわ》るのが、自分や祖母につらく当たる親父に戻るのが怖かった。

だが、親父のペニスを口に含むことだけは、どうしてもできなかった。

――な、なんで、そぎゃんことば僕にさせると？

桐生は、涙声で訴えた。

――父ちゃんが、気持ちよかけんたい。

――僕は、気持ちよくなか。

――ぬしも、大人になったらわかる。父ちゃんの血ば、引いとるけんね。

――そぎゃんこと、わかりたくなかっ。そぎゃん大人にならら、ならんでもよか！

親父の下駄顔から笑みが消えた――代わりに、意地の悪いサディスティックスマイルが広がった。

――そう～ね。乞食のまねば学校でして、父ちゃんに恥ばかかせたくせしてから、言うことが聞けんとや。よかよ。その代わりいますぐ、出て行け。ばばあも、叩き出してやるけん。

この前言うたろぉが？　今度、反抗的な態度ばしたり生意気なことば言うたら、追い出すって。忘れたとや？　金がなかとは、首がなかとと同じ。首なしは死人。死人は文句ば言わん。この家では父ちゃんが神で、ぬしらふたりは奴隷たい。言うことば聞けん奴隷は、神のもとば離れるしかなか。どうすっとや？　父ちゃんは、ど〜っちでもよかよ。言うことば聞くなら、家に置いてやる。明日からイワシじゃなくて、ちゃあんとした食いもんば買ってきてやる。言うことが聞けんのなら、今夜からぬしもばばあも宿無したい。どうするね？　父ちゃんのチンポば、しゃぶるとね？　しゃぶらんとね？

己の言葉に興奮した親父のペニスは、鎌首を擡げたコブラのように反り返っていた。

この家では父ちゃんが神で、ぬしらふたりは奴隷たい——ひとでなしのセリフを、怒りと屈辱と恐怖に震える胸で反芻した。決めた。祖母のため、自分のため、ひとでなしの奴隷になることを。決めた。金を稼げる立場になったら、必ずひとでなしを殺すことを……。

桐生は、両手を腰に当て、ペニスを突き出す親父の前に跪いた。そそり立つグロテスクなイチモツを、口に含んだ。眼球が潰れるほどに、強く眼を瞑った。うっ、と親父が呻いた。生きたままのドジョウをくわえた気分になった。石鹼の味と生酸っぱい味が、口内で入り交じった。親父がさらに、腰を突き出してきた。

亀頭が、喉ちんこを刺激した。噎せた、咳き込んだ、目尻から涙が零れた。噎せたばかりが、涙の原因じゃなかった。

——歯ば立てたら……い……かん。ペロペロキャンディば舐めるごつ、優しく、優しくばい……。それと、ほっぺたば窄めて先っちょば吸うとばい……ううぅっ……そう、その調子たい……。うまかぞ……保……。

涙に咽びながら桐生は、親父のペニスに舌を這わせ、掃除機のように亀頭を吸い込んだ。親父の荒い鼻息と気色の悪い呻き声が、桐生の鼓膜を不快に愛撫した。

——た、保……。眼ば開けろ……眼ば開けて……父ちゃんばみんね！

瞼を開いた。涙で揺れる視界を、恍惚とした親父の下駄顔が占領した。

——き、気持ちんよかばぁ～い……よかばぁ～い……はうぅ……保……と、父ちゃんはもう……し、辛抱ならんたい……。

親父は両手で桐生の頭を鷲摑みにし、激しく腰を振った。荒い鼻息、気色の悪い呻き声——親父のペニスが脈打ち、口内にドロリとした液体が広がった。生卵の白身を丸飲みしたような生臭い味に嘔吐感を催し、桐生は洗い場に白濁した液体を吐き出した。

平手が飛んできた。反射的に眼を閉じた。頰に衝撃をくらった。涙が飛び散った。桐生は仰向けに倒れた。

——なぁ～んで、飲まんとや？

ひりつく頬を押さえながら、桐生は眼を開けた。目尻を吊り上げた親父が、仁王立ちで見下ろしていた。赤黒く怒張したペニスの先から滴る液体が、糸を引きながら桐生の腹の上に垂れ落ちた。

――おしっこなんて、飲めるわけなかたい……。

嗚咽交じりの声で、桐生は言った。

――これは、おしっこじゃなか。精液たい。牛乳よりか、タンパク質がたっぷりと入っとる。いまから、吐き出した罰ば与える。

親父の、万力並みの握力に細腕を摑まれた桐生は引き摺り起こされ、風呂釜の縁に両手をつかされた。背後から、タオルで口を塞がれた。恐怖に、心臓と眼球がセットで飛び出してしまいそうだった。

首を後方に巡らした。親父は、節くれ立った人差し指と中指をしゃぶり、その二本の指についた唾液を、桐生の肛門と己のペニスになすりつけていた。

血走った眼、卑しく歪んだ唇。幼心にも、親父がなにをしようとしているかがわかった。

桐生は叫んだ――タオルに吸収された。暴れた――桐生のウエストくらいある親父の腕が、躰の自由を奪った。

親父は指を、桐生の肛門に挿入した。激しい痛みに襲われた。便意を催した。叫んだ――

やはり、タオルに吸収された。なにかを確かめるように親父は、何度も、何度も指を出し入れしている。指を出し入れしながらもほかの指を使って、肛門周辺を執拗に揉みほぐしていた。桐生の下半身は、くすぐったいような苦しいような不思議な感覚に襲われ、小さなペニスは固く尖った。どのくらいの時間、そうしていたのだろうか。痛みは、かなり薄らいでいた。その代わりに便意が増し、肛門に力が入らなくなった。

——こんくらいで、大丈夫ばい。

親父は独り言のように呟き、野ネズミの狭い洞穴に無理やり侵入するニシキヘビさながらに、太いペニスで桐生の肛門をこじ開けた。肛門が、心が、裂けそうだった。桐生は、指とは比べ物にならないほどの耐え難い激痛に悲鳴を上げた——くぐもった声が、風呂場に虚しくエコーした。

親父の息遣いが鼓膜を、陰毛が臀部を刺激した。肉と肉がぶつかり合うリズミカルサウンド、大腸と小腸をこねくり回すペニス……。骨盤が、心臓が、脳みそが悲鳴を上げた——魂が抜け落ちた。

腰を摑んでいた、親父の両手の握力が増した。肛門内を往復するペニスの動きが、スピードアップした。はあうぅんっ、という親父の喘ぎ声が遠くで聞こえた。思考回路のヒューズが飛んだ。眩暈《めまい》に襲われた。涙で霞む視界に、靄《もや》がかかった。

靄の中に、草野球で遊ぶ自分が現れた。級友の投げたゴムボールを、プラスチック製のバットで思い切り叩いた。ゴムボールは天高く舞い上がり、夕焼け空に吸い込まれた。チームメイトの歓声が沸き起こった。

一塁、二塁、三塁——歓声に後押しされるように桐生は全速力で走った。ホームベース。チームメイトの輪の中で、祖母が両手を広げて待っていた。ババちゃん、ババちゃん！　叫びながら、桐生は祖母の胸の中に飛び込んだ。きつく、きつく、抱き締められた。老人とは思えぬ、物凄い力だった。背骨が折れ、肺が潰れそうだった。

——保、好きばぁ〜い。

桐生は顔を上げた。親父の下駄顔が微笑んでいた。

眼を開けた。ジンのボトルが、足もとに転がっていた。ビデオデッキのデジタル時計に眼をやった。午前五時三分。忌わしい回想に耽っているうちに、いつの間にかアームチェアで眠ってしまったようだ。

ボトルを拾い上げた。舌打ちした。ジンはほとんど、絨毯にぶち撒かれていた。ボトル内に残った僅かな液体を喉に流し込んだ。酔えはしないが、口内の粘つきを洗浄するには十分な量だった。

窓ガラスの向こう――空は白み始めていた。今日は、羽田が玉城の裏書きを取る日だ。あのニヤけた色男のすべてを引っ剝がし、二千三百万の金を手に入れる。

他人が、どうなろうと知ったことではない。己以外に、信用できる人間はいない。己以外は、みな奴隷だ。金を持ち、権力《ちから》を持つ人間だけが、万物を支配できる。

「そうだろう？」

桐生は、ルーフバルコニーの窓ガラスに向かって呟いた――闇とともに、二十六年前の自分も消え去っていた。

7

午前零時をすぎた青山通りは、車もまばらだった。重心低く疾走する、ポルシェ911カレラをマンション横の駐車場に滑り込ませた玉城は、フロントウインドウ越しに瀟洒な煉瓦造りの建物を見上げた。

ハイクオリティーAOYAMA、五階――玉城の部屋の窓の周辺だけ、琥珀色の光が闇を切り取っていた。

邪推《じゃすい》と妄想を相手に、悶々と自分の帰りを待つかおりの姿が眼に浮かんだ――ため息が出た。

忍を置き去りにして渋谷のファッションホテルを出た玉城は、車内で携帯の留守番電話のメッセージを聞いた。忍とホテルに入っていた二時間のうちに、録音されていたメッセージは全部で八件。二件が客で、六件がかおりだった。かおりには、再契約の売込みのために、忍と食事に行くと偽っていた。

かおりはみかけによらず、嫉妬深い女だ。明美と違い、己より容姿が劣るという理由で、玉城が忍と肉体関係を結ぶのを容認したりはしない。

内臓に鉛を埋め込まれたように、全身が気怠かった。相変わらず玉城は、底無しの虚無感に蝕まれ続けていた。金蔓を失った。月にして百万単位で、売上げに貢献していた忍の抜けた穴は大きい。泉を早急に、忍の後釜に仕立て上げなければならない。かおりの猜疑心につき合う精神的余裕は、いまの玉城にはなかった、

イグニッションキーを抜き、玉城はポルシェを降りた。サイドミラーを覗き込み、髪形を整えた。憔悴気味の顔もまた、魅力的だった。

アスファルトに刻んだ靴音で静寂な夜気を震わせつつ、玉城は颯爽とマンションのエントランスホールへと向かった。モニターテレビ付きのオートロックシステムの解除ボタンを押し、ガラス扉を擦り抜けた。ホテルのスウィートルームを思わせる、パブリックスペースが眼前に広がった。

転々と配置された来客用ソファ、白砂を敷き詰めたスタンド式アシュトレイ、帽子とリンゴをモチーフにしたシモンの椅子のオブジェを両脇にみながら玉城は、モスグリーンのタイルカーペットを踏み締めて、エレベータホールへと進んだ。

ここハイクオリティーＡＯＹＡＭＡには、トレンディードラマで常連の売れっ子俳優やアイドル歌手が住んでいる。家賃は、ルームバリエーションによって異なる。二十五万の１ＬＤＫタイプから、百万を超える４ＬＤＫまであり、玉城の住む五〇一号室は、２ＬＤＫのス

ペースで家賃は五十万強だった。

エレベーター——五階ボタンを押した。天井部分から、監視用モニターのITVカメラが睨みを利かせていた。芸能人目当ての写真週刊誌の記者や、ストーカーまがいのカメラ小僧が住人を装い紛れ込むトラブルが頻繁に起こり、三ヵ月前に取りつけられたものだ。

五階。エレベータを降りた。パブリックスペースと同じモスグリーンの絨毯が敷き詰められた廊下の一番手前、つまり、エレベータを下りてすぐ右手にあるドアが玉城の部屋だ。

玉城はインタホンを押さずに、カギ穴にキーを差し込んだ——回した。

「遅いぞぉ、慎ちゃん」

ピンクのキャミソールタイプのワンピース姿のかおりは、主人の帰りを待ち侘《わ》びた愛玩犬のように、玉城の首に両腕を回して抱きついてきた。ふくよかなふたつの膨らみが、玉城の胸に押しつけられた。こうやってかおりはさりげなく、香水の匂いがしないか、女の髪の毛が付着していないかを確かめているのだ。

「悪かった。忍との話が長引いちゃってな」

靴を脱いだ玉城は、大理石造りの廊下を摺り足でリビングダイニングに進んだ。

「何度も、携帯に電話したんだよ。彼女と、どこで話してたの？」

言いながらかおりは、じゃれつくように玉城の背後に続いた。

「渋谷の、バーで会ってたんだ。店が地下にあるところだったから、電波が通じなかったんだよ」

嘘には慣れていた。というよりも、女性相手に玉城の口から吐かれる言葉はほとんどが嘘だ。真実を言うのは、利用価値がなくなった相手にたいしての、別れの言葉くらいのものだ。

ウォークインクロゼットを開け、ハンガーにヴェルサーチのスーツと、やはりヴェルサーチのネクタイをかけた。四畳ほどのクロゼットの中は、カモからプレゼントされたものと自前のものを合わせて、二十着以上のスーツがある。すべてが、洗練された自分が着るに相応しいイタリアブランドのスーツだ。

手早くシルクのパジャマに着替えた玉城は、百十一万のスペイン製ザゴラのカップボードから、二十万を超えるフランス製のバカラ・クリスタルのデカンタと、一脚十万近くするワイングラスを二脚手に持ち、壁際に設置された、イタリア製で百三十万のふたり掛け用白革張りのソファに腰を下ろした。

デカンタの中で優雅に波打つ、真紅のルビーを彷彿させる液体は、一九九四年物のロマネ・コンティだ。一本十九万五千円もするワインをデキャンタージュするのは少しもったいない気もするが、九四年物は、玉城のワインコレクションの中では安物だ。ワインクーラーの中には、五十万で買った七六年物と七九年物のロマネ・コンティが寝かせてある。

クリアホワイトでカラーコーディネートされた二十畳のリビングダイニングは、朝になるとコートダジュールのリゾートホテルさながらに、眩いばかりの陽光に満ち溢れた開放的な雰囲気になり、夜は一転してダウンライトの琥珀色の光を吸収し、しっとりとしたアンティークなムードを醸し出す。

ハイグレードな部屋に、エクスペンスィヴな調度品――エレガントな自分にこそ、相応しい。

「慎ちゃん、ちょっと待って」

かおりが、デカンタからロマネ・コンティを注ごうとする玉城の腕を押さえた。かおりは、玉城の口もとに近づけた形のいい鼻を、ヒクヒクと動かしている。

「お酒の匂いがしない。渋谷のバーで飲んでたのに、どうしてお酒の匂いがしないの？　怪しいぞ」

かおりは口調こそ冗談ぽかったが、切れ長の二重瞼の奥の瞳は笑っていなかった。

「渋谷のバーには行ったけど、飲んではいないさ。忍のニキビヅラをみながら、酒を飲む気にはなれないよ」

玉城はかおりの手をそっと押し返し、二脚のワイングラスに真紅の液体をなみなみと注いだ。

「眼を閉じてそのニキビヅラをみなければ、お酒も飲めるしセックスもできるってわけ？」

かおりの直感は、ユリ・ゲラーの超能力並みに鋭かった。忍とセックスしているときに玉城は、瞼の裏に浮かべたかおりの裸体をおかずに発射しようと努めていた。

「馬鹿だなあ、かおりは。これだけの美貌を持つ俺が、お前みたいな美しい恋人のいる俺が、忍みたいなブルドッグが風疹《ふうしん》にかかったような女と、セックスするわけないだろ？」

乾杯の意を籠めてワイングラスをかおりに翳した玉城は、呆れた表情を作ってみせた。かおりに言った言葉自体は、本心だった。が、売上げのためならどんな苦行をも厭わない玉城の孝行息子は、金にならない美人よりも、金になる不美人の穴に入ることを選択する。

「慎ちゃんは、口がうまいから信用できない」

かおりは玉城の足もとに跪き、細く長い指先でパジャマの息子の出入り口部分のボタンを開けた。パールピンクのマニキュアで塗られた爪には、イミテーションのダイヤの粒がちりばめられている。

「おい、なにするんだよ」

「いいから、じっとしてて」

萎《しお》れたペニスが、無抵抗のまま引き摺り出された。舐め回すようにあらゆる角度からペニスを観察していたかおりは、次に、匂いを嗅ぎ始めた。渋谷のファッションホテルで、ボディソープをつけずに洗ったことは正解だった。コンドームのゼリーの匂いはお湯だけで洗い落とせたし、射精していないので精液の匂いもしないはずだ。

「どうだ？　満足したか？」

悪戯っぽく微笑んだかおりは、挑発的ないろを瞳に浮かべたかと思うと、いきなりペニスにむしゃぶりついた。マニキュアと同色の、パールピンクのルージュが引かれた唇が激しく上下に動き始めた。

ブラウンベースに、シルバーのストライプが入ったロングヘアが宙に舞った――高速ローリングの、ディープフェラ。いつもなら、かおりの舌遣いに即座に反応する息子も、ぐったりと無反応だった。

吸引と唾液の淫靡な音を耳にしながら玉城は、泉にたいしての追加契約の方法に考えを巡らしていた。

スクラップとなった忍の穴を埋めるために、毎月百万の契約を泉と結ばねばならない。たしかに泉は千人にひとりの極上ガモだが、まだ、忍ほど自分に傾倒してはいない。忍クラスの盲目状態にするには、しばらくは新規客の開拓を犠牲にしてでも、泉を連日呼び出して奉仕《クス》する時間を作ったほうがいいだろう。また、それだけの価値が泉にはある。

泉に一千万を超える貯金があることを、ホテルのベッドの上で玉城は聞き出していた。しかも彼女は、銀行員だ。貯金をしゃぶり尽くしても、銀行、クレジット会社、サラ金と、借金を重ねさせれば無尽蔵に金を引き出せる。身も心も自分の虜にしたあとに、いままでどおり癌を患ったお袋の治療費でもいいし、借金を残して蒸発した親父の尻拭いでもいい、とにかく、同情心を引いて契約に持ってゆく。

湯沢を含めたほかの営業マンには、どうせ騙すなら、商品を買わせずに直接現金をもらえばいいだろう、と言われる。その理由は、商品を買わせれば五十パーセントの歩合しか手に入らないものが、現金で貢がせれば百パーセント自分の懐に転がり込むからだが、そこには落とし穴があるのを、能なしの湯沢達はわかっていない。

現金を直接受け取ってしまえば、惚れた腫れた結婚しようと、色仕掛けでカモを落とす玉城のやりかたでは、利用価値がなくなりポイ捨てしたときに、結婚詐欺で訴えられる恐れがある。しかし、同じでたらめのセリフを囁いても、商品を買ってもらっている分には結婚詐欺が成立するのは難しい。

それだけじゃない。いくら治療費だ借金の尻拭いだと言っても、直接金を要求しないで、売上げで頑張って給料を稼ごうという姿勢をみせていたほうが、カモ達は疑念を抱くどころか感動して金を吐き出してくれるのだ。

だから玉城は、いままで数かぎりないカモ達を欺き高額ローンを組ませてポイ捨てしてきたが、裁判沙汰になったことは一度もない。忍とて、八百万以上の金を玉城に使ったが、それらは商品や装飾品にたいしてだ。ただの一円も現金をもらったことはないし、ただの一回も、玉城のほうから商品や装飾品を買ってくれと頼んだこともない。すべては、忍の意思で決めたことだ。

「どうしちゃったのよぉ、全然だめじゃなぁい」

フニャチンから口を離したかおりが、膨れっツラで言った。忍や泉と違い、かおりがやると、ぶりっこフェイスもさまになっていた。

玉城はパジャマのズボンを上げ、ファッションホテルでの忍との会話をバーに置き換えて話した。膨れっツラのまま玉城の隣に腰かけワイングラスを傾けていたかおりは、忍を切り捨てた話を耳にすると、切れ長の瞳を大きく見開いた。

「私も、利用価値がなくなったら、慎ちゃんに捨てられちゃうのかな……」

かおりが、不安げに訊ねた。むろん、本音ではない。かおりは、己だけは客と違いＶＩＰ待遇だと思っている。ＶＩＰ待遇の理由が、他の追随を許さない美貌にあると堅く信じている。

たしかにかおりは、住所さえ知らされていないカモ達と違って合カギを持たされ、玉城の部屋に自由に出入りをしている。だがそれは、玉城の手足となって動く女房気取りの女が必要だっただけの話であり、かおりに魅力を感じてVIP待遇にしているわけじゃない。

玉城にすれば、かおりも忍も単なる道具だ。ルックスがいいか悪いか、それだけの違いしかない。女——これほど信用できずに、軽蔑すべき生き物もいない。

玉城はロマネ・コンティをひと口だけ流し込み、セーラムをくわえた。横から伸びてきたかおりの手——カルティエのライターの火に、顔を近づけた。赤ワイン特有のタンニンの渋味に、メンソールが意外にもマッチする。

玉城はソファに背を預け、セーラムの紫煙を深々と肺に送り込み眼を閉じた。

☆

両親に置き去りにされた玉城は卒業を目前《まえ》に高校を中退し、レストランでアルバイトを始めた。調理師に、なりたかったわけではない。たまたま、通りすがりのフランス料理の店のスタッフ募集の貼り紙を眼にしたのだ。決め手は、寮があったことだった。

知識も技術も目的もない玉城は、朝から晩まで皿洗いに明け暮れた。十時間以上こき使われて、手取り十万円そこそこの薄給だったが、三食付きで家賃のいらない生活は預金通帳の残高を増やし続けた。

一年間、先輩コックの怒声と、油に塗《まみ》れた食器を相手にする生活に耐えた。店を辞める頃には、百万近い金が貯まっていた。貯金の一部を下ろし、家賃四万の安アパートを借りた玉城は、就職情報誌を片手に新しい職探しを始めた。

スナックやキャバレーのボーイ、ファーストフードのフロアスタッフ、パチンコ屋のホールスタッフ――。身寄りも学歴もない玉城が、勤められそうな職場はかぎられていた。

月給百万以上可・幹部候補生募集――就職情報誌を閉じかけた玉城の眼に、幸福通商なる会社の募集記事が飛び込んできた。

学歴、資格、経験不問。営業時間は午前九時から午後六時までで、年に一回の海外旅行の特典と特別報償金制度あり。業務内容は、チラシ配布と簡単な電話応対となっていた。

当時、世間知らずの玉城といえども、甘い話が羅列してある募集内容に胡散臭さを覚えたが、月給百万以上可と、学歴、資格、経験不問の文字にあらゆる疑念は吹き飛び、夢遊病者のように公衆電話から幸福通商の電話番号をプッシュしていた。

電話に出た情熱的な語り口の男の、早速面接にきてほしい、の言葉を受け、雑居ビルの八階に事務所を構える幸福通商に玉城は出向いた。

事務所に足を踏み入れた瞬間、拍手と歓声が鼓膜に雪崩れ込んできた。横一列に並んだ十人の男女が、名前を呼ばれると二、三歩前に出て、「本日は二十万五千円の幸せを買って頂きましたっ！」と大声を張り上げていた。するとすかさず責任者らしき銀縁眼鏡の男が瞳を潤ませ、「○○君、二十万五千円の幸せ達成、おめでとぉうっ！」と声を裏返しつつ叫び、拍手を始める。銀縁眼鏡の拍手に続いて、ほかの人間からも一斉に拍手と歓声が沸き起こり、○○君自身も拍手をしながら瞳に涙を浮かべ、横並びになった九人の男女に端から順にハイタッチをして、列に戻る。

結局玉城は、異様な熱気に包まれたフロアの片隅で三十分近く佇み、その宗教的儀式を見守っていた。

——おい、君。どうだい？　ウチの伝道師達、みんな、生き生きとしてるだろう？

不意に、銀縁眼鏡が玉城に声をかけた。

——あ、あの、でんどうしって、なんですか？

銀縁眼鏡の声に振り返った十人の男女の熱い視線に圧倒されながらも、玉城は怖々と訊ねた。玉城の質問に、十人とも一見穏やかにみえる微笑を同時に湛えた。みな、柔和に顔を綻ばせていたが、眼はガラス玉のように動きがなかった。

——ウチの会社はね、営業会社なんだよ。営業会社といっても、商品を売るのではなく、社名のとおり幸福を運ぶのさ。だから、スタッフのことも営業マンと呼ばずに、伝道師と呼んでいる。さあ、詳しい説明をするから、こっちに座って。

銀縁眼鏡に促されソファに座った玉城の横を、よろしく、よろしく、と、力強い握手と気味の悪い洗脳スマイルを残して、十人の伝道師達が擦り抜けフロアを出て行った。

無人となったフロアで、銀縁眼鏡は相変わらず熱っぽい口調で、ときには声を詰まらせながら、業務内容を説明した。

銀縁眼鏡は、幸せを運ぶだの徳を積むだのの偽善的な説明をくどくどとしていたが、とどのつまり幸福通商は、霊感商法の会社だった。

その手口は、こうだ。手相、人相、家相を診断する旨のチラシを新聞に折り込む。チラシには、幸福通商で診断してもらった人々の感謝の体験談をでっち上げる。そして、折り込みチラシが配布された地域の家のポストに、「特別期間にて、手相、人相、家相を無料診断」などの謳《うた》い文句が記載されたチラシを伝道師達が撒く。

無料診断の餌につられて電話をかけてきた家に、占い師役と売り込み役の男女ペアで訪問する。占い師役は女で、売り込み役は男だ。占い師役がもっともらしい顔で手相、人相、家相をみて、さりげなく家庭の悩みなどを聞き出す。

金銭、子育て、夫婦関係……。チラシをみて電話をかけてきたくらいの家だから、必ずなにか悩みを抱えている。一通り相談者の悩みを聴いたあとは、武士だった先祖が斬り殺した相手の霊障のせいにしたり、前世で犯した罪の報いのせいにしたり、とにかく、徹底的に相談者を不安にさせる。たいていの相談者は、もともと占いに興味のある人物なので、占い師役のでたらめを疑いもせずに、どうしたらいいのですか？　と、顔をまっ青にして縋りついてくる。

ここから先は売り込み役の登場で、除霊や厄払いをするためにはお札《ふだ》や香炉《こうろ》が必要だと説明し、相談者の懐具合を推測し、数十万から百万の金を吐き出させる。相談者に購入させるお札や香炉の値段設定の基準は、金のない家には二十万、金のある家には百万、という、実にいい加減なものだった。

幸福通商は、どこからどうみても詐欺師の集まりだったが、玉城は入社することを決めた。学歴も技術も身寄りもない、ないない尽くしの玉城が一発当てるには、綺麗事は言ってられなかった。

営業マンとしての才能があったのか、玉城は入社して一ヵ月目で、いきなりトップセールスになった。高校生のときに両親に捨てられたが、幸福通商で厄払いをしてもらったお陰で次々と幸運が舞い込んだ、という嘘と真実を織り交ぜたセールストークは聴く者の涙を誘い、面白いように契約に繋がった。生まれて初めて、両親に感謝をした。

募集記事どおりに玉城の給料は百万を超え、弱冠十九歳で先輩達を押し退けて、店長である銀縁眼鏡に次ぐ主任の椅子を勝ち取った。

この世の不幸を一手に背負ったような玉城の人生は、幸福通商と出会ったことで一変した

――まさに幸福だった。

契約を取るためなら、悪霊でも地縛霊でも利用した。除霊をしないと、息子さんにまで厄災が降り懸かりますよ――まことしやかなでたらめ。

金を搾り取った。尻拭き紙にもならないお札を売りつけた。嘘を吐《つ》けば吐《つ》くほどに、金が転がり込んだ。立場が上がった。

本社に栄転になった銀縁眼鏡の跡を継ぎ、二十三歳で玉城は店を任された――店長になった。その頃、ひとりの女性が面接にきた。

鈴木《すずき》真由美《まゆみ》。伏し目がちで、初々しい彼女の物腰に玉城は衝撃を受けた。二枚舌を持つ嘘つき女を見慣れていた玉城にとって、真由美は新鮮だった――一目惚れした。とても仕事で使えそうもなかったが、玉城は彼女を採用した。

予想どおり、一ヵ月をすぎても、真由美絡みの契約は一本も上がらなかった。コンビを組んだ者の話によれば、相談者にたいして馬鹿正直なことばかり言って安心させてしまうのが原因だという。

玉城は、真由美にセールストークの個人指導に当たった。個人指導を続けるうちに、ふたりは急速に親密になった。セールストークの指導よりも玉城は、真由美のプライベートにたいする質問に時間を割くようになった。

真由美は孤児だった。幼少の頃に両親を亡くし、養護施設で育った彼女に、玉城は己の生い立ちをダブらせた――共感を覚えた。玉城も生い立ちを話した。彼女は、瞳を潤ませながらじっと耳を傾けていた。互いの傷を舐め合うように、ふたりは上司と部下の一線を越えた。仕事ではやり手の玉城も、女性経験は皆無だった――真由美が、初めての女だった。

その日を境に真由美には職場を辞めさせ、当時、玉城の住んでいた白金の高級マンションで同棲を始めた。

数日後、幸福通商に真由美あてに一本の電話がかかってきた。電話の主は金融業者だった。しかも、巻き舌のヤクザふうの男だった。男が言うには、真由美が保証人になっている知人が行方不明になったので、連帯保証の責任を履行しろということだった。

真由美に詰問した。泣きながら彼女は、以前の職場の同僚に頼まれて、保証人になったことがあると打ち明けた。人のよい彼女なら、ありうることだと思った。額面は一千万。玉城は絶句した。迷惑はかけられないと家を出ようとする真由美を説き伏せ、玉城は金融業者とホテルの喫茶ラウンジで会った。

パンチパーマにサングラスに頰に傷――ヤクザの手本のような男は、小指の欠けた手に摑んだ金銭消費貸借契約書をテーブルに叩きつけた。連帯保証人の欄に書き込まれていたのは、真由美の筆跡に間違いなかった。

井川令子という真由美の元同僚が、パンチパーマから借りていた一千万は、延滞利息込みで倍額の二千万に膨れ上がっていた。分割にしてくれと、玉城は交渉した――一括で精算しなければ、真由美をソープに沈めると言われた。冗談じゃなかった。条件を呑んだ。幸福通商に入社して四年間で、二千万とちょっとの金を貯めていた。玉城はその日のうちに貯金を下ろし、パンチパーマに払った。

貯えが一瞬のうちになくなった虚脱感と、真由美を護れた安堵感を背負いながら玉城はマンションに戻った。真由美はいなかった。最初は、買い物にでも出ていると思っていた――違った。その夜も、翌日も、真由美は帰ってこなかった。危惧と懸念が胸を掻き毟った。

面接時に預かった真由美の履歴書に記載されている、同棲する以前に彼女が借りていたアパートに玉城は向かった。真由美の住んでいた部屋の表札は、当然ながら別の人間の名前になっていた。同じ棟にいる、大家の部屋を訪ねた。干物のように痩せた大家らしき老婆は、鈴木真由美の名前を耳にしたとたんに顔を歪めた。

――また、あのコのことかい？　訪ねてきたのは、あんたで五人目じゃよ。金のことじゃろう？　ほかの四人の男性も、血相変えて言っておった。借金を立て替えてやったのに、急におらんようになったとな。わしのとこにきても無駄じゃぞ。あのコは、頬に傷をこしらえた極道みたいな男と一緒に住んでおったが、家賃を滞納したまま二年前に夜逃げ同然にいなくなったよ。

　借金を立て替えた男が四人、頬に傷をこしらえた男と同棲、二年前にいなくなった……。老婆の言葉を反芻した。眼の前が暗くなった――眩暈《めまい》がした。膝が震えた、心が震えた、涙腺が震えた。

　騙されていた。嘘を吐《つ》けないが故に契約の取れない馬鹿正直な性格も、知人の借金の保証人になったという人のよさも、自分から金を騙し取るための演技だった。頬に傷のある男――真由美は、金融業者を装っていた男とグルだったのだ。

　警察に、被害届は出さなかった。出したところで、その契約書がでっち上げだと証明できる証拠はないし、逆に、詐欺まがいの仕事で貯めた二千万に、税務署が眼をつけて藪蛇になる恐れがあったからだ。

　抜け殻になった玉城は幸福通商を辞め、白金のマンションを引き払い、安アパートを借りた――振り出しに戻った。

　幸福通商での四年間で玉城に残されたのは、三十万ばかりのはした金と巧みな営業トーク術、そして、女性にたいしての不信感――それだけだ。

　厄災や霊障に怯える迷信深い相談者を手玉に取っていい気になっていた自分が、たったひとりの女に骨抜きにされ、カモにされた。

真由美が与えてくれた教訓――女ほど、信用できない生き物はいない。

女性経験を積むために、玉城はキャバクラのボーイになった。

色目を使って男をその気にさせる女、「昭和枯れすすき」でも流れそうな暗い過去をチラつかせ同情を引く女、純情ぶって男の征服心をくすぐる女――そこには、表の顔と裏の顔を見事に使い分けて、男から金を引っ張るプロの女狐達がいた。

キャバクラ、ヘルス、ピンサロ、ソープと、玉城は職を転々とした。いずれも女性上位の職場なので給料は安く金は貯まらなかったが、あらゆる意味での女性経験は積めた。

モデルフェイスの玉城は、行く先々で女達のつまみ食いの対象になった――海千山千の、プロのテクニックの洗礼を受けた。二十三歳まで童貞だった玉城は、風俗業を渡り歩いた四年間で、素人玄人合わせて五百人近い女を食った。その頃には、ものの数分間接しただけで、この女とベッドインできるかできないか、男性経験が多いか少ないか、などがわかるようになっていた。

女転がしと化した玉城が新宿をブラついていたとき、街角でナンパしている複数の男の姿をみかけた、いや、ナンパじゃなかった。

キャッチセールス――女をカモにして、高額の商品を売りつけるこの仕事こそ、玉城の天職だった。

「ねえ、慎ちゃん、寝ちゃったのぉ?」

かおりの不満げな声が、追憶に割り込んだ。眼を開けた。指先に挟んだセーラムが、フィルターだけになっていた。

「質問に、まだ答えてないぞ。私のことも忍さんみたいに、用済みになったら捨てるんでしょう? 私、どんなことがあっても慎ちゃんから、離れないからね」

かおりのシャープな顎のラインを掌で撫でてやり、玉城は微笑んだ。五年前の自分なら、真由美と出会う以前《まえ》の自分なら、かおりみたいな美女にこんなふうに言われたら、ころりと参ってしまっただろう。

が、いまは違う。玉城は知っている。金と美貌がなければ、かおりは自分を歯牙にもかけないことを。玉城は知っている。かおりだけじゃなく、女はすべて、二面性があり、自己中心的で、己が幸福を摑むためなら、恐ろしいまでに冷酷になれることを……。

ベルが鳴った。ワイングラスを置き、ガラステーブル上のコードレスホンを手に取った。

「もしもし——」——無言で切れた。コードレスをテーブルに戻した。

「誰から?」

「間違い電話じゃないかな」

「慎ちゃんが帰ってくる以前《まえ》にも、無言電話がかかってきたわ。まさか、これじゃないでしょうね？」

かおりが小指を立てて、玉城を睨んだ。客には、誰ひとりとしてマンションの電話番号を教えてはいない。

「俺の女は、お前だけだ」

玉城はかおりを抱き寄せ、鼓膜に吐息を吹き込んだ。ピアスの嵌まった耳朶を舌先で愛撫しながら、左手をパンティの下に滑り込ませた。鍵盤を華麗に舞うショパンの指遣いを彷彿させる玉城のフィンガーテクニックに、かおりの陰部は既に、大雨洪水注意報状態にびしょ濡れだった。

「ごまかされないから……」

喘ぎ交じりの声を唇から漏らしたかおりは、もどかしげに腰を浮かすと自らパンティを脱いだ。

泉に、忍の八百二十三万のレコードを更新させるためには、かおりの協力が必要だ。

女は、利用して使い捨てる消耗品だ――玉城は心で呟き、冬眠から覚めた孝行息子を、涎を垂らすかおりの陰部にぶち込んだ。

8

けたたましいベルが、脳みそをシェイクした。瞬間接着剤を塗布されたように貼りついた瞼を、無理やりこじ開けた。目覚ましを止めた――午前七時二分。玉城の横では、裸体のかおりが熟睡モードに入っていた。無駄肉のない引き締まった腹には、玉城の放出した精液が、太腿の内側には、垂れ流した己の愛液が生々しく付着していた。

睡魔に抗い、玉城はベッドから背中を引き剝がした。かおりが潮を噴いてできたシーツのシミが、乾く間もないだけの睡眠時間しか取っていなかった。昨夜は、リビングダイニングのソファからベッドルームに場を移し、明け方の四時までかおりに奉仕した。

玉城はかおりを起こさないように、そっとベッドから下りた。躰中の関節が悲鳴を上げた。泉、明美、忍、かおり――一日四連戦は、さすがに応えた。

ソフィーの始業時間は十時だから、九時すぎに部屋を出れば十分に間に合うのでゆっくりと寝ていたかったが、身だしなみを整えるのにたっぷりと二時間はかかる。

素っ裸のまま廊下に出た玉城は、パウダールームへと向かった。

薬用歯磨き粉で入念に歯と歯茎をブラッシングし、執拗にうがいをした。口内に残った歯磨き粉が原因で虫歯になるのは、意外と知られていない。

歯磨きの次は、洗顔クリームを使い顔を洗った。タオルで顔を拭き、収納棚から毛穴クリーナーを取り出した。コードレスホンのような形のクリーナーの先端には、タコの口に似た吸盤がある。その吸盤を、小鼻に押し当ててスイッチを入れた。小型掃除機さながらに、吸盤が小鼻を吸引した。左の小鼻、右の小鼻、鼻の先端の順で吸盤を移動させ、スイッチを切った。鏡の中の自分を凝視した。少し開き加減だった鼻の毛穴は、きれいに閉じていた。女性からみて、毛穴が開き脂ぎった鼻は、はみ出し鼻毛、汚い歯と並ぶ三大NGのひとつだ。

毛穴クリーナーを収納棚に戻し、玉城はバスルームでシャワーを浴びた。かおりとのセックスを終えたあとそのまま寝たので、躰が不快にベタついていた。シャネルのエゴイストの全身シャンプーでベタつきを落とし、髪を洗った。トリートメントとヘアパックをしている最中に、シェーブローションを塗り髭を剃った。

バスルームを出た――パウダールームに戻った。掌形をしたブローアップドライヤーで、髪を乾かした。このドライヤーは髪の根もとまで温風が行き渡り、前髪にふんわり感を与え、全体的にナチュラルウエーヴを作る。

ドライヤーのスイッチを切り、手櫛で髪形を整えた。顔を、隈なくチェックした。髪形チェックOK、歯糞チェックOK、目糞チェックOK、鼻毛チェックOK――完璧だ。

下着を着けて、リビングダイニングへ――カーテンを開けた。まだ八時前だというのに、ルーフバルコニーの窓から、うんざりするような強烈な朝陽が差し込んできた。

ソファに腰を下ろし、テレビのリモコンのスイッチを押した。朝のワイドショーでは、各スポーツ新聞の見出しを紹介していた。手足の爪を切りながら、キャスターの声に耳を傾けた。

人気アイドル同士の結婚、新しく始まるトレンディードラマの紹介、ベテラン俳優の不倫問題……。政治、経済、スポーツの紹介は耳を素通りさせ、芸能関係の話題だけを頭にインプットした。頭のネジの緩んだ女との会話を盛り上げるには、ミーハーな話題が一番だ。

爪楊枝のようなマニキュアスティックの先端にコットンを巻きつけ、爪の間の汚れを取った。爪垢で黒くなった指先は、女性に嫌悪感を与えてしまう。垢取りの次はヤスリで爪の形を整え、エッセンスクリームで甘皮を潤した。女性の敏感な膣の粘膜を傷つけないためには、必須の手入れだ。

テレビの画面は、天気予報に切り替わっていた。テレビを消し、クロゼットを開けた。

頭の中で、着せ替え人形よろしく、スーツを着た自分の姿をイマジネーションした。どのスーツを着てもため息が出るほどに決まっていたが、今日は、ネクタイをつける気分じゃなかった。

迷いに迷った玉城は、薄いオレンジのネックスタンドのシャツに、ライトブルーのヴェルサーチのカジュアルスーツを選んだ。

ふたたびパウダールームに戻り、全身シャンプーと同じシャネルのエゴイストのオードトワレを手首と首筋につけた。

エゴイスト——利己主義者。自分にぴったりのブランドだ。

メデシンボックスを開け、コラーゲン、ビタミンC、A、Eの錠剤を取り出して口内に放り込み、キッチンに向かった。冷蔵庫——オレンジジュースをボトルごと口につけ、錠剤を飲み下した。若々しい肌と、シェイプアップされたボディを維持するための朝食が終わった。

リビングダイニングの壁にかかった、等身大の鏡の前に立った。

「今日も女《カモ》どもは俺に夢中になり、ローン用紙にサインする」

毎朝、出かける前の儀式——玉城は、自己暗示をかけるように呟いた。

鏡の中——麗しきエゴイストが微笑んでいた。

☆

「和田、十二万五千円、小暮、二万三千円、島内、九万一千円、湯沢、タコ、そして玉城は、百四十万だ」

羽田の口から百四十万の数字が読み上げられた瞬間に、事務所内に驚愕のため息が充満した。驚愕のため息に、舌打ちが交錯した。舌打ち――湯沢だった。

「おい、湯沢。昨日は回転もなしか？ 少しは、玉城を見習ったらどうだ？」

横一列に並んだ玉城達五人の前で腕組みをした羽田が、湯沢を見据えた。昨夜飲んだ酒が抜けないのだろうか、羽田の眼はまっ赤に充血し、全体的に気怠げだった。ワイシャツの襟はよれて黒ずみ、頬には無精髭が散らばっていた。

「玉城が上げた百四十万の女は、最初に俺が声をかけたんです。それをこいつが――」

「言い訳はやめろっ、湯沢。そんなんだからお前は、化粧水の一本も売れないんじゃないか！ もう、一週間以上タコが続いてるぞっ」

マッサージルームの椅子に腰かけて朝礼を眺めている、かおりと水谷留美子《みずたにるみこ》から失笑が漏れた。留美子は玉城の客以外を担当するエステティシャンで、かおりより三つ歳下で、今月二十歳の誕生日を迎えたばかりだ。

湯沢は、飛び出た前歯で唇を噛み締め、怨念の籠った眼で玉城を睨みつけた。負け犬の視線をさらりと躱した玉城は涼しい顔で、両手で前髪を掻き上げた。そんな玉城の仕草を、留美子が熱っぽい視線でみつめている。湯沢は、留美子に惚れている。その惚れた女が玉城に憧れていることが、湯沢の自分にたいする妬《ねた》み嫉《そね》みに拍車をかけていた。

湯沢が心配するまでもなく、玉城は留美子に手を出すつもりはなかった。湯沢に、気を遣っているわけではない。留美子と関係を持ってしまえば、間違いなくかおりに感づかれてしまう。そうなれば、ふたりが揉めるのは必至だ。小便臭いガキの色気に反応するほど、自分は愚かではない。自分が女を誑《たぶら》かすのは、利益に繋がると判断したときだけだ。

「まあ、とにかく、みんな玉城を見習って契約を取ってくれ。公務員は、十五日に給料を支給された場合が多い。今日は十八日。まだまだ、懐は温かいはずだ。気合いを入れて頑張るように！　以上！」

羽田が両手をパンパン、と叩き、朝礼は終了した。和田、小暮、島内が、敵陣に突撃するコマンドのように外へ飛び出した。

「おい、待てよ」

みなに続こうとした玉城を、湯沢が呼び止めた。踵を返し、玉城は湯沢と向かい合う格好になった。湯沢は、玉城の鼻のあたりまでしか身長がなかった。羽田は誰かと、電話で話していた。ええ、大丈夫です、いまからです、と、みえもしない相手に頭を下げながらも、ふたりのやり取りに神経を尖らせていた。

「なんですか？」

「なんですかじゃねえよ。お前、どういうつもりだ？」

背後で聞き耳を立てる留美子をちらちらと気にしながら、湯沢が言った。

「だから、なにがですか？」

玉城はとぼけた。湯沢の腹積もりはわかっていた——留美子への弁解。

「茂原泉の件だよっ。彼女に、最初に声をかけたのは俺だろ？ それを、泥棒猫みたいに横取りしやがってっ」

ざんばら頭の禿げ上がった頭頂をピンクに染め、湯沢が熱《いき》り立った。

「横取りなんて、人聞きの悪いことを言わないでくださいよ。湯沢さんがアプローチに失敗したから、俺が声をかけたまでです。いまどき、モニターモデルなんて死語を使ってたら、誰もついてきませんよ」

いつもなら、腕に自信のない玉城は怯《ひる》むところだが、強気に出た。いくら湯沢が憤怒と嫉妬に眼が眩んでも、羽田がいる眼前《まえ》で殴りかかってはこないだろうという計算があっての上だ。

「お、お前、俺を馬鹿にしてんのかっ。失敗したのも、俺がアプローチしている最中に、お前がちょろちょろしてたからじゃねえか！」

「おいおい、なにを騒いでるんだっ」

湯沢の怒声を聞きつけ慌てて電話を切った羽田が、ふたりの間に割って入った。

「茂原さんの契約を横取りしたって、湯沢さんが怒ってるんですよ」

「湯沢、まだそんなことを言ってるのか⁉」

　ふたたび、羽田の一喝――出っ歯を剥き出しにして首を竦める湯沢をみて、留美子が嘲笑気味に笑った。湯沢が、地獄に叩き落とされたような顔をした。

　いい気味だ――玉城は、底意地悪くほくそ笑んだ。

　もともと、湯沢みたいな男は大嫌いだった。顔も悪く、センスのかけらもないくせに、エステのキャッチなどという場違いな職種を選び、ひと回り以上も歳の離れている若い女に色目を遣う図々しさ。粗大ゴミほどの存在価値もない己の立場も自覚せずに、こともあろうに、自分に対抗意識を燃やしている。

　自分と湯沢では、ルックスも、スタイルも、話術も、すべての面において、レオナルド・ディカプリオと小汚ないアパートでせんずりをかく万年独身男くらいの開きはある。

「社長、怒らないでやってください。俺は平気です。湯沢さんは、水谷さんが好きなんですよ。朝礼のときに恥をかかされたもんだから、それで、俺に八つ当たりをしているだけですから」

「えぇ～、なにそれぇ～、やめてよぉ～」

　留美子が、変質者にいきなり薄汚いイチモツをみせられた少女のように眉を顰《ひそ》めた。

「てててて、てめえっ――」

「やめんかっ！　湯沢っ。これ以上騒ぎを大きくすると、クビにするぞっ。さっさと現場に行けっ」

湯沢の怒声を、羽田の怒声が呑み込んだ。トップとブービーの営業マン同士が衝突した場合は、非がどちらにあるかは関係なく、ブービーの営業マンが叱られる。営業会社、とくにソフィーのような売上げ至上主義の会社は、数字イコール人権だ。月に二、三本の契約しか取れない湯沢には、シラミの糞ほどの人権しか認められない。

容姿端麗な後輩にプリマ・バレリーナの座を奪われた先輩バレリーナ同様の、憎悪に燃える瞳を玉城に残して、湯沢は事務所をあとにした。

「社長。じゃあ、俺も行ってきます」

「あ……玉城。話があるんだ。ちょっと、つき合ってくれないか？」

極《きま》り悪そうな顔で、羽田が言った。朝礼後に呼び出されたことは過去にも何度かあったが、いずれも、大口契約のキャンセルが入ったときばかりだった。忍の慟哭が、鼓膜に蘇った。

まさか……――いやな予感に背中を押されつつ玉城は、羽田のあとへと続いた。

☆

ピアジェ・ポロの、サファイアガラス越しの文字盤に眼を落とした――午前十一時十一分。

トウェルヴの店内は薄暗く、朝の十一時と夜の十一時を錯覚しそうだった。

靖国通り沿いの松竹会館並びにあるトウェルヴは、十一時オープンで、六時までが喫茶レストラン、六時以降はバーに様変わりする。店内が薄暗いのは、光量を絞った照明のせいばかりではなく、地下で外光が遮断されていることも多分に影響している。

スクエアな空間に設置されたボックス席は、開店したばかりなのに八割以上が埋まっていた。が、ボックス席を埋めているのは、ほとんどが水商売関係者と思われる、どこか崩れた感じの男女や、自分と同じ匂いのする派手な身なりをした色男系の客ばかりだった。

色男系の何人かには、見覚えがあった。アダルトビデオのスカウトマン、同業他社のキャッチセールスマン、似非《えせ》モデルクラブのスカウトマンなどだ。

ガングロ茶髪の女を言葉巧みに口説く、ジャニーズフェイスをしたアダルトビデオのスカウトマンの横のボックスに、羽田と玉城は腰を下ろした。ガングロ女の熱い視線と、スカウトマンの迷惑げな視線が同時に注がれた。

迷惑げな視線――ガングロ女の意識が、己よりルックスのいい玉城に向いてしまうので、口説きにくいのだろう。

「それって、なんかヤバいんじゃん。あたし、アダルトビデオなんてやだよ」

ガングロ女が、厚底サンダルを履いた足で貧乏揺すりのリズムを取りながら、吐き捨てるように言った。

「違う違う、カラミはないって。水着まででOK。ほら、アイドルのイメージビデオみたいなもんだよ。ウチのビデオに出演したのがきっかけで、芸能界に入った女のコは多いんだから。美樹ちゃんはスタイルもルックスもいいし、プロダクションから声がかかる可能性は大だよ」

美樹というガングロ女は、スカウトマンのでたらめトークにまんざらでもなさそうな顔をしていた。使い古されたスカウト法だが、いつの時代もこの手の女は、芸能界という言葉を聞くと軽い脳みそを刺激されて涎を垂らす。スカウトマンの口車に乗りビデオ出演を受諾したら、芸能界どころか、股にバイブを突っ込まれて顔射で精液塗れになるのが落ちだ。

「今日は、はやいですね」

葉巻髭を鼻の下に蓄えた、イラクの独裁者を連想させる濃い顔つきをしたウエイターが、水の入ったグラスとメニューをテーブルに置きながら羽田に微笑みかけた。ソフィーの営業マンはみなトウェルヴの常連客で、昼食、ミーティング、一服タイムに利用している。

「緊急ミーティングってところだ」

羽田は面倒臭そうに言うと、メニューに視線を走らせた。

「俺はアイスコーヒー、お前は？」

これ以上話しかけられるのを拒絶するようにそそくさと注文した羽田が、玉城にメニューを差し出した。差し出されたメニューを開くことなく、玉城はアイスティーを注文した。

「話って、なんです？」

トレイを小脇に抱えた葉巻髭が立ち去るのを見届け、玉城は訊ねた。

自分が出社する以前《まえ》に、ソフィーに忍から電話が入ったのだろうか？　だが、忍の契約は、どれもこれもとっくにクーリング・オフの適用期間はすぎているのでキャンセルはできない。じゃあ泉か？　親の説得？　友人の入れ知恵？　泉は昨日契約したばかりなのでクーリング・オフは適用できるが、それはありえない。朝一番で泉のキャンセルが入ったならば、朝礼で羽田が言うだろうし、なによりも、自分の熱い視線、甘い囁き、恥骨を砕くような腰遣いを彼女が忘れられるはずがない。

羽田はグラスの水をガブリと飲み干し、葉巻髭が運んできたアイスコーヒーも、むしゃぶりつくようにストローで吸い上げた。そんな羽田の様子をみて玉城の不安感は、頭蓋骨を突き破るくらいに膨らんだ。

「社長、俺、はやく現場に出たいんです。話を聞かせてください。お客さんのことですか？」

ガムシロップ抜きのアイスティーで喉を潤した玉城は、いらついた口調で言った。

「いいや、お客のことじゃない。言いづらいんだが、八日前に、七月度の売上げが入ったバッグを銀行で置引きにあってね……」

「置引き……って、盗まれたんですか？」

羽田が、がっくりと頭をうなだれた。客のことじゃないと聞き、弛緩しかけた全身の筋肉が硬直した。

「て……ことは、俺の給料も？」

うなだれた羽田の頭が、さらに深く沈んだ。羽田の眼が充血しているのも、気怠げなのも、頬に無精髭が散らばった生気のない顔も、昨夜飲んだ酒のせいなんかではなかった。

動転した脳みそで、今月末に支給されるはずの給料を計算した。七月度の売上げはたしか、三百八十六万だった。五十パーセントの歩合計算で、玉城の手もとにくるのが百九十三万……。脳みそが、ヒステリックな金切り声を上げた。鼓動が全力疾走を始めた。胃が、蜜蜂の大群に刺されたようにチクチクと痛んだ。

「すまん……。ＡＴＭで自分の金を下ろそうと、バッグを足もとに置いたその隙に……」

羽田のビブラートした声が、玉城の耳を素通りした。

「け、警察には届けたんですか……」

玉城の声も、羽田に負けないくらいにビブラートしていた。脳みそが喚き続けていた、鼓動が走り続けていた、胃が痛み続けていた。アイスティーをひと息に飲み干した――ひりつく喉の渇きは、癒せなかった。

「すぐに届けたさ。だが、いまだに進展なしだ。警察は、犯人が捕まったとしても、お金は戻ってこないだろうと言っている……」

お金は戻ってこない……。自分の給料が戻ってこない……。冗談じゃなかった。四百万の売上げを上げるために自分は、不細工な女に媚を売り、反吐が出そうな褒め言葉を連発し、醜悪な肉体《からだ》に奉仕をした。その気が遠くなるような苦行の末に摑んだ血と汗と精液の結晶が水泡に帰すなど、受け入れられるわけがなかった。

「銀行か知り合いに借りるかしてでも、責任は取ってもらいますよっ！」

思わず玉城は、大声を張り上げた。ガングロ女とスカウトマンが、驚いた顔で玉城達をみた。

「まあ、そう興奮するな。もちろん、銀行には融資を申し込んでいる。ただ、金を借りるには、お前の協力が必要なんだよ」

「俺の協力？」

「これをみてくれ」

羽田は、タータンチェックのジャケットの内ポケットから事務用封筒を取り出して、玉城の眼前に置いた。玉城は、映画のチケットのような長方形の紙に視線を走らせた。

約束手形・金額、￥23、560、000※　振出人、株式会社ソフィー、代表取締役羽田正一、と記載されていた。支払期日は空欄だった。

「なんですか？　これ」

玉城は、まぬけ声で訊ねた。手形がどうのと話にはよく聞くが、実物を眼にするのは初めてだし、この紙っきれが、どんなときにどのように使用されるかの知識は皆無だった。

「この手形を銀行に預ければ、二千万以上の融資が受けられるのさ。ただし、それには条件があってな。手形の、裏面をみてくれないか」

言われたとおりに、玉城は手形を裏返した。裏面は五つの欄に区切られており、上の欄から順に、株式会社丸富、代表取締役菊池良介、株式会社ポエム、代表取締役花井勝志、のふたりの人物の署名があった。

「その欄は裏書き欄と言ってな、ようするに、振り出し人の俺が借りた金を銀行に払えない場合の保証人だ。融資の条件というのは、ソフィーの従業員を裏書き人に加えてほしいってことなんだ。そうすれば、明日にでも金を出すと言ってきた。そこで、お前に裏書き人を頼めないかと思ってな」

神に縋る殉教者のような羽田の眼が、玉城をまっすぐに射抜いた。

「しかし、万が一のことがあったときには、その二千三百五十六万は、俺が被らなきゃならないんでしょう？」

「その点は安心してくれ。そうならないために、俺の友人の菊池社長と花井社長に、お前より先に裏書き人になってもらってるのさ。万が一のときでも銀行側は、まず、そのふたりを取り立てる。彼らは大企業の社長だ。まかり間違っても、二千万ぽっちの金が払えないなんてことはないし、俺だって、たかだか二千万でソフィーと友人を失うようなまねはしないさ」

「どうして、俺じゃなきゃだめなんですか？　和田さんや湯沢さんのほうが勤続年数も長くて、裏書き人ってやつに適していると思いますがね」

「奴らの売上げを、お前も知ってるだろう？　銀行は勤続年数よりも、収入を重視するんだ。お前の署名が、一番信用があるんだよ。だが、あくまでも形式だけだ。玉城、お前に迷惑がかかることは、億が一にも、兆が一にもありえない」

　羽田の疲弊と憔悴で濁った眼球が、何日間も着替えていない薄汚れたジャケットが、玉城の不安感を煽り決断を迷わせた。

「どうしてもいやなら、無理にとは言わない。しかし、給料を払える保証はなくなってしまう。置引き犯が捕まって、金に手をつけていなければ、別だがな」

置引き犯が捕まっても、金が返ってくる可能性は低い、いや、皆無だ。ならば、裏書きをするのか？　それは危険だ——冷静な自分が警告した。

なにをビビっている？　もし羽田が借金を払えなくとも、菊池と花井というふたりの裏書き人がいるじゃないか——無謀な自分が諭した。

たった二百万の給料と引き換えに、二千万の借金を被ってもいいのか⁉——冷静な自分が声を大にした。

たった？　たっただと？　その二百万を稼ぐために犠牲にした、時間と労力とペニスの苦労を無にするというのか？——無謀な自分が、説得力十分に訴えた。

対立するふたつの声が、脳内で飛び交った。躊躇《ちゅうちょ》と逡巡《しゅんじゅん》が、頭蓋骨を軋《きし》ませた。セーラムに火をつけた。水と氷だけになったアイスティーを、ズルズルと音を立てて啜った。

「なあ、玉城。俺がいままで、金の件でお前に迷惑をかけたことがあったか？」

羽田が囁きながら、ボールペンを差し出した。玉城がソフィーに入社して一年、給料が遅れたり計算をごまかされたりしたことは、一度もなかった。

年間約五千万の契約を取る自分を、羽田が嵌めるわけがない——己に言い聞かせた。震える指先でボールペンを受け取った玉城は、上から三段目の欄に住所と名前を書き込んだ。

「ここに、名前を書けばいいの……？」

自分と同じ懸念の周波数を発している隣席のガングロ女が、契約書にサインをしていた。玉城が横を向いている隙に、ハエを捕らえるカメレオンの舌先の動きを彷彿させる早業で、羽田が手形を取り上げた。

「助かったよ」

礼を述べる羽田の唇の端が、微かに吊り上がっていた。契約書にサインする、ガングロ女をみつめるジャニーズフェイスのスカウトマン――やはり、唇の端を吊り上げていた。

9

桐生は出前のうな重をデスク脇に押しやり、手形の裏書き欄に鋭い視線を走らせた。

「馬鹿っすねえ、玉城って男。株式会社丸富の社長とポエムの社長に成り済ましている俺らが、てめえを追い込むヤクザ者とも知らずに、二千三百万からの手形の裏書きをするなんざ、究極のまぬけですよ」

デスクに座る桐生の背後から手形を覗き込んでいた菊池が、憐れなカモをこき下ろした。

「よくやったな」

桐生に褒められ、羽田が嬉しそうに顔を綻ばせた。十時半頃に羽田に電話をしたときは、ちょうど朝礼が終わったばかりで、玉城にはこれから話をすると言っていた。桐生の携帯に、羽田が弾んだ声で電話をかけてきたのが十二時ちょっとすぎ。電話を切って三十分もしないうちに、羽田は桐生興業の事務所に現れた。

「桐生さんのアドバイスどおりに、菊池社長と花井社長が裏書き人になってるから大丈夫だって言ったら、渋々ながらサインをしましたよ。おふたりのことは、大企業の社長ってことにしてますから」

「大企業の社長ってツラじゃないよね〜。玉城が、ふたりの顔みたらさ、びっくりして腰抜かすんじゃないのぉ」

応接ソファにかしこまって座る羽田の横で、富樫が茶化すように言った。茶化された菊池は顔でこそ笑っていたが、腸《はらわた》は煮えくり返っているに違いない。

茶化されたもうひとり、富樫の正面の位置にいる花井は、馬の耳に念仏ならぬ廃人の耳に念仏とばかりに無表情に朝刊紙を開き、ロンパった眼で活字を追っている。活字といっても、花井が読んでいるのは社会面の四コマ漫画だ。

軽く千人を超える不良債務者を相手にしてきた桐生は、眉の動き、瞬きの回数、唇の乾き具合などで相手の心理状態を見抜く観察力に長《た》けているが、花井のイカれた頭の中だけは、どうにも解読不能だった。

「しかし、優秀なトップセールスマンである彼が、心中はどうであれ裏書きを承諾したってのは、羽田さんのことをそれだけ信用している証ですな」

花井の横で天ざるを啜りつつ、柳沢が抑揚のない口調で言った。

「いやいや、そんなんじゃないですよ。玉城は、女を転がすことにかけては天才ですが、それ以外はまったくの無知です。手形と小切手の区別もつかないような奴ですから」

「玉城ってのは、そんなにいい男なのかぁい？」

うな重を平らげた富樫が、小指の爪で歯糞をほじりながらゲップ交じりに訊ねた。

「そりゃあもう、おつむはさておいて、ルックスとスタイルはモデル級ですよ」

桐生は、昨夜ポルシェから降り立った玉城の姿を思い浮かべた。スラリと伸びた長い足、小作りな顔、切れ長の瞳に欧米人を思わせる高い鼻梁、クールな口もと——。モデル級と表現した羽田の言葉は、大袈裟ではない。

モアをくわえた。横から、ライターを持つ菊池の手が伸びてきた。

眼に浮かぶ。玉城の長い足が震え、切れ長の瞳が涙で潤み、クールな口から哀願と懇願を情けなく垂れ流す醜態が、眼に浮かぶ。

紫煙を口内で弄び、桐生は唇を酷薄に捩じ曲げた——笑った。

「じゃあさぁ、玉城って男は、俺と似たようなタイプだな。もっとも俺はさ、彼と違っておつむもいいけどねぇ」

富樫の犯罪に値する自惚れに、事務所内が通夜のように静まり返った。短い足を組み、ベタついたロン毛を掻き上げ、気障ったらしい仕草で煙草をくわえた富樫は、鼻毛の飛び出した鼻孔から紫煙を撒き散らした。

「ラードの塊みたいな躰して、よくいいますよね？」

耳もとで、菊池が囁いた。

「それで、例のもの、持ってきたか？」

菊池の囁きを無視して、桐生は羽田に問いかけた。ソファから立ち上がった羽田が、桐生のデスクにＡ４サイズの紙を置いた。紙面にワープロで打たれた文字に、視線を這わせた。
◎ポルシェ・カレラ　◎ピアジェ・ポロの腕時計　◎ヴェルサーチのスーツ、二十着〜三十着　◎ドイツ製の全身陽灼けマシン　◎ヨーロッパ製の家具類、カップボード、応接ソファセット、ベッド、ドレッサー　◎ワイン類、ロマネ・コンティの76年、79年　◎カルティエのライター　◎バカラのデキャンタ、ワイングラス、マイセンのコーヒーカップセット一式
桐生は羽田に、玉城の動産のリストを作るように命じていた。

「車や腕時計はともかく、ほかの物までよく覚えていたな」

言いながら桐生は、嫌味なほどの高級品がリストアップされた書類を菊池に渡した。

「いやでも覚えますよ。奴の部屋に行くたびに、あれこれ自慢げに説明されるんですから……」

羽田が、青汁を飲んだように顔を歪めた。羽田の言動から察すると、もともと玉城のことを快く思っていなかったのが窺える。

「ヒヤァーッ！　ポルシェにヴェルサーチにロマネ・コンティ？　なんすか⁉　このリス

ト？ 本当に、鼻につく野郎っすね、玉城って男は」

菊池が素頓狂な声を上げた。

玉城がどんなに嫌味ったらしかろうが鼻につこうが、桐生にはどうでもよかった。問題なのは、ソフィーで稼いだ給料が現金でどれだけ残っているのか？――それだけだ。たしかに、リスト上の車、衣服、家具、装飾品は高価な物ばかりだ。ただ、換金するとなれば話は別だ。売り払って百万以上の金になるのは、恐らくポルシェくらいのものだ。

「奴は、二千万以上は確実に貯金しているはずです。装飾品やスーツは、ほとんどが女からの貢ぎ物ですからね」

桐生の心を見透かしたように、羽田が言った。が、羽田の読みは甘い。玉城の住んでいる、ちょっとした大使館にみえなくもない北青山の瀟洒な建物の家賃は、最低でも五十万はするだろう。

一昨日、グレード・ワンで羽田は、一年間で玉城は二千五百万近くの金を稼いでいると言っていた。だが、玉城の乗っていた97年ポルシェ911カレラは低く見積もっても八百万前後はするし、家賃も年間六百万はかかる。

ポルシェをローンで購入していないのは、今朝、シー・アイ・シーで調査済みだ。シー・アイ・シーとは、サラ金以外の銀行系、流通系などのあらゆるカード、クレジットの利用の有無を調査する機関で、玉城慎二の名前で照会した結果、いままでに一円の利用もないことが判明した。

本来は、身分証明書を持参して出向かなければ調査内容を教えてくれないが、シー・アイ・シーの内部に通じている人物がいるので、桐生はその人物に対象者の生年月日と名前を伝えれば、ものの五分か十分でデータを教えてもらえる。ほかにも、NTTや区役所の関係者の中に、桐生から小金をもらい、情報を切り売りする犬が何匹かいる。

車と家賃だけでも千四百万の支出——残金が千六百万。あの手の男は交遊費やらなんやらに、月に四、五十万は垂れ流しているに違いない。四、五十万に掛けることの十二ヵ月。さらに五、六百万の支出で、残金は約一千万——そんなところだろう。

頭に刻み込んだ、玉城の所持する動産に値段をつけた。脳内の電卓を弾いた。すべて売り飛ばして五百万前後。金の匂いを嗅げばエルキュール・ポアロ並みに冴え渡る灰色の脳細胞が出した答え——玉城から回収できる金、おおよそ千五百万。

「リストを二枚、コピーしろ」

桐生は、リストに向かってぶつくさと毒づいている菊池に命じた。二枚のコピー——一枚はリサイクルショップの谷口へ、もう一枚は福峰ファイナンスの川田へ。

ピアジェ・ポロの腕時計、ヴェルサーチのスーツ、ヨーロッパ製の家具類、ロマネ・コンティ、マイセンの陶器、バカラのグラス類は、ブランド物に明るい谷口の守備範囲だ。ポルシェを捌くのは、車金融の業者と太いパイプを持つ川田に任せるのが最適だろう。

「そのリストを、川田と谷口の事務所にファクスで流せ」

言い終わらないうちに桐生は、受話器を取った――『はい、福峰ファ――』

「桐生だ。社長に代われ」

ぞんざいな口調の若い男の声を遮り、桐生は言った。若い男。村沢を追い込んだ際に川田が連れていた、眉なし、坊主、剃り込み頭が脳裏に浮かんだが、声と顔が一致しなかった。雑魚の声など、いちいち覚えてはいない。

『少々お待ちください』――らしくない言葉遣いに続いて、保留のメロディ。煙草を消し、新しいモアに火をつけた。

『おつかれさまです』

聞き慣れた声。小太り、ちょび髭――川田。

「いま、そっちにファクスを流している。ウチで押さえている奴の動産のリストだ」

『いま、届きました。ちょっと待ってくださいね……ええっと……ポルシェ・カレラに、ピアジェ・ポロの腕時計に……』

「取り敢えずお前には、車をできるだけ高く買い取る業者の手配を頼みたい。それと今夜、持ち主の男のマンションに乗り込むんだが、つき合えるか？」

疑問形ではあるが、シノギ絡みの桐生の誘いに首を振る愚かな街金業者はいない。次期富樫組組長に睨まれたら、高利貸しの世界で生きていけないことを、川田は知っている。

『もちろんです。何時頃、どちらに伺えばよろしいんですか？』

「十時に、大久保の事務所だ。走行距離を含めた詳しい件は、会ったときに話す」

『わかりました。それで……あの……ポルシェの件なんですが……』

川田が、言いづらそうに言葉を濁した。

「売れた金額の、五パーセントをバックしてやる」

五パーセントのキックバック。四百万なら二十万——右から左に話を通すだけで得る報酬にしては、おいしすぎる額だ。礼を述べる川田の弾んだ声——フックを押した。断ち切った。

受話器を持ったまま、桐生の太い指先がプッシュボタンの上を躍った。三回目のコール音。

こすっからそうな関西弁崩れ——谷口。

『ファクスみましたわ。程度をみてからでんな。ヴェルサーチは最近、在庫がダブり気味でっからな。それに、ピアジェ・ポロもどうでっしゃろな。ロレックスやシャネルと違《ちご》うて、需要が少ないんですわ』

谷口の牽制球を適当に受け流し、十時に大久保の事務所にくるように伝えた。『出張料金、よろしく頼んます』。関西出身の商人らしく、抜け目なく桐生に釘を刺すと谷口は電話を切った。桐生も受話器を置いた。

金と恐怖のやじろべえ。ふたつの餌をバランスよく与えているかぎり、奴隷は裏切らない。金だけでも、恐怖だけでもだめだ。金を持ちすぎた奴隷は力をつけ、敵となる——くそ忌々しい鬼塚のように。恐怖を与えられすぎた奴隷は憎悪を話し相手にし、主人に殺意を抱く——親父を殺した自分のように。

「いやあ、てきぱきと、仕事がはやいですね。やっぱり、その道のプロは違うわ。ところで、玉城の件がうまくいったら、あっちのほうは、よろしくお願いしますよ」

桐生の眼前《まえ》に突っ立つ羽田が、糞にたかるハエのように揉み手をして卑しい笑みを浮かべた。

あっちのほう——一千万の分け前。

「今夜玉城に電話を入れたら、しばらくの間、どこかに身を隠してろ。金が回収できたら、お前の携帯に連絡を入れる。これを、取っておけ」

桐生は、二十万の札束を剝き出しのままデスクに放った。福沢諭吉とアイコンタクトした瞬間に、羽田の眼が血走り口もとがだらしなく緩んだ。

「えっへっへぇっ、すいませんねえ」

羽田が札束を鷲摑みにして、ジャケットの内ポケットに無造作に捩《ね》じ込んだ。金をくれてやったのではない。束の間、立て替えるだけの話だ。ソフィーの美顔器具や事務機器を売っ払えば、二十万の元は取れる。

「自宅にも会社にも、寄りつくんじゃないぞ」

モアを灰皿に押しつけて低く短く命じた桐生は、行っていい、というふうにドアに向けて手を振った。

バクチ狂の役目は終わった。もう二度と、羽田に連絡することも会うこともないだろう。

軽やかなステップで出口に向かう羽田の背中を、桐生は冷厳な眼差しで見送った。

10

有線から流れるバイオリンソナタが鼓膜を、イポカンプから噴出される甘ったるいアロマが鼻孔を、ロマネ・コンティの芳醇な液体が舌先を、心地好く愛撫する。顔面を覆う炭パックが、デリケートな肌に付着した新宿通り界隈のスモッグを優しく吸収してくれる。

今日も一日、絶好調だった。羽田と別れてトゥェルヴをあとにした玉城は、一時間以上は先に現場に出ていた湯沢達を尻目に、僅か五分で回転した。

今日のカモは、「キャンディ・キャンディ」もまっ青なシミ、ソバカス顔の二十三歳の美容師だった。例によって強引にみつけ出したチャームポイントを歯を浮遊させながら褒め上げ、消えるはずもないシミ、ソバカスの貼りついた肌が卵のように白くなるとでたらめを吐き、薄給のカモに四十万の美顔クリーナーセットをローンで買わせた。

卵は卵でも、うずらの卵並みのシミ、ソバカス顔のカモをいつものようにホテルでよがらせた玉城は現場には戻らず、表参道駅近くのアスレチックジムに直行した。

エアロバイクで三十分、室内プールで一時間汗を流してジャグジーでリフレッシュしたのちに、ジム内のティーラウンジでトマトジュースと野菜サンドの遅い昼食を摂った。朝もビタミン剤とオレンジジュースだけだったので多少の空腹感はあったが、醜悪なブタになるくらいなら、飢え死にしたほうがましだ。

ジムを出たのが午後四時頃。羽田の携帯に連絡をして、気分が悪いから早退したいと申し出た。裏書き人を頼んだ引け目があるせいか、羽田はあっさりと受諾した。通常なら新宿の現場に戻ってふたり目のカモを狙うところだが、その裏書きの件が頭にこびりつき、仕事をする気にはなれなかった。有楽町へと車を飛ばし、ふらふらと映画館を梯子して部屋に帰ってきたのが午後九時すぎ。話題のアクション映画を観ても、気分は鬱々としていた。

だが、つい三十分前にかかってきた羽田からの電話で、玉城のモヤモヤは霧散した。

――玉城、朗報だ。金の工面ができたぞ。

――え？　本当ですか？

――ああ、本当だ。俺の友人で建設会社をやっている社長が、一年の分割払いの条件で、金を融通してくれた。

――よかったじゃないですか。

――心配をかけたな。それで、いまから、お前のマンションにその友人が手形を持って行くから、待っててくれ。

――いまから？

――そう、いまからだ。お前が署名した手形の裏書きを、削除してもらわないといけない。俺が行けるといいんだが、あいにくどうしても抜けられない先約が入っててな。

――社長のことは信用してますから、明日でもいいですよ。

――いや、そうはいかないんだよな。俺に金を融通してくれる友人も、知人の金融業者から手形を割り引いてもらうらしいんだよ。それで、今夜中にどうしてもお前の名前を外したいって言ってるんだよ。

――その金融業者って、大丈夫なんですか？

――まあ、裏書き人から外れるお前が心配することじゃないさ。

たしかに、羽田の言うとおりだった。自分に被害が降り懸らないかぎり、手形がヤクザ金融に持ち込まれようが知ったことじゃなかった。

とにかく、玉城の脳内にこびりついていたしこりは消えた。これで心置きなく、明日からカモの捕獲に集中できる。

炭パックを剝がし、セーラムに火をつけた。テーブルに置かれた手鏡を取り、ソファに背を預けた。

肉欲に溺れて自分を捨てたろくでもない両親だが、この美貌を授けてくれたことには感謝せねばならない。

しかし、神は不公平だ。女の瞳を独占するパーフェクトフェイス、貞操観念を粉々に破壊するセクシャルボディ、住居は北青山の高級マンション、転がす車はポルシェ、稼ぎは月に二百万、一日の疲れをロマネ・コンティを舐めながら癒す自分のような男もいれば、女の瞳を逸らさせる出っ歯にざんばら頭、セックスアピールのかけらもない中年ボディ、住居は北千住の安アパート、転がす車はスクラップ寸前のコロナ、稼ぎは月に二十万弱、一日の疲れを「ワンカップ大関」で癒す湯沢のような男もいる。

カースト制度級の開きがある自分と湯沢の容姿、生活環境の落差を不公平と言わないで、なにを不公平と言おうか？　湯沢が、自分にたいして、妬み、嫉み、憎しみ、恨みのネガティヴ四天王が憑依《ひょうい》した視線を向けるのも、仕方がないことなのかもしれない。

そう考えると、憐れな湯沢に同情を寄せずにはいられなかった。女にモテないのは、どんな気持ちだろうか？　顔が悪いのは、どんな気持ちだろうか？　みなに蔑まれ、嗤われるのはどんな気持ちだろうか？

セーラムを消した。思考を止めた。いくら思惟を巡らしても、美しい蝶に毛虫の気持ちはわからない。

バロックバイオリンの奏でる甘美な旋律に触発されて、アルファ波が充満した脳内に、インタホンのベルが割り込んだ。

壁掛け時計に眼をやった。午後十一時三十五分。玉城はソファから立ち上がり、モニターテレビを覗いた。映像モニターは作動していない――来客は集合玄関のベルを押したのではなく、この部屋のドアベルを押したのだ。

リビングダイニングを出て、玄関へ。ドアスコープ――丸顔にちょび髭の男と、レンズ越しに眼が合った。部屋に戻ってインタホンの受話器で名を訊こうかどうか迷ったが、やめた。時間帯から考えても、ちょび髭の男は羽田の言っていた建設会社の社長に違いない。

チェーンロックを外した――解錠した。ドアノブに伸ばした玉城の手が、宙を摑んだ。勢いよくドアが開いた。ちょび髭の背後から、複数の男が怒声を引き連れ雪崩れ込んできた。

「うらうらうらぁーっ！　どきやがれぇっ、くそ野郎がぁっ!!」

ちょび髭、眉なし男、坊主男、剃り込み男が玉城を突き飛ばし、土足で踏み込んだ。玉城はよろめき、尻餅をついた。

「玉城慎二だな」

底冷えのするような無感情な声――短めの髪をオールバックにした大柄な男が、玉城を見下ろしていた。氷でできた刃物を連想させる、冷たく鋭い男の眼光に肌が粟立った――陰嚢が縮み上がった。

男の両脇には、紫のスーツに原色のネクタイをぶら下げたチンピラふうの若い男と、黒眼の焦点の定まらない小柄で不気味な男が、逃げ道を塞ぐように立ちはだかっていた。

「お、おたくら、誰なんだ⁉」

情けなく裏返った声を、玉城は捻り出した。質問の答え――わかっていた。部屋に踏み込んだ四人の凶相といい、眼前の三人の醸し出す剣呑な雰囲気といい、ヤクザ以外であるはずがなかった。

ヤクザが、なぜ？　どうして？　なんのために？　クエスチョンの三重奏が、頭蓋内で鳴り響いた。尿意が膀胱《ぼうこう》をノックした。鼓動が胸壁をノックした。

「二千三百五十六万の手形金を回収にきた、桐生って者だ」

桐生と名乗った大柄な男が、一枚の紙切れを玉城の鼻先に突きつけた。凍てつく眼球で、紙切れの活字を読み取った。

約束手形・金額、¥２３、５６０、０００※　振出人、株式会社ソフィー、代表取締役羽田正一、支払期日、平成十一年八月十八日……。

昼間、羽田に頼まれトウェルヴで裏書きの署名をした手形。しかし、そのときは支払期日は空欄だったはずだ。

氷塊した脳みそに、疑問符が渦巻いた。

「そ、その手形の金はもう大丈夫だって、さっき社長から電話が入りました。そ、それに、支払期日は、俺がみたときは記入してありませんでした……。お、おたくらは、社長に金を融通してくれる建設会社の方達じゃないんですか？」

「は？　建設会社ってなんだ？　支払い期日の記入がなかった？　てめえ、夢でもみてんのか？　あぁ？　俺らは金貸しだよっ、か・ね・か・し・っ！　裏書き人になっているてめえに、金の請求にきたんだよっ」

紫スーツがガムをクチャクチャさせながら、片方の眉を下げてガンと怒声を飛ばしてきた。知性のかけらもない言動に、品のかけらもないファッションセンス。紫スーツに玉城は、十分先の未来をも無視して生きる、底辺に蠢《うごめ》くチンピラ特有の無鉄砲な恐ろしさを感じた。

「そ、そんな……。社長は、俺の署名した裏書きを消すために建設会社の人がくるから、部屋にいてくれって……」

言葉を呑み込んだ。いやな予感に促され、記憶を巻き戻した。

生気のない顔色、充血した白眼、頬に散らばる無精髭、黒ずんでよれたシャツの襟……そして、玉城が手形に署名したときの、口角を吊り上げた笑顔。まさか……まさか……まさか……。考えてみれば電話での羽田は、やけに今夜に拘っていた。

今夜に拘る理由。自分を部屋に釘づけにするため——眩暈と吐き気に襲われた。

「その社長ってのは、羽田正一のことか？」

桐生がしゃがみ、腹の底に響き渡るような低音で訊ねてきた。強張る頸椎《けいつい》を軋ませ、玉城は頷いた。

「奴は、飛んだ」

飛んだ？　逃げた？――嵌められた……。バロックバイオリンの甘美な旋律が鼓膜から消え去り、ベートーベンの「運命」が、頭蓋骨を割らんばかりに脳内で谺した。眼の前が暗くなった。全身の力が、毛穴から漏れ出してゆく。脱力感と恐怖感が、体内でとぐろを巻いていた。

「お、俺以外の、裏書き人の、ふ、ふたりはどうなったんですか⁉」

訊かなくとも答えはわかっていたが、訊かずにはいられなかった。

「株式会社丸富もポエムも、実在しない会社だ」

「んな……」

絶句した、狼狽した、皮下を駆け巡る血液が氷結した。

「んな、じゃねえんだよっ！　この、腐れジゴロがぁっ！」

紫スーツの巻き舌と唾液の飛沫が、頭上から降ってきた。心臓が、左の乳首を突き破りそうに跳ねていた。

「お、俺は嵌められたんですぅっ、信じてくださいぃっ。形式だけだから心配いらないって、そう言われてぇ、言われてぇ……。なにも知らなかったんですぅ、本当ですぅ、赦してくださいぃっ！」

涙声で訴えた。額を廊下に擦りつけた——土下座した。見苦しかった、無様だった。構わない。女がみているわけじゃない。この場を逃れるためなら、どんな醜態を晒しても構わない。

「ざっけんじゃねえぇぇっ！　記憶喪失じゃあるめえし、なにも知らねえで済むわきゃねえだろうがっ」

頭皮に激痛が走った——髪を摑まれ立ち上がった。紫スーツが、拳を振り上げた。

「うわあぁっ!!　か、顔は、顔はやめてくださいっ！」

叫んだ。闇雲に両腕を突き出した。紫スーツが土俵を割った力士さながらに後方に吹っ飛び、ドアに背中を打ちつけた。踵を返し、リビングダイニングへと逃げた。背中に、紫スーツの罵声が飛んできた。足を止めた。疾風の如き影が、玉城を追い抜いた。影——ロンパリ男が、具志堅用高張りのファイティングポーズで、行く手を阻んだ。

「ど、ど、泥棒、逃がさない。ど、泥棒、俺、殴る」

ロンパリ男の藪睨み——背筋が、氷柱《つらら》を突き刺されたように冷たくなった。ロンパリ男には、紫スーツと違った意味での恐ろしさがあった。ふたたび、踵を返した。壁にぶつかった、いや、壁じゃない——桐生。百八十センチを超える自分が、さらに見上げるほど大きい桐生の太い左腕に、胸倉を摑まれた。桐生は、寒さには強い北極グマをも震え上がらせそうな冷々とした笑みを薄い唇に貼りつけ、右手に持った焦茶色した長い煙草の火を玉城の顔に近づけた。

「手形金を払う気がないんなら、払う気になるまでこいつを、お前の大事な大事な顔に押しつけてやる。蓮根《れんこん》みたいに穴ぼこだらけの顔になるか、素直に羽田の尻拭いをするか？　決めるのは、お前の自由だ」

桐生の底無しに冷たく、底無しに冥い眼——死に神の眼。尿意が激しくなった。鼓動が激しくなった。

「は、払います……払いますから……顔だけは……」

膀胱と心臓が破裂しそうだった。

両膝と声が、バイブレーションしていた。桐生のぞっとする微笑——死に神が笑った。

11

ブルガリの針は、午前三時を回っていた。眉なし、坊主、剃り込み頭が、川田の指示のもとにカップボードを運び出していた。慣れない力仕事に三人の躰からは、サウナにでも入ったように汗が噴き出し、Tシャツ越しに素肌が透けていた。

家具類は、カップボードで最後だった。ガラリとしたリビングダイニングの絨毯の上に玉城はへたり込み、壁を背にして視線を宙に漂わせている。

玉城の正面にあぐらを搔いた桐生は、電卓を弾く指を止めた。千二百二十万——四つの銀行に振り分けられた、玉城の預金残高。

「おい、玉城。本当に、預金はこれだけなんだろうな？　万が一隠し口座があとから出てきたら、その顔を蓮根にするだけでは済まないぜ」

「隠し口座なんて……ありません。信じてください……」

桐生は玉城の涙眼に、じっと視線を注いだ。嘘はない——債務を逃れるためなら、親をも生け贄に差し出す債務者《ろくでなし》を相手にしてきた桐生の勘が、そう告げた。

女を誑し込むことに関してはプロの玉城も、金貸しを眼前《まえ》にしたら、騎乗位で腰を振る娼婦の下で、まぐろ状態で身を任す童貞男並みに無力だ。ヤクザ者に囲まれた状況で、口座を隠す知恵や度胸があるならば、羽田如きの口車に乗って手形の裏書きに署名したりするはずがない。

「桐生さん。あとは、クロゼットのスーツ類だけです」

ちょび髭にまで汗の玉を付着させた川田の言葉に、玉城が敏感に反応した。

「スーツも、売り飛ばすんですか……？」

「手形金額に一千万以上も足りないから、仕方がないな」

「ポ、ポルシェだって押さえるんでしょ？　スーツなんて中古だし、いくらにもならないじゃないですかっ。着るものがなくなったら、外へも出られません。お願いしますっ。スーツだけは、スーツだけは残してくださいっ」

玉城がロン毛を振り乱し、桐生の腕を摑んだ。玉城は、どんなに落ちぶれても、人前に出るときは高価な衣装で装っていたいという女優と同じだ。家具や車がなくても、玉城自身の容貌には影響しない。ただ、衣服となると話は違ってくる。

人一倍ファッションセンスに拘る玉城にとって、衣服は裸体を隠すだけの手段じゃなく、いかに己を美しく、いかに己を華々しくみせるための最も重要なアイテムなのだろう。

「なに眠たいことを言ってる。俺はな、たとえ一円でも足りなければ、お前の髪の毛だって売るつもりだ」

髪の毛を売る、の言葉を聞いて、美形を歪ませ蒼白になった玉城をみて法悦に浸る自分に気づき、桐生は慌てて思考を切り換えた。同時に、胸裡深く沈殿する悍ましい衝動からも眼を逸らした。

「これで……最後っすね……」

マンション前に横付けした四トントラックに、カップボードを運び終えて戻ってきた眉なし達が、息も絶え絶えにクロゼットの中へと向かった。三時間にも亘《わた》る肉体労働は、日頃デスクにふん反り返って客を怒鳴りつけるだけの彼らの鈍《なま》った肉体《からだ》には、かなり応えているはずだ。

「一、二着は、残してくださいっ、頼みますっ」

「黙って座ってろっ、腐れジゴロがっ！」

立ち上がろうとする玉城の足を、各室内の点検から戻ってきた菊池が払った。首からは、カメラをぶら下げていた。

「特別大きな損傷はありません。まあ、ヤニで黄ばんだ壁紙を交換するくらいでしょう。もし、不動産屋があーだこーだぬかして敷金を差っ引こうってんのなら、怒鳴りつけてやりますよ」

仰向けに倒れた玉城に嘲笑を浴びせ、菊池が言った。

桐生の手もとには四冊の預金通帳以外に、ハイクオリティーAOYAMAの賃貸契約書があった。玉城は五十二万の家賃四ヵ月分にあたる二百八万を敷金として、不動産会社に預けている。玉城に賃貸契約を解約させ、敷金は手形金の不足分に補充せねばならないので、壁に穴でも開いていようものなら大きな損失になる。

不動産会社というところは解約時になると四の五の言って、敷金の返金を少しでも安く抑えようとする。が、桐生に抜かりはない。菊池の首にぶら下がったカメラには、バスルームやトイレを含めた全室内の天井、壁、床の状態を撮影したフィルムが入っている。

「ちょ、ちょっと待ってください。敷金がどうのって……まさか……この部屋を解約するんじゃないでしょうね？」

玉城が上体を起こし、恐る恐る訊ねた。もとは浅黒い顔色は既に蒼白を通り越し、デスマスクのようだった。

「てめえの預金だけじゃあ、手形金に足りねえんだよっ。あんましふざけたことばかり言ってやがると、その気取ったツラをイボイノシシみてえに、でこぼこにしてやるぞっ！　おお!?」

菊池が凄んだ。昔、ホストに女を寝取られて以来菊池は、玉城のような柔弱《にゅうじゃく》なタイプの男を眼の敵《かたき》にしている。そのホストがイボイノシシになったのは、言うまでもない。

「で、でも、車だって、家具だって、スーツだって、全部持ってったじゃないですか。家まで追い出されたら……俺は……俺は……」

「おいっ、一丁前に——」

「やめとけっ」

犬歯を剝き出しにして玉城に摑みかかろうとする菊池を、桐生は制した。

「なあ、玉城よ。頭を冷やしてものを考えろや。羽田は飛んだ。お前は職を失ったんだよ。もし、ここを解約しなくていいと俺が言ったとしても、五十万以上の家賃をどうやって払っていくつもりだ？」

「げ、月末の支払い日にはまだ、十日ほどあります。明日からすぐにキャッチの仕事を探して、契約をバンバン取りますよ。俺の名前は同業の間では有名だし、バンスもさせてくれると思います」

「けっ！　なあにがバンスだ。てめえをみてると、なにからなにまで虫酸が走るぜっ。キャバクラの女じゃあるまいし、前借りって言えっ、前借りって！」

菊池が吐き捨てた。

「手形金を満額回収するまでは、勝手な行動は赦さない。お前が自由の身になれるのは、二千三百五十六万の金が揃ったときだ。それまでは、糞をするにもお供させてもらうぜ」

桐生の冷笑に、玉城の顔の筋肉が固結した。

「そ、そんな――」

携帯の甲高い電子音が、玉城の掠れ声を呑み込んだ――開始ボタンを押した。

『桐生はん、目一杯勉強させてもろて、百万が限界でんな』

受話口から染み出す関西弁崩れ――谷口。谷口は、マンション前のトラックに積まれた動産の品定めをしているが、決して部屋に上がってこようとはしない。

桐生達の強引な差し押さえが、万が一警察沙汰になったときに備えてのカムフラージュ。

「なにも事情を知らないで、買い取ってしまった」――谷口は、警察にたいして善意の第三者を装うつもりだ。だが、取り調べ室で谷口が、せこい芝居を披露することはない。桐生のシノギに、万が一はありえない。

「二百万の間違いだろう？　谷口さんよ」

したたかな狐に、桐生は言った。桐生の脳内の電卓は、ポルシェ以外の動産に関しては百五十万という数字を弾き出していた。それは、谷口も同じだろうことを桐生は知っていた。

『勘弁しとくんなはれ。さっきも言いましたけどな、ピアジェ・ポロの腕時計やヴェルサーチのスーツは需要がありまへんのや。それだけやおまへん。家具かて、ヨーロッパ製言うて輸入家具屋で百万の値札つけてても、一割以下の値打ちしかありまへん。これでも、ほかならぬ桐生はんの頼みやから、気張ったつもりですけどな』

小狡い顔をして、携帯の送話口に唾を飛ばす谷口の姿が眼に浮かぶようだった。

「谷口さんの言ったことを全部承知の上で、俺は二百万の数字を弾き出した。谷口さんよ。あんた、五十万のロマネ・コンティ二本を半値以下で計算しただろう？　家具や腕時計が購入したときよりも大幅に値崩れするのはたしかだが、ワインは別だ。ロマネ・コンティほどのワインになれば、プレミアがつくからな。味の違いもわからないくせに、金の力に任せてワインコレクターを気取っている輩に話を持っていけば、76年と79年のロマネ・コンティを百万でも喜んで買うはずだぜ」

『しゃあないわ。ほな、百二十万まで奮発しまひょ』

「百五十万だ。それで納得できないのなら、この話は谷口さんとのつき合いとともに、水に流してもいい」

谷口のわざとらしいため息が、鼓膜を不快に愛撫した。バッタ品を扱う谷口は、ヤクザ者とのトラブルが絶えない。いままで無事に商売を続けてこられたのも、桐生が背後で睨みを利かせていたおかげだ。その桐生が手を引くとなれば、谷口にとって死活問題だ。だが、桐生は本気で手を引こうと思っているわけではないし、谷口もまた、それはわかっている。最初から互いの電卓が弾き出していた百五十万で折り合いをつけるための、一種の儀式のようなものだ。

『もう、桐生はんにはかないまへんなあ。大赤字やわあ。今回だけ、特例でっせ、特例。ほな、出張料金の二万を引かしてもろて、百四十八万をちょび髭の旦那に渡しときますさかいに。ほんまに、特例でっせ――』

携帯のスイッチを切った。いつまでも、谷口の三文芝居につき合っている暇はない。

「玉城。お前の動産すべての金額が出た。ポルシェが三百十万、家具、装飾品その他が百四十八万で、合計四百五十八万だ。預金と合わせて千六百七十八万、このマンションの敷金の返金が百五十万として千八百二十八万。手形金二千三百五十六万にあと、五百二十八万の不足だ」

十時に待ち合わせしていた桐生興業の事務所に川田は、車金融の業者を伴って現れた。玉城の部屋に押し入る以前《まえ》に、駐車場に駐めてあるポルシェ９１１カレラを鑑定した業者が出した金額は三百十万だった。

「たったの……四百五十八万……。ぜ、全部で二千万近くするのに……。あ、あんまりです……」

玉城の切れ長の瞳から零れた涙の滴が、シルクのパジャマに落ちて弾けた。薄紫色に変色した唇から、嗚咽が漏れ始めた。

「お前の会社の商品と同じだ。何十万もする美顔器だって、原価は数万円がいいところだろう？　過去にお前が利用した女達への贖罪《しょくざい》だと思って、諦めるんだな」

玉城の嗚咽が激しくなった。桐生はモアに火をつけ、咽び泣く玉城をニヤけ顔で見下ろす菊池に合図した。

「ほらっ、腐れジゴロっ。こいつにサインをしろ」

ヤンキー座りになった菊池が、スーツの内ポケットから四つ折りの書類二枚とボールペンを取り出し、玉城の眼前《まえ》に放り投げた。

二枚の書類——玉城慎二の所有する動産の譲渡と、ハイクオリティーＡＯＹＡＭＡ解約時に返金される敷金全額を、手形金の不足分に充当する旨の同意書。

玉城の、女のように華奢で美しい指先がボールペンに伸びるのをみて、桐生は口角を吊り上げた。金の匂いと玉城の啜り泣きを眠気覚ましのドリンク代わりに桐生の脳細胞は、手形金の不足分の回収法について目まぐるしくフル回転していた。

明日、正確には今日、ソフィーの備品を運び出す。二束三文の備品はすぐに売り飛ばすが、電話回線だけは残しておくつもりだ。電話回線を残す理由——サラ金の在籍確認を受けるため。

玉城が銀行系、信販系、流通系のカードやクレジットの利用がないことは、シー・アイ・シーの調査で証明済みだ。銀行や信販を飛ばして、いきなりサラ金に手を出す無謀な輩はいない。となれば、調べるまでもなく、玉城がサラ金のデータでホワイトリストであることは明白だ。

引き回すサラ金の選択を誤らなければ、五、六軒で二百万の融資は堅いだろう。引き回すサラ金の選択――サラ金は、店によって融資金額や条件が様々だ。

たとえば、A社は国民保険はだめで、社会保険の加入者のみ。B社は、保険の種類は問わないが、独身、水商売関係者はだめ。C社は、保険の種類、既婚か未婚、職種は問わないが、勤続三年未満はだめ。D社は、働いてさえいれば一切の条件は問わないが、その代わりに新規の客には一律十万しか貸さない、といった具合である。

その上、他社の借り入れ軒数と金額が審査に絡んでくるので、話はいっそうややこしくなる。高ランクの店であるほど、審査条件は厳しいが融資金額は高いし、低ランクの店ほど、審査条件は甘いが融資金額が低い。ようするに、玉城のようにデータがまっさらな人間は、高ランクの店から順番に回さなければ損をする。

他社で複数の債務があっても十万を貸すような低ランクの店は、債務のない客にも十万しか貸さない。が、高ランクの店は、他社で複数の債務があったら十万しか貸さなくても、債務のない客には五十万を貸すのだ。

　玉城の場合は債務がないので、高ランクの店を短時間で回れば、サラ金の融資上限の五十万に近い高額融資を立て続けにゲットできるはずだ。短時間で回らなければならないのは、サラ金会社のデータ入力に関係している。

　全国に支店が数百店舗もあるような高ランクの店は、融資後に客のデータを入力するのに四、五時間かかるのがザラだ。つまり、他社に、その店で借りた事実が知れ渡る四、五時間の間に、次々とサラ金を回るということだ。むろん、申し込む際に、他社の借り入れを訊かれても〇軒で押し通す。一軒のサラ金に所有する時間が移動時間を含めて一時間半として、三軒で四時間半。最初に借りたサラ金のデータが回ることを考えると、高ランクの店は三軒が限界だ。

　四軒目からは申し込むサラ金のランクを落とし、十万から二十万の小金を狙う作戦に切り換える。その頃には昼をすぎているだろうし、サラ金が閉店する六時までに二、三軒回るのが精一杯だ。

　とにかく、一日で融資をいくら引っ張れるかが勝負だ。翌日になったら、データは完璧に入力されてしまう。審査の甘い低ランクの店といえども、僅か一日の間に五軒も六軒もサラ金を梯子する人物に融資はしない。

富樫組の息がかかった高利貸しならば、サラ金にそっぽを向かれた玉城にも融資をするだろうが、桐生にその気はなかった。踏み倒すとわかっている人物を、ケツを持っている街金に回すわけにはいかない。

サラ金で引っ張った金を充当しても不足分の手形金は、女に協力してもらうことになる。それでも追いつかないのであれば、荒くれ者が揃う飯場で、お上品な躰に鞭打って働いてもらうしかない。

桐生は、モアを灰皿に押しつけた。パシャッ、パシャッと、乾いた音が空気を切り裂いた。カメラを構える菊池が、立て続けにシャッターを切った——玉城が逃げ出したときに備えての手配用の写真。

フラッシュの青白い閃光が、同意書に署名する玉城の抜け殻のような躰を冷たく包み込んだ。

第二章

1

「くそ野郎がっ！　何度言ったらわかるんだ⁉　ああっ⁉　てめえの仕事は、カウンセラーだよっ、カ・ウ・ン・セ・ラーっ！　キャッチセールスやってますなんて馬鹿正直に言ったら、金を貸してくれるわきゃねえだろっ」

ドライバーズシートから振り向いた紫スーツが、眉を吊り上げ、巻き舌を飛ばしてきた。

池袋西口。サラ金の看板と飲み屋の電飾がひしめく裏通りに停められたメルセデスの車内。リアシートに座る玉城の両脇を、ちょび髭とロンパリ男が固めていた。

昨夜、同意書を書き終わったあとに玉城は、サラ金への申し込み法を紫スーツとちょび髭にみっちりと仕込まれた。桐生という大男はソフィーの備品を運び出すために、眉なし男、坊主男、剃り込み男の凶相トリオを引き連れて、明け方にマンションを出て行った。

なにも知らずに出社したかおりや湯沢達は、空っぽの事務所に風体の悪い男達が占拠しているのを眼にして、さぞや驚くことだろう。とくに湯沢が、ここぞとばかりに自分にたいしての罵詈雑言を、出っ歯を剝き出しにして喚き散らすのが眼に浮かぶ。だが、湯沢などどうでもいい。問題なのは、泉を筆頭とするカモ達だ。

預金、車、腕時計、家具、スーツ、携帯、アドレス帳に至るまですべてを奪われ、マンションも追い出された。しかし、非情なケダモノどもも、自分の美貌までは奪えはしない。この美貌と話術があるかぎり、再就職の口はいくらでもある。

ソフィーで働いているときも、自分の噂を聞きつけた同業他社のオーナー達が競い合うように、ヘッドハンティング目的で擦り寄ってきた。他社が、自分をほしがるのも無理はなかった。自分の獲得に成功すれば、毎月四百万を超える契約と、三百名近い顧客を手に入れることができるのだ。貴社で働きたいと言えばどの業者も、当座を凌ぐ金と部屋くらいは喜んで世話してくれるだろう。

そのためには、ケダモノ達がカモに手を出すことだけは絶対に防がねばならない。苦労して育て上げたカモを、毒牙の餌食にするわけにはいかない。

「で、勤続は何年だ？」

紫スーツが質問を再開した。

「五年です」

「そうだ。間違っても一年なんて言うなよ。金の使い途は？」

「北海道に引っ越した友人が交通事故で亡くなりまして、それで急遽《きゅうきょ》葬儀に出なければならなくなったんです」

「よしよし、その調子だ。給料はいくらだ？」

「税込みで、三十六万五千円です」

「やればできるじゃねえか。二百万なんて言ったら、帰れって言われるのが落ちだからな」

紫スーツが、満足げに頷いた。嘘やでたらめには慣れていた。勤続年数や給与額をごまかすくらいは屁でもない。だが、不安だった。コンピュータかなにかで調べられて、嘘がバレはしないだろうか？　嘘がバレて、ヤクザみたいな男達に囲まれたりしないだろうか？　思考を止めた。考えるのをやめた。どちらにしても、もう既にヤクザに囲まれている。それに、この生き地獄から抜け出すには、金を作るしかないのだ。

紫スーツの質問が続いた。澱みなく玉城は答えた。約三十分、同じ内容のやり取りが繰り返された。

「よっしゃ」

ほぼ完璧な玉城の返答を聞いて、ステアリングを叩いた紫スーツが腕時計に眼をやった。弾みで、クラクションがまぬけな音を垂れ流した。怪訝そうな表情で振り返る学生ふうの男に、フロントウインドウ越しに紫スーツがガンを飛ばした。この、瞬間湯沸かし器並みに短気な男を、刺激しないようにしなければならない。

「午前九時。サクラファイナンスの開店時間だ。開店一番の客に審査が甘いっつうのは、サラ金の鉄則だからよ。いまの調子で、しっかりやれよ。サラ金からの在籍確認は、柳沢さんって男の人が受ける。彼は、ソフィーの事務員ってことになっている。わかっちゃいると思うが、サラ金の人間に泣きついて警察に垂れ込んだり、逃げようなんて気を起こすなよ。おまわりがのこのこ出てきても、こっちはてめえの裏書き署名のある手形を持ってんだから、奴らは民事に首を突っ込めねえし、逃げやがったりしたら、アドレス帳にメモってある女の家に、一軒一軒出向いてやるからな」

紫スーツが、納豆のように粘っこい視線で玉城を見据えた。喉がからからに干涸《ひから》び、声帯に亀裂が入ったような気がした。

「それだけじゃねえ。ウチとつき合いのある、全国に散らばっている組関係、街金、闇金の事務所にてめえの写真をバラ撒いて、五年でも十年でも、いつまでもいつまでも追い込んでやるぜ。てめえは街を歩くにも、飯屋に入るにも、なにをするにも一生ビクビクして暮らさなきゃならねえ。いいか？　手形金の不足分は五百万とちょっとだ。たったの五百万を踏み倒してゴミ虫みてえにこそこそ暮らすか、きれいに支払って街頭で堂々と女に声をかける生活に戻るか？　そのピンク色した軟弱な脳みそで、よぉ～く考えてから行動しろよ。ま、俺はよ、てめえが逃げてくれりゃあ、今度見つけ出したときには、そのうざったい髪を切ろうが、気取ったツラをグチャグチャにしようが、若頭《かしら》も止めねえだろうから、そっちのほうがいいって気もするがね」

　紫スーツが、サディスティックに口もとを歪めた――怖気《おぞけ》を震った。

「お、お、お、俺が、殴る。こ、こ、こいつの顔、グチャグチャにする」

　ロンパリ男が、左右に大きく離れた黒眼で玉城を睨みつけた――身の毛がよだった。

「け、警察に垂れ込んだり、逃げたりなんてしませんよ。そ、それより、本当に、こんな格好で行くんですか……？」

　玉城は怖々と訊ね、自分のスーツに視線を這わせた。二着一万円で売っていそうな、紺色のシングルスーツ。しかもネクタイは、田舎役場のおっさんが締めていそうな、幅広タイプのストライプ柄。眼を背けたくなるほどセンスのないこのスーツとネクタイは、自分の家具やヴェルサーチのスーツを買い取った、リサイクルショップの男が用意したものらしい。

「スーツが気にいらねえってんのなら、裸にひん剝いて放り出してやろうか？」

　口調こそ冗談めかしていたが、紫スーツの眼は笑っていなかった。なにかと自分に敵意を剝き出しにする紫スーツならば、本気でやりかねなかった。

「い、いえ、これで結構です」

「ふん。格好ばっかし気にしてねえで、てめえは金を掻き集めることだけ考えてりゃいいんだよっ。ほらっ、さっさと行ってこい！」

紫スーツの怒声に押し出されるように、玉城はメルセデスから飛び降りた。ちょび髭とロンパリ男が、素早く両脇を固めた。生温く湿っぽい空気を掻き分けながら、玉城は歩を進めた。コンセントを抜かれた電飾看板が、寂れた路地の退廃的な雰囲気に拍車をかけていた。

そこここに撒き散らされたゲロが、生酸っぱい異臭を放っていた。ゲロを巡って、銀バエとショウジョウバエが激しい空中戦を繰り広げていた。背中の毛が剝がれ、薄いピンクの肉を露出したノラ猫が、飲食店の前に置かれたゴミ袋に首を突っ込み残飯を漁っていた。

パリのモンマルトルのカフェで、エスプレッソを飲む姿が最高に似合う自分に、こんな不潔で劣悪な場所は似合わない。

残飯と吐瀉物と小便の悪臭がスペシャルブレンドされ、鼻孔をついた――胃が収縮した。玉城は眉を顰め、掌で鼻と口を覆った――悪臭をシャットアウトした。

「ここだ」

ちょび髭が雑居ビルの前で、短い足を止めた。古ぼけたビルの外壁には、上から順に、トクトクローン、サンライズ信販、サクラファイナンス、バー・カサブランカ、の看板が出ていた。一階のカサブランカ以外は、社名から察してもすべてサラ金会社のようだった。

薄暗いエントランスに踏み入る、ちょび髭の丸っこい背中に玉城は続いた。背後には、ロンパリ男が不気味に貼りついていた。

玉城の眼球は、無意識に逃げ道を模索していた。喧嘩はだめだが、逃げ足には自信がある。ふたりを振り切ることは、そう難しくはないだろう。が、その後どうする？

――てめえは街を歩くにも、飯屋に入るにも、なにをするにも一生ビクビクして暮らさなきゃならねえ。

紫スーツのねちっこい声が、鼓膜に蘇った。

冗談じゃない。自分には、渋谷や新宿の繁華街で、発情した雌犬どもの熱い視線を躰中に浴びながらカモを物色する生活が待っている。自慢の長髪を風に靡かせ、颯爽と街中を闊歩する日本人離れした顔立ちとスタイルを持つ自分に、擦れ違う雌犬はみな恍惚とした顔で振り返る。自分は、あってもなくても誰も気づかないそこらの雑草とは、わけが違う。誕生日、結婚記念日、あらゆる祝いの場で華やかに存在価値をアピールするバラの花だ。人眼を忍びながらこそこそと暮らすなんて、まっ平ごめんだ。

「二階が、サクラファイナンスだ。俺らはここで待っている。念押ししとくが、変な気を起こすなよ」

ストラップを人差し指に巻きつけ、携帯をプロペラのように回しながら、ちょび髭が言った。玉城は頷いた。

「へ、へ、へ、変な気、おおお、起こしたら、か、顔、グチャグチャだぞ」

ピントのずれた視線を宙に漂わせながら、ロンパリ男が言った。玉城は頷いた――何度も、何度も頷いた。

☆

二階――サクラファイナンス。自動ドア越しに、カウンターに座るピンクの制服に身を包んだ三人の若い女性店員の姿がみえた。舌打ちをした。こんな時代遅れの格好で女の眼前《まえ》に立つのは、プライドが赦さなかった。

玉城は、自動ドア脇にあるトイレに入った。洗面所の鏡――軽い眩暈に襲われた。ひどい顔をしていた。憔悴と恐怖に眼の下に隈が貼りつき、睡眠不足で白眼が充血している。髪は湿気と汗で重々しく濡れそぼり、額と鼻は脂でテカっていた。脂取り紙も眼薬もブラシも、セカンドバッグとともに取り上げられていた。

蛇口を捻り、水で顔を洗った。ペーパータオルで、そっと顔を押さえるように水気と脂を吸い取った。まだ少しテカりは残っていたが、気になるほどではなかった。

手櫛で髪を掻き上げた。サラサラ感がなかった。ドライヤーがほしかった。そんなものこにあるわけが……。「!」。手を乾かす乾燥機――閃いた。

お辞儀するように、乾燥機の下に頭をやった。温風が濁音交じりに噴き出た。二、三分、即席ドライヤーで髪を乾かした。完璧ではないが、ふんわりナチュラルウエーヴのでき上がりだ。

次はスーツだ。上着を脱ぎ、メイド・イン田舎役場のネクタイを外した。ワイシャツのボタンを上からふたつだけ外して、カジュアルっぽさを演出した。

これで、かなりましになった。ネクタイを腕にかけた上着のポケットに捩じ込み、便器に移動した。ファスナーを下ろし、萎びたペニスを引っ張り出した。尿意は催しているものの緊張しているせいか、亀の口からは一滴の小水《しょうすい》も出なかった。

トイレを出た。深く息を吸い、ゆっくりと吐いた。自動ドア――開いた瞬間に、女性店員の六つの瞳が玉城に注がれた。客は誰もいなかった。

「いらっしゃいませぇ～」

銀行員とは違う、投げやりで崩れたイントネーション。ヤンキーや水商売の崩れかたとも違う、人を見下したような態度。胸の中を支配していた不安感が、不快感にバトンを渡した。

「新規の方ですかぁ？　こちらに座って、申込み用紙に記入してくださぁい」

三人の中で一番化粧の濃い二十二、三の女性店員が、ぞんざいな口調でカウンターの端の席に玉城を促した。化粧の時間が足りなかったわけでもあるまいに、厚化粧の店員は、開店早々の客にたいして、露骨に迷惑げないろをファンデーションで塗り固めた顔に浮かべていた。

この手の女は、クンニをされるのは好きでも、フェラチオをするのは嫌いという自己中心的なタイプだ。ごろりと仰向けになったまま両足を開き、チーズ臭い陰部をさんざん男に舐めさせ、そのくせ自分はまぐろ状態から動こうとしない。態度もでかけりゃアソコの穴もでかく、ゆるマンで男が果てにくいのをいいことに、いつまでもいつまでも奉仕を求める。玉城がもっとも嫌いなタイプの女だ。

増殖する一方の不快感と嫌悪感を胸に飼い慣らし、玉城は席に着いて申込み用紙に記入を始めた。

十五坪ほどの店内には、低く歌謡曲が流れていた。カウンター上には等間隔で、観葉植物とガラスの器に入ったキャンディーが置かれ、天井からはマスコットキャラクターのつもりか、どこかの銀行をまねして、「ハローキティ」の縫いぐるみがピアノ線かなにかで吊されていた。

世間に浸透したサラ金の悪しきイメージを払拭しようとする努力は認めるが、店員の粗雑な応対をみていると、銀行並みの信用を勝ち取るのはまだまだ先の話だ。

「これで、いいかな?」

紫スーツに指示されたとおりの内容を書き込んだ申込み用紙を、厚化粧の店員に渡した。

「身分証明書と、給料明細を提出してください」

厚化粧の店員は言葉遣いこそ敬語だが、口調はあくまでも傲慢だった。玉城は、腕にかけたスーツの内ポケットから事務用封筒を取り出した。封筒には、国民健康保険証と免許証、それに桐生が用意した税込み三十六万五千円が支給額になっている、給料明細が入っていた。

「少々お待ちください」

毒々しい赤いマニキュアの塗られた指先で、封筒の中身を取り出した厚化粧の店員は、尻を振りながらパーティションの奥へと消えた。身を潜めていた不安感が、玉城の心臓をノックした。

奥には、怖い男がいるに違いない。自分のデータをコンピュータで弾き、ソフィーに在籍確認の電話を入れるのだろう。事務員に成り済ました柳沢という男は、うまく応対できるだろうか？　万が一嘘がバレたなら……。心音がボリュームアップした。肛門がムズムズした。不安感のノックが激しくなった。無視した。セーラムをくわえた。火をつけようと取り出したライター――百円ライター。舌打ち。カルティエのライターも、奴らに奪われていた。

玉城を盗み見しながら、ひそひそ話をするふたりの女性店員の死角になるように、百円ライターを掌に隠して火をつけた。サラ金に金を借りにきた男、安物の服を着た男、眼の下に隈を貼りつけた男。これ以上、貧乏臭い男だと思われるのはごめんだった。

女性店員のひそひそ話は続いた。内容までは聞こえないが、なにを話しているかの見当はついていた。

――あんなにいい男が、どうしてサラ金なんて利用するのかしら？

――マスクに恵まれているぶん、稼ぎが悪いんじゃないの。ほら、色男金と力はなかりけり、って諺《ことわざ》があるじゃない。

――そうかなあ、私は違うと思うな。ヤクザの情婦が彼に夢中になって、それがバレて脅かされたんじゃない？　どんな女だって、あれだけのハンサムな男に声をかけられたら、メロメロになっちゃうでしょう？

――そうねえ、それは同感だわ。私だって、彼みたいな男に口説かれたら、いまの彼氏捨てちゃいそうだもん。

ひそひそ話の中身を予想してみた。大きく外れていない自信はあった。たしかに、自分はいい男で、どんな女だってメロメロにするのは事実だ。だが、自分は、稼ぎも悪くなければ、ヤクザの情婦に手を出してもいない。ろくでなしの上司に嵌められ、他人の借金を被っただけだ。

否定したかった――自分は、サラ金で金を借りるような惨めで情けない男じゃない。

訂正したかった――給料だって三十六万五千円の安月給じゃなく、二百万を稼ぐトップセールスだ。

弁解したかった――本当は、ヴェルサーチのスーツを着てポルシェを転がすリッチな生活をしていた。安物の服を着ているのも、百円ライターを使っているのも自分の趣味じゃない。すべて奴らに、奪われたからだ。

「玉城さん、お待たせしました」

心の叫びに、甲高い男の声が交錯した。物陰から急に犬に吠えられたように、動悸がはやくなった。いつの間にか眼の前に、爬虫類の表皮さながらにぬっちゃりと光る整髪料でオールバックにした、ノーフレイムの丸眼鏡をかけた男が立っていた。

「さてっと……。玉城さんの職業は、エステティックサロンのカウンセラーとなってますが、もうちょっと具体的に、説明して頂けますか？」

申込み用紙と玉城に交互に視線を這わせながら男は、椅子に腰を下ろし、みているほうが苦しくなりそうな作り笑いを浮かべた。玉城も作り笑いを返し、紫スーツとの打ち合わせどおりのでたらめを並べ立てた。

新聞の折込みチラシをみて電話をかけてきた客に来店を促し、美顔、痩身、脱毛のカウンセリングを行う。カウンセリング後に無料体験コースを受けてもらい、入会するか否かの返事を待つ。当社では強制的な勧誘はいっさい行わずに、あくまでも客の判断に任せる。入会後三ヵ月以内に効果がみられない場合には、入会金とコース代金を客に返金する。

スラスラと口を衝《つ》くでたらめに、最初は懐疑的だった男も、漫才師のボケ役のようにまぬけヅラで大きく頷き始めた。

顔面崩壊女に、美人だかわいいだと口が腐りそうな嘘を連発する玉城にとって、この程度のでたらめは朝飯前だ。

「じゃあ玉城さんの会社は、巷で問題になっているキャッチセールスはやってないわけですね?」

「もちろん。ああいった会社は、エステ業界のツラ汚しです。女性を騙して高額の商品を買わせるなんて、ダニ以下の連中がやることです。私達は消費者センターと手を組み、キャッチ撲滅運動を行う予定です」

玉城は毅然と言い放った。金を引っ張るためなら、どんな嘘だって垂れ流せる。手形金を返済して自由の身になるためなら、ビル・ゲイツと取り引きしていると偽ることも厭わない。

それから約二十分、希望金額、使い途、家族形態などについて男の質問が続いた。両親が行方不明という部分で男の顔が一瞬曇ったが、他社に一軒の借り入れもない玉城のまっさらなデータが融資の後押しをした。

「わかりました。五十万でしたね。いま、契約書をお持ちしますので、もうしばらくお待ち

くださいｌ

男が慇懃に頭を下げ、パーティションの奥へと消えた。毛穴から、肛門から、エネルギーが蒸発した。玉城はセーラムを消し、椅子の背凭れに、軟体動物のようにくにゃりと躰を預けて天を仰いだ。

在籍確認はうまくいったようだ。酷使された神経が、脱力感に蝕まれていた。

契約書を手に戻ってきた男の説明を、適当に聞き流した。どうせ、支払いはしないのだ。ハイクオリティーＡＯＹＡＭＡはもぬけの殻だし、二、三日中には、ソフィーの電話も通じなくなる。

くどいほどに一回目の支払日を繰り返す男に頷き、契約書の注意事項を読む振りをしながら、玉城はボールペンを握った。

背後で、自動ドアの開く音がした。「いらっしゃいませぇ〜」の、女性店員の気怠げなハーモニー。席をふたつ空けて座った男に、玉城はちらりと視線を投げた。

皺々のスーツに身を包み、皺々の顔に卑屈な笑みを貼りつけた初老の男は、皺々の手に持った皺々の保険証をカウンターに置いた。視線に気づき、横を向いた初老の男と眼が合った。

初老の男の干涸びた瞳に、同類《なかま》をみるようないろが浮かんだ。

玉城は眼を逸らし、心で呟いた。

——俺は雑草《あんた》とは違う。美しく華やかな、バラの花だ。

☆

三軒目の東京クレジットから出てきたときは、十二時三十分を回っていた。メルセデスの運転は紫スーツから、ちょび髭に代わっていた。ロンパリ男は、玉城の左隣で朝刊紙の四コマ漫画を眼で追い、キッ、キッ、キッ、と、猿がひきつけを起こしたような笑い声を上げていた。

玉城の記憶が正しければ、ロンパリ男は朝からずっと同じ漫画を読んでいる。この男がなぜイカれたかを玉城は知らないし、また、知りたくもなかった。一刻もはやく死に神と疫病神の監禁地獄から解放され、華々しい生活に戻りたかった。

右隣の紫スーツは携帯電話を耳に押し当て、玉城が回った三軒のサラ金の融資金額を報告していた。敬語を使っていることから判断すると、電話の相手は桐生に違いない。

桐生……。あの大男の、底無しの冥く冷たい眼を思い出しただけで、肌が粟立った。一切の感情をどこかに置き去りにした氷の眼。人間《ひと》を人間《ひと》としてみない魂なきガラス玉の瞳。自分も女を物のように扱うが、桐生のそれとは次元が違う。一体、なにをみて、なにを経験すればあんなに冷酷な眼になってしまうのだろうか？　いや、冷酷なだけではない。凍えるように冷たい瞳の奥に、燃えるように熱いなにかが宿っている。

底無しの絶望、底無しの虚無、底無しの憎悪。陰鬱な黒い火種を氷壁の心に封印している、桐生はそんな眼をしていた。

「そこで停めろ」

携帯を切った紫スーツが、ちょび髭に命じた。どうみても紫スーツのほうがちょび髭よりも歳下にみえるが、アングラ世界に年功序列は存在しないのだろう。

メルセデスは、人込みで溢れ返るサンシャイン通り沿いに建つ、東急ハンズの前で停まった。

「玉城、これからが本番だ。明徳《めいとく》商事は、多重債務者を相手にしたサラ金だ。いままでの三軒とは、毛色が違う。借り入れゼロなんて言ったら、たとえデータがまっさらでも追い返されるのが落ちだ。大手を摘んでねえで、いきなり明徳商事に申し込む馬鹿はいない。だから連中は、借り入れゼロと申告する客を信用しない。いいか？　借り入れは正直に、三軒で百五十万と申告しろよ。希望金額も五十万じゃなくて、二十万だ。それと、午前中に回った三軒のイメージは、頭から捨てろ」

「五十万で、申込ませてください」

怒鳴られるのを覚悟で玉城は、紫スーツの指示に初めて異を唱えた。

サラ金を三軒回って百五十万を引っ張った玉城には、自信が芽生えていた。テレビドラマや漫画のイメージで、サラ金とは、もっと怖くて陰気なところだと思っていたが、サクラファイナンス、日本ローン、東京クレジットと申し込むうちに、自分が抱いていた不安は杞憂に終わった。銀行並みとまではいかないが、どの店も思ったよりも明るく小綺麗で、応対した男性店員の接客態度も紳士的だった。

十年、二十年前は知らないが、サラ金規正法が適用されてからは、客に威圧的な態度を取ることができなくなったのが原因だろう。

玉城が紫スーツの指示に異を唱えた理由は、三軒のサラ金からスムーズに満額五十万ずつ引き出せたということもあったが、それだけではない。手形の、不足金の問題だ。

不足金の五百二十八万を揃えるには、単純計算でも十一軒のサラ金を回らねばならない。玉城が三軒から引っ張った金額が百五十万、つまり、最低でもあと八軒だ。だが、それは一軒につき五十万の融資を受けた場合の計算であり、紫スーツの指示どおりに二十万なんて金額を申し込んでいたら、気が遠くなるような軒数になってしまう。

玉城は眼を閉じ、紫スーツの怒声に備えた。

「わかった。てめえの、好きなようにやってみろ」

眼を開けた。意外だった。紫スーツは怒声を飛ばすどころか、口もとに薄い笑みを浮かべていた。紫スーツの、らしくない寛容な態度が気になったが、深く考えるのはやめた。なにはともあれ一円でも多く金を掻き集め、一秒でもはやくキャッチ業界に復帰したかった。

「気をつけてな」

また、らしくない言葉。玉城は、疑念の二文字を頭から消し去り、ロンパリ男の小さな背中に続いてメルセデスを降りた。

☆

エントランスの床に散らばるデートクラブのチラシ、ゴミ箱と化したメイルボックス、メイルボックスに書かれた落書き……。落書きされた三〇一号のメイルボックス——死ねっ！地獄に落ちろ、呪ってやる、お前の顔を覚えたからな！

空恐ろしい落書きから凍てつく眼球を引き剝がし、ネームプレイトに移した——明徳商事。

「…………」

多分、明徳商事を訪れた客が書いた落書きなのだろう。玉城は、ゴクリと生唾を飲み込んだ。

「なにをちんたらしてんだ？　さっさと行ってこいよ」

メイルボックスの前で立ち竦む玉城に、ニヤつきながらちょび髭が言った。

胸騒ぎにエスコートされ、玉城はエレベータに乗った。薄汚く小便臭いエレベータが、玉城の上品な鼻孔の粘膜を刺激した。三階。派手な音を立てて、扉が開いた。

明徳商事のプレイトは、エレベータを降りて一番手前のドアにかかっていた。サクラファイナンスを始めとするサラ金はすべて自動ドアだったのに、明徳商事は、事務所内の様子が窺えない鉄製のドアだということが、胸騒ぎに拍車をかけた。おまけに、錆の浮いたそのドアは、メイルボックス同様にびっしりと落書きで埋め尽くされていた。

死ね、殺すの類いの落書きも空恐ろしいが、そこまで客に恨みを買う明徳商事も空恐ろしかった。だが、なによりも恐ろしいのは、落書きを消さずに残しておく図太い神経だ。

三軒のサラ金を回って培った自信が、音を立てて崩れてゆく。踵を返すかドアノブを回すか、玉城は迷った。明徳商事に入らずに戻ったら……——紫スーツの鬼のような顔が脳裏に浮かんだ。

行くも地獄、行かぬも地獄——肚を決め、ドアノブを回した。

「！」

ドアを開いた瞬間、凄い勢いで銀色の物体が飛んできた。銀色の物体——ブリキの灰皿が壁に甲高い音を立ててぶつかり、吸い殻と灰を撒き散らしフロアに転がった。

「一軒もねえだとぉ!?　ウチらみてえなところに金を借りにくる奴は、どこ行っても相手にされねえカス野郎ばっかりなんだよっ。そんなカスがっ、一軒の借り入れもねえなんて、笑わせんな！」

土佐犬みたいな顔をした大男が椅子を蹴って立ち上がり、カウンター越しに、客らしき痩せぎす男の胸倉を摑んだ。

土佐犬の横では、でっぷりと太ったパンチパーマの男が、締め上げられる痩せぎす男にガンをくれながら、ラーメンを立ち食いしていた。

「てめえはボケてんのかっ、くそじじいっ。九軒で二百二十万の借金があるくせしやがって、使い途が旅行資金だあ？　サラ金で摘んだ金で、三途の川にでも行こうってのか！　おぉ!?」

玉城は、痩せぎす男から視線をカウンターに移した。孫ほどに歳の離れた金髪頭の若造の罵声に、六十を過ぎているであろう初老の男が、磯野波平のように禿げ上がった額をカウンターに押しつけ、平謝りしていた。

十坪にも満たない狭苦しい事務所に立ち籠める紫煙、ヤニで黄ばんだ壁紙、澱んだ空気を震わせる店員の巻き舌、か細く消え入りそうな客の言い訳、カウンターを叩く店員の拳、慄《りつ》然《ぜん》とする客の背中……。

午前中に回った三軒とは、明らかに店の雰囲気と店員の質が違う。

——気をつけてな。

紫スーツの、らしくない言葉。見送るちょび髭のニヤけ顔。修羅場を目の当たりにしてようやく、その意味がわかった。

陰嚢が、心臓が、脳みそが萎縮した。そろりそろりと、玉城は後退った。

「おいっ、そこのっ。こっちに座れや」

濁声が、玉城の足を金縛りにした。声の主——カウンター横の応接ソファで、トランプをしている三人組のひとり。マントヒヒそっくりの四十絡みの男が、おちょくるように、おいでおいでのポーズで玉城に手招きをしている。

金属的な光を放つ青いダブルスーツに、黒地に金の刺繍が入ったネクタイ、ヘアスタイルは当然パンチパーマ、おいでおいでをしている左腕には金ブレス——。

昭和五十年代の、コワモテ総会屋を彷彿させるファッションセンスのマントヒヒのご指名に、玉城は表情を失った。

「聞こえねえのか？　カウンターはほかの客で埋まってっから、こっちで受けつけてやるって言ってんだよっ」

マントヒヒが、いら立たしげに吐き捨てた。マントヒヒとトランプをしていたふたりもカードをテーブルに放り投げ、玉城に剣呑な視線を向けた。ふたりとも、お約束のパンチパーマに、それぞれストライプ柄とシルバーグレイのスーツのヤクザスタイルで決めていた。

いまの玉城は、蛇に睨まれた蛙であり、ライオンに睨まれたオジロヌーだった。伝説の口裂け女に遭遇した少年のように、足がピクリとも動かなかった。

「まどろっこしい野郎だな、ったくよぉ」

マントヒヒの舌打ちを合図にパンチコンビが立ち上がり、つかつかと革靴でフロアを刻みながら、がに股で歩み寄ってきた。乾いた視線で、ふたりの足もとをみた。我が眼を疑った。天然記念物ものの、爪先の尖った黒のエナメルシューズ。が、玉城にはふたりのセンスの悪さを嘲笑している心的余裕はなかった。

パンチコンビに両腕をロックされた玉城は、ゴミ袋のように引き摺られてソファに座らされた。

「あ、あの……」

「金を借りにきたんだろ？　身分証を出して、こいつに記入しろや」

マントヒヒの迫力満点の濁声が、玉城の鋳割れ声を吸収した。保険証、免許証、給料明細を、金ブレスを巻いたマントヒヒの肉厚な掌に渡し、玉城は、今日四度目の申込み用紙にボールペンを走らせた。

隣のカウンターでは、相変わらず土佐犬が痩せぎす男に、金髪頭が波平頭に、唾とガンと怒声を飛ばしていた。

——こんな猛獣もどきの奴らから、金を踏み倒したらどうなるのだろうか？

パニック状態の思考に、恐ろしい疑問が浮かんだ。

今日融資を受けたサラ金の返済は、約一ヵ月後から始まる。午前中に借りた三軒はまだしも、こいつらがおとなしく諦めるとは思えない。自宅マンションを引っ越し、会社が倒産していると判明すれば、血眼になって自分を捜し回るに違いない。そうなれば、新宿や渋谷の路上で堂々とキャッチなどしてはいられない。

冷や汗がたらりと、不快に背筋を舐めた。

しかし、金を作らなければ、あのヤクザどもになにをされるかわからない。

四面楚歌、孤立無援——頭蓋内に絶望的に響き渡る四字熟語。不意に、羽田にたいしての激しい憎悪が沸き起こった。

自分がなぜ、こんな目に遭わなければならない？　羽田にはいい思いをさせてきた。何千万も稼がせてやった。感謝されることはあっても、恨まれる理由はなにもない。

預金も、家も、車も、家具も、スーツも、装飾品も、すべて失った。優雅でリッチな生活も失った。自分が作った借金ならば、諦めもつく。が、二千三百五十六万のうち、ただの一円も、自分は使ってはいない。

納得できなかった。羽田への怒りで、五臓六腑が焼き尽くされそうに熱く燃えていた。

「エステティックサロンのカウンセラー？　どんな仕事だ？」

申込み用紙を睨みつけ、マントヒヒが訊ねた。正面からマントヒヒの、両脇からパンチコンビの尖った視線を受けながら玉城は、サクラファイナンスのときと同様の説明をした。

「折込みチラシなんかでよぉ、経営が成り立つのかよ？　明徳商事《ウチ》だって、チラシじゃ客は電話してこねえぜ？」

マントヒヒが訝しげな顔で首を捻り、ショートホープをくわえた。

「しゅ、主婦で暇を持て余している方が、意外と多いんです」

懐疑的なマントヒヒの視線に耐えきれず、玉城もセーラムに火をつけた。

「くぉらぁっ、てめえっ！　金を借りにきてるくせして、図々しく煙草なんか吸ってんじゃねえっ!!」

パンチコンビの片割れの怒声に、玉城の尻がソファでバウンドした——心臓も、胸腔《きょうこう》でバウンドした。

「す、すいません……」

玉城はひきつった愛想笑いを浮かべ、火をつけたばかりの煙草を慌てて灰皿で消した。

「なあにが、おかしいんだ？　ああ!?」

口を半開きにしたマントヒヒが、下から玉城の顔を覗き込むように近づけ、片方の眼を細めた。

生きた心地がしなかった。垂れ続けている冷や汗が、背筋を舐めまくっていた。

「へ？」

「へ？　じゃねえっ。なんで笑ってるのかって、訊いてんだよっ」

マントヒヒの指の間に挟まれたショートホープの紫煙が、眼にシミた。

「わ、笑ってなんて、い、いません……」

「どんなサラ金を回ったら、そんなふざけた態度になるんだ？」

マントヒヒが、申込み用紙の借入れ欄に眼を落とした。

「なになに、借入れが、サクラファイナンス、日本ローン、東京クレジットで百五十万だとぉ？　はっは〜ん。わかったぞ。てめえ、サラ金なんてたいしたことはねえと、ナメてやがるな？　お？　どうなんだっ！　ええっ!?」

「な、ナメてなんかも、いませんよ」

半分泣き声になっていた。涙眼で、素早く事務所内を見渡した。女性店員がいないのが、救いだった。こんなみっともない姿を、みせるわけにはいかない。

「口答えすんじゃねえっ！　いいか？　ウチはよぉ、あんなへらへらしたオカマ野郎のいるサラ金とは、わけが違うんだよっ。たとえ千円でも踏み倒した野郎は、日本中のマンション、アパート、カプセルホテル、サウナを一軒一軒虱潰《しらみつぶ》しにしてでも、取っ捕まえてやる。ひとりひとりの従業員が道で誰かと通りすぎるたびに、てめえじゃねえかって眼で、そいつの顔を確認する。ひとりひとりの従業員が飯を食ってるときでも、酒を飲んでるときでも、てめえじゃねえかって眼で、その場に居合わせる奴の顔を確認する。何ヵ月、何年かかっても、必ずてめえを捜し出す。それまでにかかった経費と延滞利息を、踏み倒した金に上乗せして、請求してやるっ。わかってんのかっ、ああっ！」

マントヒヒの恫喝が鼓膜から忍び込み、全身の細胞と血液が氷結した。羽田への怒りで熱く燃え盛っていた憎悪の炎は鎮火され、玉城の体内は氷河期に突入していた。

「ふ、踏み倒したりしません……」

踏み倒すつもりだった——改心した。一ヵ月後の、明徳商事の支払期日がくるまでに、新しい職場を探し、売上げを上げてバンスをする。そして、一括で完済する。ここだけは、明徳商事だけは、どんなことがあっても踏み倒すわけにはいかない。

「てめえらカス野郎の踏み倒しませんって言葉はな、フィリピン女の、あなただけよ、って言葉と同じくらいの信用性しかねえんだよ。まだ、フィリピン女のほうがましだわな。金を引っ張るために肉体《からだ》を使ってるからよ。てめえらみてえな借金漬けの貧乏神に、なんの取り柄があるよ？　なあんにもねえだろうがっ⁉　あるのはよ、どうやって金を借りよう、返せなかったらどうやって言い訳しよう、って、悪知恵回す薄汚い脳みそだけじゃねえか？　てめえもよ、煙草買ったり髪染める余裕があるんなら、金を貯めろや。糞溜めに涌くウジ虫みてえな金なしの貧乏神の分際で、人間らしい生活を夢みてんじゃねえよっ‼」

貧乏神？　ウジ虫？　月に二百万の金を手にしていた自分が、貧乏神だと？　平成のドンファンと言われる自分が、ウジ虫だと？

この世に存在するすべての罵詈雑言を掻き集めたようなマントヒヒの言葉に、玉城は激しい憤りを感じたが、顔にも口にも出さなかった——出せなかった。

メイルボックスとドアを埋め尽くす落書きが頭に浮かんだ——落書きした者達の気持ちが、痛いほどわかった。これだけ客を味噌糞に罵れば、そのうち、事務所に放火されても不思議じゃない。

申込み用紙に視線を這わせていたストライプスーツのパンチパーマが、マントヒヒになにやら耳打ちを始めた。マントヒヒのこめかみに、ミミズのような太い血管が浮き上がった。

「ちょっと、待ってろや」

申込み用紙とコードレスホンを摑みソファを立ったマントヒヒが、濁声を残してカウンター奥の部屋へと消えた。いやな予感がした。パンチコンビも立ち上がり、玉城を威圧するように、首や肩をグルグルと回している。

「あ、あの、なにかまずいことでもあったんでしょうか？」

玉城は、胸を圧迫する不安に耐えきれず、ストライプスーツのパンチパーマに訊ねた。

「あ？　てめえの胸に、訊いてみろ」

ストライプスーツのパンチパーマの口角が、不気味に歪んだ。いやな予感はもはや、確信に変わりつつあった。

玉城は、唾液が干上がり乾燥した口内で唱えた——桑原桑原を。唱えた——南無阿弥陀仏を。唱えた——南無妙法蓮華経を。

カウンター奥のドアが開いた。マントヒヒの眼が、三角に吊り上がっていた。こめかみだけじゃなく額にも浮き出た血管は、イモ虫サイズに怒張していた。

その場凌ぎの神仏頼み——通じなかった。

「てめえっ！　ババ引かせようとしやがったなっ‼」

マントヒヒは叫びながら、カウンター越しになにかを投げつけてきた。ショートホープの吸差しが、火の粉を撒き散らし飛んできた。玉城は上半身を捻り、吸差しを躱した。煙草が命中しなかったのが気に入らなかったのか、怒髪天を衝く勢いで、マントヒヒはカウンターを乗り越え突進してきた。

背中を舐めていた冷や汗が、脳みそをしゃぶった。女みたいな悲鳴を上げ、玉城は踵を返した。いつの間にか、痩せぎす男を締め上げていた土佐犬と、波平頭をいたぶっていた金髪頭が、ドアの前に立ちはだかっていた。

「どこに行こうってんだっ、腐れペテン師がぁっ！」

襟首を掴まれた。振り向かされた。マントヒヒの顔がズームアップした。胸倉を引き寄せられた。マントヒヒ、パンチコンビ、でぶったラーメン男、土佐犬、金髪頭——六人の極悪フェイスが、瀕死の子鹿に群がるハイエナのように玉城を取り囲んだ。

「ちょちょちょちょ、ちょっと、ま、待ってください……。俺は、俺は……」

呂律が、酔っ払いの千鳥足並みに絡まった。

「るっせえんだよっ！　まだ、白《しら》を切り通すつもりか⁉　こいつと、喋ってみやがれっ」

耳に、硬い物が押しつけられた——コードレスホン。「もしもし……？」——強張った声を、送話口に送り込んだ。

『ぶあぁ〜か！　ざまあみろだっ。ヒッヒッヒッ』

受話口から染み出す、聞き覚えのある声。複数の顔がスロットマシンのように、目まぐるしく浮かんでは消えた。何人目かの顔、脳内のスロットマシーンが止まった。出っ歯にざんばら頭——湯沢！

「ど、どうして……？　どうしてあんたが……？」

わけがわからなかった。湯沢がなぜ、明徳商事の電話に出ている？

『朝出社したら、人相の悪い男達が荷物を運び出していたから、びっくりしたぜ。お前、社長の借金を二千万以上被ったんだって？　車で引き回されて、サラ金巡りしてるそうじゃないか。眉毛のない兄ちゃんが、教えてくれたよ。いい気味だぜ。潰れた会社にいてもしようがないから、求人雑誌買って喫茶店で就職先を探してたら、檜山《ひやま》さんから携帯に電話がかかってきたのさ。玉城慎二って男が店にきてるんだけど、知り合いか？　ってな。俺、明徳商事で金を借りてんだよ。ソフィーが潰れたことも、青山のマンションを追い出されたことも、全部ぶちまけてやったよ。でもよ、お前を連れ回してんのがヤクザみたいな男ってのは伏せといたぜ。檜山さん達がビビっちゃって、すんなりお前を解放したらつまんねえからよ。ほいじゃあ、その美しい顔を傷つけられないように気をつけてな』

クックックッ、という笑いを最後に電話は切れた。湯沢に電話をかけた檜山とは、マントヒヒのことに違いない。元同僚を売った湯沢への怒りよりも先に、嘘がバレたことの恐怖が、玉城の躰を支配した。

「くそガキがぁ、でたらめばっかり並べやがってっ。どこにいる？　おい!?　ウチから金を引っ張れって唆《そそのか》したドブネズミは、どこにいるんだよっ！」

マントヒヒが、胸倉を摑んだ両腕を激しく前後に動かした。首の骨がミシミシと軋み、頭がグラグラと揺れた。「おらっ、言わねえとぶち殺すぞっ」――土佐犬が吠えた。「うらっ、うらっ、うらぁーっ！」――金髪頭が吠えた。「誰に指示されたっ、オカマ野郎っ！」――ラーメン男が吠えた。

ケダモノ達はアドレナリンを振り撒き、牙を剝き出しに吠え立てた。罵声が、怒声が、巻き舌が、玉城の鼓膜と心臓を突き刺した。

「言えっ、言えっ、言えぇぇーっ!!」

マントヒヒが、喉ちんこを露に絶叫した――右手に摑んだ、コードレスホンを振り上げた。

「うわっ、や、やめてっ。下にいるぅっ、下にいるぅっ、下にいるぅーっ！」

言ってしまった……。青褪める間もなく、物凄い力で引っ張られた――マントヒヒに胸倉を、金髪頭に左腕を、土佐犬に右腕を。

「お前らは、その客の相手してろっ」

土佐犬が、喚くようにパンチコンビに言い残してドアを開けた。腰が抜けた。両足に力が入らなかった。腰砕けのまま、玉城は引き摺られた。膝頭が廊下に擦《こす》れ、悲鳴を上げた。動転、動揺、狼狽――思考回路が、めちゃめちゃに崩壊した。胸もとのボタンが弾けた。シャツが大きく裂けた。露出した乳首が、恐怖に勃起していた。

エレベータにぶち込まれた。上階から乗っていたサラリーマンふうの男が、顔色を失った。男に、縋るような眼を向けた。懇願した。慌てて男は、視線を逸らした。一階。扉が開いた。男は、チーターの瞬発力で、エレベータを飛び出した。

エントランス——ロンパリ男とちょび髭が、血相を変えて駆け寄ってきた。

「てめえらか⁉︎　ウチを嵌めようとしたドブネズミは？」

マントヒヒが玉城の胸倉から手を放し、ちょび髭に詰め寄った。土佐犬と金髪頭も、あとに続いた。三人の腕から解放された玉城は地面にへたり込み、ことの成り行きを見守った。

「ドブネズミだあ？　おい、お前、誰に向かって口利いてんだ？」

ドスを利かせた声で、ちょび髭が応戦した。互いに鼻がくっつきそうなほどに顔を近づけ、壮絶な視殺戦《しさつ》が始まった。

首を傾げ、口を半開きにして据わった眼で睨めつけるマントヒヒ。スラックスのポケットに両手を突っ込み、片足で貧乏揺すりのリズムを取りながら、マントヒヒの頭の天辺から爪先まで舐めるように視線を這わせるちょび髭。

ガンのつけ合い飛ばし合い——耳の中で、一九八〇年代に流行った、ツッパリグループの歌のフレーズが谺した。玉城は、恐ろしすぎるシチュエーションを眼前《まえ》に凍りついた。

ふたりの横では、土佐犬と金髪頭がロンパリ男と対峙《たいじ》していた。

「なんだっつうんだよ、その眼は？　おぉ⁉　どこみてんだよっ、どこをっ！」

金髪頭が、ロンパリ男の藪睨みにいちゃもんをつけた。ロンパリ男は表情ひとつ変えずに、少し猫背気味に背中を丸め、顎の下で両の拳を構えた。

「おい、どチビ。そりゃ、なんのまねだ？　やるってのか？」

土佐犬が、頬肉を波打たせて笑った。土佐犬とロンパリ男では、大人と子供くらいの身長差がある。

「黙ってねえで、なんとか言えよ。それとも、身長と同じくらいちっちゃいチンポが縮み上がるほど、怖いってか？」

土佐犬の言葉に、金髪頭が細く剃った眉毛を八の字にして爆笑した。ロンパリ男が腰を捻った。爆笑に悲鳴が交錯した。悲鳴――土佐犬が、玉城の眼の前に仰向けに倒れた。なにがなんだか、わからなかった。仰向けになった土佐犬の巨体にロンパリ男は馬乗りになり、眼にも止まらぬはやさで両腕をスイングさせた。土佐犬の顔は、パンチングボールのように右へ左へ往復した。往復するたびに、グシャッ、グシャッという湿っぽい音がした。

「おおおお、俺は、チンポちっちゃくないっ、チチチチ、チンポ、ちっちゃくないっ！」

狂ったように喚き、ロンパリ男が土佐犬の顔を殴りつけた。玉城の頬に、生温い液体がへばりついた。頬を拭った――掌がまっ赤に染まった。土佐犬の鼻から、口から、鮮血が噴き出していた。エントランスのコンクリート床に広がる血溜まりに、白いかけらが浮いている。土佐犬の歯だった。

ロンパリ男の殴打は続いた。土佐犬のプードルのような甲高い叫喚《きょうかん》が、エントランスに響き渡った。玉城は声を失った。マントヒヒも金髪頭も呆気に取られて、まぬけヅラで立ち尽くしている。グシャッ、グシャッという音がさらに湿っぽさを増し、グチャッ、グチャッに変わった。

土佐犬の頬骨はべっこりと陥没し、裂けた皮膚から脂肪と肉がミンチ状態ではみ出していた。鼻は鼻孔がみえないほどにぐにゃりと曲がり、唇は欠けた歯が作った裂傷で、鮫のえらのようにパックリと幾筋もの切れ目が入っていた。

酸鼻《さんび》を極める光景だった。二十八年間の人生で、自分はもちろん、他人の喧嘩《なぐりあい》を目の当たりにしたこともなかった。

「も、もう、やめたほうがいいですよ……。これ以上殴ると、死んじゃいますよっ」

ちょび髭の叫びに、マントヒヒと金髪頭が我を取り戻し、アメフト選手張りのタックルでロンパリ男に突進した。ふたりのぶちかましを受けた軽量のロンパリ男は呆気なく吹っ飛び、背中をしたたかにコンクリート床に打ちつけた。

「大丈夫っすか！　宮原《みやはら》さんっ」

「宮原っ、しっかりしろっ」

金髪頭とマントヒヒが、ほとんど同時に土佐犬、いや、宮原に駆け寄った。ロンパリ男は仰向けに倒れたまま、宙に向かって、シッシッシッ、と、口でリズムを取り、拳を交互に突き出していた。

「痛ぇ、痛ぇよぉっ、顔が、顔が痛ぇよおぉぉーっ!」

宮原は両手で顔を覆い、己の血溜まりの中でのたうち回っていた。

「て、てめえら……金を騙し取ろうとした上に、こんなことして、ただで済むと思ってんのか?」

マントヒヒが三白眼を血走らせ、ちょび髭に詰め寄った。ちょび髭は、相変わらず仰向けで天に向かってパンチを繰り出すロンパリ男と、血塗れでもがき苦しむ宮原をみて困惑のいろを浮かべた。

困惑しているのは、玉城も同じだった。ハイエナとジャッカルの獲物の奪い合い。宮原を血祭りにされた明徳商事、自分のミスでいざこざに巻き込まれた桐生の配下。どちらが勝とうが、玉城を待っているのは生き地獄だ。

「何者か知らねえが、ウチがケツもなしに商売してると思ってんのか? ああっ!? 黙ってねえで、なんとか言いやがれっ!!」

狼狽するちょび髭の様子に勢いづいたマントヒヒが、嵩《かさ》にかかって口撃した。

「そのケツってのは、お前の薄汚いケツのことか？」

ちょび髭の背後に向けられたマントヒヒの三白眼が、大きく見開かれた。マントヒヒの眼線を玉城は追った——振り向いた。紫スーツを従え、桐生が仁王立ちしていた。

「な、なんだ、きさまは？」

虚勢を張ってはいるが、桐生の躰から滲み出す漆黒のオーラに、マントヒヒの口調は明らかにトーンダウンしていた。役者が違うのは、ひと目でわかった。さっきまで迫力十分だったマントヒヒも桐生の前では、昔懐かしのモンチッチにしかみえない。

「サラ金風情の、チンピラにもなれない半グレにきさま呼ばわりされるとは、俺もナメられたもんだな」

ニヒルフェイスで吐き捨てた桐生は、転げ回る宮原に大股で歩み寄った——しゃがんだ。

「名刺、渡してなかったな？」

桐生は独り言のように呟き、内ポケットから取り出した名刺をくしゃくしゃに丸めると、宮原の陥没した頬に捩じ込んだ。宮原が、濁音交じりに絶叫した。

「お、おいっ！　あ、あんた、なにすんだっ」

金髪頭が慌てて、血肉で赤く染まった名刺を宮原の頬から抜いた。金髪頭の顔が、名刺を広げた瞬間に凝固した。

「どうしたってんだ――」

金髪頭から名刺を奪い取ったマントヒヒの顔も、石像化した。

「き、桐生興業って、富樫組の……？」

「ケツは、どこが持ってるんだ？　ご挨拶に、伺おうじゃないか。ただじゃ、済まないんだろ？」

桐生は立ち上がり、茶化すように言った。

「えっへっへ。い、いやあ、とんでもないですよ。ウチもちょっと、やりすぎましたんで」

水戸黄門の印籠を眼にしたとたんに平伏《ひれふ》す悪代官のように、マントヒヒは、卑屈な笑みを浮かべて頭を掻いた。

「この怪我じゃ、病院でああだこうだと詮索されるだろうな？　ウチの名前を、出してもいいんだぞ」

言葉とは裏腹に、桐生の口調は威迫《いはく》的な響きを帯びていた。

「ご心配なく。街でチンピラと喧嘩をしたとでも言わせますんで」

「じゃあ、こいつを連れて行くぞ」

「どうぞどうぞ、ご自由に。ウチは、金を貸したわけじゃないですから」

桐生は満足げに頷き、ちょび髭に合図を送ると踵を返した。ちょび髭が玉城の、紫スーツがロンパリ男の腕を取り、桐生のあとへと続いた。玉城は、もつれる足取りで、一歩一歩、エントランスのコンクリート床を踏み締めた。

――桐生興業って、富樫組の……？

マントヒヒのセリフを反芻した。富樫組――予想はしていたが、やはり桐生はヤクザ者だった。しかも名刺をみただけで、あの威張り腐っていたマントヒヒが、コメツキバッタに豹変した。

エントランスを出た。路肩に、玉城が乗せられていたブルーブラックのメルセデスと、ブリリアントシルバーのメルセデスが連なって駐《と》まっていた。ブリリアントシルバーのメルセデスの前に立っていた、長髪で太ったブ男が、ドアを開け、恭しい仕草で桐生に頭を下げた。初めてみる顔だった。

「よそみしてねえで、さっさと乗れ、腐れジゴロがっ。ったく、面倒ばかりかけやがって」

紫スーツに背中を小突かれ、玉城はブルーブラックのメルセデスのリアシートに押し込まれた。

どっちが勝っても、自分を待っているのは生き地獄。明徳商事とロンパリ男達の諍いを眼《ま》前《え》にしたときにはそう思ったが、完全な思い違いだった。

宮原の顔をグチャグチャに陥没させたロンパリ男、その陥没した頰に無表情に名刺を捩じ込む桐生、へたをうった自分を憤怒の視線で睨めつける紫スーツ。

鳥肌が立った。奥歯がガタガタと鳴った。歯の根が合わなかった。もちろん、冷房の効きすぎている車内の冷気が、そうさせているのではない。

完全な思い違い——桐生達に比べれば明徳商事の恫喝など、子守歌にすぎなかった。

2

売女達《ばいた》の、鼻にかかった嬌声が癪に障る。桐生の右隣で菊池は、コロンビア女のざっくりと開いたドレスの胸もとから手を差し入れ、スイカ並みの乳房を揉みしだいていた。

「ダメ、ダメよ。タッチするなら、マニィ、払うね」

へたくそな日本語と、甘ったるく下品な香水の匂いが桐生のいら立ちに拍車をかけた。

グラスの底で、テーブルを叩いた。遠慮がちに白い手を伸ばしたロシア女が、ジャック・ダニエルの琥珀色の液体をロックグラスに注いだ。桐生の様子を窺うグレイの瞳は、明らかに怯えていた。

雪のような肌を持つロシア女は、さっき、桐生の太腿をまさぐろうとしたときに手を撥ねつけられてから、空になったグラスに酒を注ぐ以外は置物のように、ただじっと座っているだけだった。

むろん、桐生のいら立ちの原因がロシア女であるわけがない。

相談したいことがあるから会いたいと、夕方に桐生の携帯に鬼塚から電話が入った。たとえ、どんな悩み事があっても、鬼塚が自分に相談するようなタマじゃないのはわかっていたが、敢えて誘いに応じた。

一昨日の夜、今夜の待ち合わせ場所と同じモンテ・ローザでの、鬼塚の挑発的な態度。まるで自分の過去を知っているかのような、意味ありげな言動。

はっきりさせておかなければならない――ふたりの立場を。

はっきりさせておかなければならない――自分の過去を、知っているかどうかを……。

桐生はオン・ザ・ロックを呷り、ブルガリに眼をやった。午後八時十四分。小さく舌打ちをした。待ち合わせの時間を、十四分すぎている。

やはり、鬼塚の誘いに応じて正解だった。桐生を待つ人間は多けれど、待たす人間は記憶にない。増長した身の程知らずのチンピラの高くなった鼻を、そろそろへし折ってやる時期だ。

ブルガリの文字盤から、ロシア女の隣、U字形ソファの一番端で、タイ女の酌を受ける花井に視線を横滑りさせた。両手には、包帯が巻かれていた。

昼間、明徳商事の男をぶちのめしたときにできた花井の拳の傷は想像以上に深く、肉が裂け、骨が顔を覗かせていた。川田のつき添いで花井を病院に行かせ、左右の拳をそれぞれ五針ずつ縫った。当然医者から酒は止められていたが、頭のイカれている花井に自制心などというものはない。モンテ・ローザにきて僅か十五分足らずで、三杯目のオン・ザ・ロックをうまそうに流し込んでいる。

だが、今夜だけは、花井の自制心のなさが役に立ちそうだ。桐生の合図ひとつで花井は、十指の骨が粉砕しようとも鬼塚を叩きのめすことだろう。もちろん、桐生がそうさせたような合図の出しかたはしない。花井には、絶対に言ってはならない禁句がある。

禁句——肉体的欠陥。呂律が回っていない、背が低い、瞳の焦点が合っていない、などだ。馬鹿だカスだと罵られても花井は怒らないが、なぜか、肉体に関する雑言を浴びるとキレてしまう。

川田の話によれば、明徳商事の男は花井にたいして、ペニスが小さい云々と嘲ったという。男が不運だったのは、偶然にも、激昂交じりに吐いた罵倒が的を射ていたことだった。
二、三年前、新宿のサウナで一度だけ花井のペニスをみたことがあるが、子供の小指ほどのサイズしかなかった記憶がある。
仕込みは、万全だった。鬼塚が、お前を粗チンの包茎《ほうけい》野郎と嗤っていた、と、花井にはでたらめを吹き込み済みだ。パスワードも決めてある。桐生がモアに火をつける——それがゴーサインだ。

「ほらっ、セリナ。俺の、触る。ジャパニーズコック、カチンカチン、オーケイ？」

野卑な笑いを顔に貼りつけコロンビア女とじゃれ合う菊池に、そのことは話していなかった。イカれた花井の突発的な暴挙を装うためには、菊池がなにも知らないほうがリアリティがある。それに、菊池がこの先自分に反旗を翻し、富樫組長や鬼塚にすべてをぶちまけないともかぎらない。人の心ほど、移ろいやすいものはない。人の心ほど、あてにならないものはない。

その点、花井は大丈夫だ。花井のことを信用している、というわけではない。信用できるできない以前に、花井は人間ではない。眼の前で動くものに見境なく咬みつく、狂犬病の犬と同じだ。

鬼塚は、たまたま狂犬の餌食になった憐れな犠牲者にすぎない。指示した者も、指示された者も存在しない。が、仮にも富樫組の若頭補佐の肩書きを持つ鬼塚を病院送りにした狂犬は、処分の対象になる。

どの道、脳細胞の崩壊が急激に進行していた花井を切るタイミングを考えていた矢先だ。花井にしても破門になったところで、己の置かれた立場を認識する思考力がない。赤坂のマンションを追い出され、大久保の事務所に出入りできなくなった理由もわからないだろう。花井を切るのは、桐生には従わなければならないと辛うじて認識しているいましかない。そう遠くない日に、桐生さえも敵か味方か判別できなくなる日が、必ずやってくる。

桐生は、モアに火をつけた。花井がロックグラスをテーブルに叩きつけるように置き、周囲に血走った視線を飛ばした。売女達は揃ってギョッとした顔をしていたが、花井の奇怪な行動に慣れている菊池は、平然とコロンビア女の胸を弄んでいる。

鬼塚がいないのを確認した花井は、ふたたびロックグラスを傾け始めた。

上々の反応だ。桐生はほくそ笑み、乳白色の煙を肺の隅々にまで行き渡らせるように深く吸った。鬼塚がきたら、煙草が吸えなくなる。二本目のモアに火をつけるときは……――修羅場になるからだ。

ヒステリックな電子音。菊池が慌てて、スーツから携帯を取り出した。鳴っていたのは、桐生の携帯だった。バツが悪そうに携帯をしまう菊池を横眼に、開始ボタンを押した。

『お忙しいところ、すいません』

ニュースキャスターを思わせる抑揚のない口調――柳沢。

「終わったか？」

『ええ。ハイクオリティーAOYAMAの立ち会いが、いま終わったところです』

ほんの僅かだが、柳沢の声は弾んでいた。どうやら、敷金バックの交渉はうまくいったらしい。

明徳商事を出たあと玉城が預金している四行の銀行を回り、千二百二十万を下ろさせた。定期預金じゃなかったので、解約に時間はかからなかった。その後いったん、桐生興業の事務所に戻り、富樫に二千円を渡して洋服を買いに行かせた。谷口が玉城のために用意したスーツは、明徳商事とのいざこざでボロボロになっていた。

富樫が買ってきたのは、くすんだカーキ色のTシャツと趣味の悪い紫のジャージのズボンだった。合計で八百四十円。大久保は、金のない外人がうようよいるので、この手の安物の衣服は豊富にある。いまどき貧乏学生でも、もっとましな格好をしているが、胸もとが裂けて膝に穴が開いた服を着ているよりはましだ。八百四十円の衣服代を、手形金を回収するために使ったガソリン代や電話代に上乗せして、玉城に請求するのは言うまでもない。

Tシャツ、ジャージ姿で外へ出るのをいやがる玉城を無理やり車に押し込み、柳沢と富樫は、ハイクオリティーAOYAMAを管理する不動産会社に向かった。

「で、いくら差っ引かれた？」

『壁紙や絨毯を貼り替えるだのなんだのごちゃごちゃ言ってましたが、敷金二百八万のうち、二百万を戻すことを合意させました。ちゃんと、同意書も取りました。返金には、一週間前後かかるそうです』

「ほう。よくやったな」

五十万のプラス。桐生の計算では、一ヵ月分の家賃の五十二万を引かれて、約百五十万という数字を弾き出していた。もっとも、サラ金から二百万を引っ張る予定が明徳商事とのいざこざがあり、大手三軒の百五十万だけで終わったので、敷金のプラス五十万はサラ金のマイナス分と相殺になる。

『いえいえ。私の力というよりは、玉城のおかげですね。彼は女みたいに部屋をきれいに使ってまして、内装に手を入れる必要なんてまったくないんですよ。私も几帳面なほうですが、玉城には脱帽しました。バスルームもトイレもまめに掃除してたようで、埃ひとつ落ちてないんですからね。ただ、リビングダイニングの壁紙だけは若干ヤニで黄ばんでましたから、美川《みかわ》に連絡を取って八万で貼り替えを受けさせました。やっこさん、だだっ広い部屋を眺め回して泣きっツラになってましたよ。八万じゃ、完全な赤字だってね』

柳沢のくぐもった笑いが、桐生の鼓膜を撫でた。美川とは、桐生興業で金を貸している内装屋だ。

「玉城は、どうしてる？」

『カップラーメンを出してやったんですが、二、三口啜っただけで箸を置きました。舌まで、お上品にできてるみたいですね』

また、くぐもった笑い。桐生興業のＶＩＰルームで、柳沢、富樫、川田に囲まれ抜け殻のようにうなだれる玉城の姿が眼に浮かぶ。

「柳沢。そろそろ奴に、電話をかけさせるんだ」

電話――玉城がカモにした女達へ。

現時点で玉城から回収したのが、銀行預金千二百二十万、ポルシェと家具、装飾品、衣服類他の売却代金の四百五十八万、マンションの敷金の戻りの二百万、サラ金から引っ張った百五十万で、手形金の二千三百五十六万から差し引けば、不足金が三百二十八万になる。

羽田や、桐生興業で金を借りていた明美というヘルス嬢の話から推論すれば、玉城が女達から三、四百万の金を引き出すのはそう難しくはないはずだ。

『わかりました。アドレス帳に書き込んであるだけでも、ざっと百名を超える女の連絡先が記入してありますので、片っ端から潰していきますよ』

「なにかあったら、電話をくれ」

言い残し、桐生は携帯のスイッチを切った。

桐生が電話を切るのを待っていたかのようにアコーディオンカーテンが開き、責任者の星野が、小柄な躰を慇懃に折り曲げながら入ってきた。

「あの、桐生様。鬼塚様が、おみえになりました」

桐生は、モアを灰皿に押しつけた。腕時計の針は、約束の八時を三十分近く回っていた。

煙草の火は消えたが、胃の底でちりちりと熱い火種が燻っていた。

☆

「遅くなって、申し訳ありません」

芥子色のダブルスーツに、ワインレッドのネクタイ。まったく感情の籠らない口調で詫びた鬼塚は、オールバックに撫でつけた頭を浅く下げた。顔を上げた鬼塚の切れ長の瞼の奥の瞳が、さりげなく花井と菊池のスーツの胸もとに向けられたのを、桐生は見逃さなかった。

「相談があると呼び出しておきながら、待たせるとはどういうつもりだ？」

桐生も言いながら、鬼塚の背後に素早く視線を投げた。佐倉《さくら》と鹿島《かしま》——鬼塚の舎弟。ふたりとも菊池と同じ二十五歳で、短気で喧嘩っぱやいところもそっくりだ。桐生も鬼塚同様に、ふたりのスーツの胸もとに注意を払った。たとえ護身用のポケットガンでも、夏物の薄いスーツの内ポケットに呑んでいれば、歪《いびつ》な膨らみが生じるものだ。

「言い訳にはなりませんが、待ち人が時間に遅れましてね。とにかく、若頭《かしら》を待たせたことについては謝りますよ」

とても謝っているようにはみえないふてぶてしい態度で鬼塚は、桐生の正面にどっかりと座り煙草をくわえた。派手な金属音——佐倉が素早く、デュポンの火を差し出した。

さっきまで、鼻の下を伸ばして売女にちょっかいを出していた菊池は、親の仇《かたき》をみる眼で鬼塚を睨みつけている。桐生が鬼塚を快く思っていないのを、菊池は知っている。桐生の仇は当然、菊池の仇でもある。逆もまた然《しか》りで、佐倉と鹿島も桐生を快く思ってはいないだろうが、兄貴分の兄貴分であり、次期富樫組組長の最短距離にいる自分にたいしては、菊池が鬼塚にするような露骨な態度を取ることはできない。

「ほら、お前らぼーっと突っ立ってねえで、若頭《かしら》に挨拶しろ。目上の人に挨拶ひとつできないような奴は、五十になってもパシリのチンピラが関の山だぜ」

鬼塚は菊池から眼を逸らさず、あてつけのように言った。佐倉と鹿島が、これまた菊池にあてつけのように桐生に深々と頭を下げて、鬼塚の両脇に腰を下ろした。

「鬼塚さん、あんたね、自分が若頭《かしら》を待たせていたくせ——」

「やめろっ、菊池。立場をわきまえるんだ」

桐生の一喝に、菊池がむくれて横を向いた。気持ちはわかるが、鬼塚に咬みつくのは菊池の役目じゃない。

主役の花井は、眼と鼻の先にいる鬼塚には興味なさそうにオン・ザ・ロックを舐めている。演技ではなく、本当に興味がないのだ。花井の思考を、正常な人間の尺度で計ることはできない。通常なら、いまからぶちのめそうとしている男が眼前にいれば、どうしても意識してしまうものだ。ところが花井は、意識するもしないも、鬼塚をぶちのめす相手だとわかっていない。桐生がモアに火をつける合図をみて初めて、吹き込まれたでたらめの中傷を思い出し、イカれた大脳がゴーサインを出すのだ。

花井をみていると桐生は、ある犬のことを思い出す。九州にいた頃、桐生の家の近くに、車に撥ねられて後肢を一本失った野良犬がいた。事故の記憶がそうさせるのか、野良犬は、クラクションを鳴らしながら走る車をみると、狂ったように吠え立てた。だが、ただ走っているだけの車には、まったく反応しない。犬が撥ねられる瞬間を目撃した住民の話によれば、そのとき車は、鼓膜を裂かんばかりのクラクションを鳴らし続けていたという。

花井の場合のクラクションが、モアにつけられた火だ。ようするに花井の脳みそは、畜生レベルというわけだ。

「鬼塚よ。その待ち人ってのは誰なんだ？　佐倉や鹿島のことじゃないんだろう？」

まるでハエでも払うように売女達を追い出した鬼塚は、煙草を挟んだ手をアコーディオンカーテンのほうに向けて佐倉を促した。

フロアに消えた佐倉が、ひとりの男を引き連れ戻ってきた。桐生の視線が、男に釘づけになった。

サーモンピンクのダブルスーツにオレンジの開襟シャツ、いやらしく露出した胸に密集する黒々とした胸毛、赤く染めた短めの髪を整髪料でツンツンに捩じり立て、左耳にはピアスが光っていた。歳は二十二、三。イタリア人的なバタ臭い顔は、肉体労働者やスポーツ選手とは明らかに違う、シミひとつない人工的な灼けかたをしていた。

「こちらは、富樫組若頭の桐生さんだ。お前が遅れたせいで、若頭《かしら》に迷惑をかけた。こっちに座って、お詫びしろ」

鬼塚に手招きされた男は内股でソファに歩み寄り、両膝をピタリと合わせた姿勢で、斜め向きに腰を下ろした。

「ご迷惑おかけして、すいませんでした。僕、ケンジって言います。家を出ようとしたとき、ブラピが下痢しちゃって。あ、ブラピは僕が飼っているペルシャ猫で、雄の二歳なの。僕、ブラッド・ピットの大ファンで、それでブラピって名づけたの。それでね、ブラピを近所の獣医さんに連れてったら、もう診療時間外だからだめだって言われて……。仕方なく家に連れて帰ったんだけど、僕が出て行こうとすると、ミャアン、ミャアンって、心細そうな声で鳴くのよ。僕、あと五分だけだよってブラピに言い聞かせて、添い寝してあげたの。ブラピったら、安心してスヤスヤ眠っちゃって。また、その寝顔がかわいくって、あと五分、あと五分って感じでズルズルしちゃったの。ごめんなさい……」

ケンジは、小首を傾げてペロッと舌を出した。

肌が粟立った。眼前のオカマが悍ましくて、立った鳥肌ではない。

意図。どういった意図があって、この男を自分に引き合わせたのか？　鬼塚の真意――もしそうだとしたら……。

「鬼塚、俺に相談ってのは、このオカマと関係あるのか？」

動揺を押し隠し、桐生は言った。

「いやっだあ、もぉう〜。僕、オカマじゃなくて、ゲイだよ。ホモセクシュアルってや〜っ」

ケンジが甲高い声を張り上げ、顔前で掌をひらひらと振った。桐生はケンジを怒鳴りつけたい衝動を抑えて、鬼塚の言葉を待った。

ムキになってはならない。誰も、自分の過去を知らない。実父にレイプされたことを、知るはずがない。

「彼は、二丁目のホモ専で指名率ナンバーワンだったんですよ。一昨日の夜に話したとおり、この店《モンテ・ローザ》は連れ出しOKのゲイバーにします。彼を、店長に据えようと思いましてね。それで一応、若頭《かしら》にも面通ししとこうと考えたわけです」

「この店をどうしようが、俺に報告する義務はないようなことを言ってなかったか？」

「事情が変わったんです。共同経営をする以上、責任者の顔ぐらいは覚えといてもらわないと困りますからね」

鬼塚が煙草を消し、ニヤリと笑った。

「共同経営とは、どういうことだ？」

ロックグラスを持った手が、宙に止まった。

「この前、言ってたじゃないですか。モンテ・ローザがうまくいかない理由は、俺の経営手腕に問題があるんじゃないかって。あれから考えてみたんですよ。たしかに、若頭《かしら》の言うとおりでした。悔しいけど、俺のずさんな経営が、モンテ・ローザを傾けた大きな要因だった。だから若頭《かしら》に、ぜひとも協力をお願いしたいんです。頼んます、若頭《かしら》」

わざとらしく鬼塚が両手をテーブルにつき、頭を下げた。菊池がびっくりしたように、桐生を振り返った。佐倉と鹿島も、鬼塚を見習い頭《こうべ》を垂れた。

右腕が小刻みに震えた。ロックグラスの中の琥珀色の液体が波打ち、氷がグラスにぶつかりカラリと鳴った。

なにを企んでいる？　自信家の鬼塚が非を認めるはずがないし、なにより、犬猿の仲の自分に助けを求めるわけがない。

なにを企んでいる？　自分のあの忌わしい過去を知り、嫌がらせをしているのか？　誰が教えた？　富樫喜三郎？　いや、それはない。じゃあなぜ、プライドと野心が服を着たような鬼塚が、自分に助けを求める？　純粋に力を貸してほしいから？　馬鹿げていた。そんなことは、天地が引っくり返ってもありえないことだ。

なにを企んでいる？　なにを企んでいるっ？　なにを企んでいるっ!?――ロックグラスの中身を、氷ごと口に放り込んだ。喉もとまで込み上げたセリフを、ジャック・ダニエルで飲み下した。

喉もとまで込み上げたセリフ――俺の過去を知っているのか？　俺をホモだと思っているのか？

氷を、奥歯で噛み砕いた。冗談じゃなかった。自分は、誰よりもホモを憎んでいる――親父を憎んでいる。十歳の少年の肉体と精神を、そして、大好きだった祖母の魂までも蝕んだ親父《ひとでなし》を、ホモを、赦せはしない。

あの悪夢の夜の出来事以来、親父は、桐生にも祖母にも優しくなった。約束どおり夕食の材料も、腐れかけたイワシではなく、肉、野菜、新鮮な魚を持ち帰るようになった。毎晩深夜だった帰宅時間も、はやくなった。

祖母は、突然に変化した親父の態度を訝った。毎晩桐生とともに、風呂に入る親父を訝った。口数が少なくなり、祖母の視線を避けるようになった桐生の様子を訝った。

――保、最近元気がなかごたるばってん、どぎゃんしたと？　こっちば向いて、ババちゃんにかわいか顔ばみせてくれんね？

ある日、学校から戻って夕食の準備をしていた桐生の背中に、祖母が優しく声をかけてきた。小さな胸が震えた。嗚咽が喉を震わせた。振り向きたかった。祖母の胸に飛び込みたかった。でも、できない。祖母の顔をみたら、涙が溢れてすべてを告白してしまいそうだった。汚《けが》れた自分の肉体《からだ》で胸に飛び込んだら、祖母の肉体《からだ》まで汚してしまいそうで怖かった。

告白できなかった。親父のペニスを口に入れられたり、肛門に入れられたりしているのを祖母が知ったら、きっと嫌われる。嫌われるだけなら、我慢できる。こんな汚れて気味の悪い子供は、嫌われて当然だ。桐生が恐れていたのは、ショックを受けた祖母の容体が悪化することだった。

その頃の祖母は、食事のとき以外はほとんど寝たきりになっており、トイレも、桐生が帰ってくるまでは我慢していた。自力で立ち上がり、和式の便器にしゃがんで排泄行為をする力は祖母にはなかった。濡れタオルで躰を拭いたり、食事の世話をすることは厭わなかった桐生も、枯れ木のように痩せ細った祖母を支えつつ、小便や大便が放出されるのを見届けるのは苦痛だった。

だが、祖母の看病を投げ出したいと思ったことは一度もない。お袋に捨てられ、親父に虐待される桐生にとって祖母は、この世でたったひとりの味方であり、心の拠り所だった。

祖母のためなら、友達と遊べないのも我慢できる。祖母のためなら、親父の奴隷になるのも我慢できる。自分が奴隷になることで親父が祖母に優しくなり、栄養のあるおいしい食べ物を持ってきてくれるなら、どんなことだって我慢できる。

親父は毎晩のように、風呂場で桐生を求めた。

言われるがままに、親父のペニスをしゃぶった――せいえきと呼ばれる、白い小便みたいな液体を飲んだ。飲まなければ、殴られた――ジキルがハイドに豹変した。

言われるがままに、親父に尻を突き出した。受け入れなければ、脅された――ぬしらふたりを追い出すぞ、と。

飲んだ――親父の白濁した生臭い液体を。

受け入れた――親父の固くて太いイチモツを。

親父は挿入前にオロナイン軟膏を桐生の肛門に塗り、周辺のマッサージに一段と時間をかけるようになった。最初の夜に桐生の肛門から夥しい量の血が出て以来、親父は慎重になった。

――この軟膏ばつけると尻ん穴も傷つけんし、殺菌効果がある。いまは痛かばってん、だんだん痛《いと》うなくなる。だけん、もうしばらくの辛抱たい。そのうち、なんで父ちゃんがこげんことばするとかが、ぬしにもわかるときがくる。ぬしの躰には、父ちゃんの血が流れとるけんね。

ぬしの躰には、父ちゃんの血が流れとる――親父はことあるごとに、そう言った。その言葉を聞くたびに、頭がどうにかなりそうだった。血管を切り刻み、躰中の血をすべて捨ててしまいたかった。

親父の言うとおり、回数を重ねるごとに肛門の痛みは減少した。だが、なぜ親父がこんな異常な行為を求めてくるのかはわからなかったし、また、わかりたくもなかった。

肛門の傷が癒えるのと反比例するように、桐生の幼い心の傷はどうしようもなく深いものになった。

約一年、親父と桐生の悍ましい秘め事は続いた。六年生の夏。中学生の兄を持つませた友人の話で、女性がなぜ妊娠するのかを知った。兄からの受け売りだろうが、友人は得意げにセックスについて語った。未知の世界の話に、瞳を輝かして耳を傾けるませガキどもの輪の中で、桐生は谷底に突き落とされたような気分になった。

――だけんね、セックスは、男のチンポば女の穴に入れることたい。そうすっと、チンポから精液っていう白か液が出て、女の穴に染み込んで、赤ちゃんができるとばぁい。

せいえき――白い液。毎晩のように、飲まされていた。毎晩のように、尻の穴にぶちまけられていた。

ませガキどもの声が、鼓膜から消えた。せいえきが女の穴に染み込んで、赤ちゃんができる……。赤ちゃんができる……。頭が、まっ白になった。

家に帰るなり桐生は便所に駆け込み、上半身裸になった。恐る恐る、腹をみた。肋骨の浮いた腹部周辺は妊婦のそれとは程遠くぺちゃんこだったが、気のせいか、ほんの少しだけ膨らんでいるようにもみえた。

——女の穴に染み込んで、赤ちゃんができるとばぁい。

頭蓋内に渦巻く友人の声が、不安感を増殖させた。

女の穴って、どこの穴？　尻の穴？　せいえきが尻の穴に入ったら、男でも妊娠するのか？　身の毛がよだつ疑問符が、増殖した不安感に餌を与えた。

妊娠した自分。腹の膨らんだ自分。男子の、女子の、担任教師の、驚愕と好奇と侮蔑の眼に晒され、重い腹を抱えながらランドセルを背負って学校に通う自分……。吐き気がした。立ち眩みがした。小便が染み込み、黄色く変色したタイル床に膝を着いた。なにかを潰した感触が、膝頭を舐めた。胃が収縮した。背中が波打った。給食で食べたカレーライスを、便器に吐き出した。漆黒の空洞に吸い込まれた吐瀉物が、糞溜めに落ちて弾けた。

——保、大丈夫ね？

遠くから、祖母のか細い声が聞こえた。声がか細く聞こえるのは、トイレのドアを隔てているばかりが理由じゃない。

桐生が五年生のときより、祖母の躰は衰弱していた。食事時に上半身を起こすのが精一杯で、桐生が肩を貸してもトイレに行くことさえできなくなっていた。桐生には、食事の支度と祖母の躰を濡れタオルで拭くこと以外に、オムツ交換という新しい仕事が増えていた。高齢のせいか、小便は日に一度、大便は週に一度の割合なので、トイレに連れ立つよりも楽だった。
だが祖母は、生ける屍と化してゆく己の世話を、かわいい孫にさせることを気に病んでいた。

——保? 大丈夫?

ふたたび、祖母の声。桐生はよろよろと立ち上がり、服を着た。心臓を患っている祖母に心配をかけてはならない。半ズボンから突き出た足の膝もとに、黄褐色の汁が付着していた。ちり紙で汁を拭い、タイル床に視線をやった。ゲジゲジが、グチャリと潰れていた。ゲジゲジのちぎれた足がヒクヒク動いているのを横眼に、トイレを出た。

——青か顔ばして、お腹が痛かとね? ババちゃんのとこにきて、お腹ば温めるとよかよ。さあ、保。こっちにおいで。

深く皺の刻まれた祖母の顔が、穏やかに綻んだ。涙腺が膨らんだ。鼻の奥が熱くなった。泣いたらだめばい——心で言い聞かせた。祖母の微笑、温かな微笑。視界が霞んだ。ババちゃんば、心配させたらいかん——歯を食いしばった。涙を堪えた。祖母の眼差し、温かな眼差し。限界だった。熱いものが、頰を濡らした。嗚咽が、声帯をこじ開けた。

――ババちゃんっ。

泣きながら桐生は、祖母の布団に、祖母の胸に飛び込んだ。

――学校で、誰かにいじめられたとね？　ババちゃんに、話してごらん？

祖母の細い腕が、桐生の背中を優しく撫でた。嗚咽が激しくなった。涙が、洪水のように瞼から溢れた。

――僕ば嫌いにならん？　僕ば悪か子と思わん？

――あたりまえたい。ババちゃんはいつでも、保の味方ばい。保ほど優しか子はおらん。クラスのみんなが保ば悪か子と言うても、ババちゃんが守ってあげるばい。保は、ババちゃんの天使たい。

祖母の優しい瞳が、優しい声が、桐生の固く閉ざされた心を、誰にも打ち明けられない悪夢を封印してきた小さな心をノックした。

――違うっ、僕は天使じゃなか。僕は、汚《けが》れた悪魔たい。父ちゃんの、父ちゃんのチンチンば、口に入れて、尻の穴にも入れとる……。友達が言うとった。チンチンば女の人の穴に入れたら、赤ちゃんができるって……。せいえきっていう液が穴に染み込んだら、赤ちゃんができるって……。僕は女じゃなかばってん、父ちゃんのチンチンば穴に入れられた。せいえきって液ば、穴に入れられた。いやばい……赤ちゃんなんかほしくなかっ……。父ちゃんの赤ちゃんがお腹にできたら、僕はどぎゃんしたらよかとっ！

叫んだ。泣きじゃくった。一年間の鬱積が噴出した。初めて桐生は、祖母の気持ちよりも自分の気持ちを優先させた。それは桐生にとって、子供の本質に戻れた最初で最後の瞬間だった。

――い、いつから……ね？

祖母の腕が、声が、硬直した。

――五年生のとき、僕が給食ばみんなからもらっていたことで、担任の先生が家にきた夜からたい……。

――そ、そんな昔《まえ》から……。な、なんで……なんでもっとはように、ババちゃんに言わんかったと……？

――そぎゃんこと言うたら、そぎゃんこと言うたら、父ちゃんはまた、僕とババちゃんにつらくあたるけん……。それに、僕とババちゃんば追い出すって言うたけん……。僕はまだ小学生だけん、お金も稼げん。追い出されたら、僕もババちゃんも死ぬ。いやだったばってん、我慢した。僕が我慢しとったら父ちゃんはババちゃんに優しかし、おいしか食べ物ば持ってきてくれる。僕も学校で勉強ばできる。僕は勉強ば一杯して、大人になったらお医者さんになるつもりだけん。偉かお医者さんになって、絶対にババちゃんの病気ば退治してやるけん。だけん、我慢ばしとったとばい。ばってん、赤ちゃんができたら学校に行けんようになる……。お医者さんにもなれんようになる……。僕、せっかく我慢してきたとに、どぎゃんしたらよかと？

桐生の問いに、祖母は答えなかった。重苦しい沈黙が続いた。祖母の腕が、桐生の背中から離れた。嫌われたのかも？　不安になった。ババちゃん？　ババちゃん？　桐生は問いかけた。返事はなかった。

祖母は天井に顔を向け、骨と皮だけになった割り箸のような指先を胸の上で重ね合わせ、じっと眼を閉じていた。その姿はまるで、棺桶に入った死人を連想させた。心配になった桐生は、そっと、祖母の胸に手を当てた。弾力のない乳房越しに伝わる微かな鼓動を掌に感じ、桐生は安堵のため息を吐《つ》いた。

耳を澄ました。聞き取れないほどの小声で祖母は、なにかを唱えていた。目尻に刻まれた皺の溝に、涙が一筋伝った。やがて祖母は、皺々に窄んだ口を開き、嗄《しわが》れた声を絞り出した。いままでに聞いたことのない、苦渋に満ちた声だった。相変わらず、眼は閉じたままだった。

――あんたば捨てた光子はね、たしかに母親失格だった。ばってんね、光子がそぎゃんふうになったとは、あることばみたけんよ。まだババちゃんがいまよりずっと元気だったある日に、安雄さんが、家に職場の同僚ば連れてきたときのことたい。安雄さんも友達も、ひどく酔っ払っとった。夜も遅かったけん、友達ば家に泊めたとよ。夜中に光子の悲鳴で眼が覚めたババちゃんは、びっくりして飛び起きて、襖ば開けた。信じられんかった。泣き喚く光子の隣の布団で、安雄さんと友達が裸で抱き合っとった。安雄さんは泣いて謝った。ばってん、光子の心はどんどん冷えた。光子がパートに出るようになったとは、ちょうどその頃たい。最初は、気ば紛らわすつもりだったとだろう。ばってん、そこで知り合った客と恋仲になって、光子は家ば出て行った……。

祖母は鶏がらのような喉を震わせ、ふたたびなにかを唱えていた。皺だらけの顔の中でもひと際目立つ眉間の縦皺に、苦悩と悔恨の念が色濃く刻み込まれていた。

――ババちゃんのせいたい……。ババちゃんは、光子から相談ば受けとった。安雄さんがおらんときに一度、男が家にきたこともあった。四十前後の、崩れた身なりの男だった。刺《いれ》青《ずみ》が、シャツから透けとった。光子は、保ば連れてその男と駆け落ちばすると泣いた。男ば捨てるか、保ば捨てるか。ババちゃんは、光子に問い詰めた。そう言えば、光子も眼を覚ますと思った。ババちゃんの考えは甘かった。その日のうちに、光子は出て行った。男に唆されたのか、預金も全部持ち出した。ばってん、ババちゃんは後悔せんかった。男の人とああいうことがあったとしても、その頃の安雄さんは、保には優しかった。よか父親だった。少なくとも、ヤクザのごたる男と暮らすよりはましだと思った。それにババちゃんも元気だったし、保が中学ば卒業するくらいまでは、母親代わりになる自信があった。

祖母がゆっくりと瞼を開き、顔を桐生に向けた。たったそれだけの動作も、つらそうだった。

――それが、どうね……。ババちゃんは床に臥せるようになり、母親代わりどころか、保に下《しも》の世話までやらせるごてなった。安雄さんも人が豹変《かわ》って、保につらくあたるようになった……。それでん、いつかは昔の安雄さんに戻ると信じとった……。まさか……まさか……実の息子に、そぎゃん鬼畜のごたるまねばするなんて……。ババちゃんなんか、おらんほうがよか……。保の足枷《あしかせ》になるだけだけん……。いっそ、いっそ、死んだほうが……ましばい……。保……悪かったばい……ババちゃんば、ババちゃんば赦しておくれ……。

祖母の落ち窪んだ眼窩《がんか》に嵌まる瞳が、ゆらゆらと揺れた。溢れ出した涙が乾いた皮膚に吸収されるのを、桐生は不安げな眼差しでみつめた。物干し竿のような腕が、桐生の頬に伸びた。ざらついた冷たい感触が、桐生の心に危惧と懸念を呼び起こした。

――ババちゃんは悪くなかっ、悪くなかっ。死ぬなんて、そぎゃんこと言わんでっ。ババちゃんが死んだら、僕も死ぬっ。

――以前《まえ》にも、言うたでしょ？　保は蕾で、ババちゃんは枯れた花……。保はこれから、立派な、立派な花ば咲かせないかん。ババちゃんは、もう、土に戻《かえ》るのば待つだけたい……。

その日を境に、桐生の知っている祖母はいなくなった。

桐生がスプーンに載せて口に運んだ粥を吐き出し、茶碗の中に手を突っ込む祖母がいた。オムツに排泄された大便を、躰に塗りたくる祖母がいた。己の白髪を引きちぎり、口内に押し込む祖母がいた。

桐生の告白が、祖母の正気を奪ったのは明白だった。

その日を境に、いままで以上に祖母を慈しむ桐生がいた。

粥で火傷した祖母の手を水で冷やしてやり、根気よくスプーンを口もとに運んだ。糞塗れの祖母の躰を、濡れタオルを何度も洗いながらきれいに拭い取ってやった。山姥《やまんば》のように乱れ放題の白髪を、優しく櫛で梳かしてやった。

変わり果てた祖母——奇行を繰り返す祖母。心で、桐生は哭《な》いていた。心で、桐生は怯えていた。だが、哀しみも恐怖も、祖母を失いたくないという桐生の想いの前では無力だった。どんなに奇行を繰り返しても、桐生にとって祖母はたったひとりの理解者であり、心の拠り所だった。

祖母がおかしくなってからも、親父は桐生を求めた。祖母に認識力がなくなったのをいいことに、悍ましき行為の場が、風呂場から和室に移った。ある夜、布団に潜り込んできた親父に、桐生は激しく抵抗した。

——父ちゃんの言うことば聞けんのなら、ぬしらふたりば、いますぐ放り出してやる。

いつものセリフ。いつもの脅し——泣きながら応じた。背後から抱き締める親父、身を硬くする桐生、焼酎臭い息、肛門をまさぐる無骨な指、荒い息遣い、ねっちょりと首筋を這うザラザラの舌——鬼畜を、ひとでなしを、この場で殺したかった。親父の鼻息に交じって聞こえる、祖母の寝息——どす黒い殺意を、ボロボロの心に封印した。

——入れるばい、保……。騒ぐんじゃなかばぁ〜い。ばあちゃんが、眼ば覚ますけんねぇ。うわずった声で囁く親父、声を出せない状況に興奮する親父、オロナイン軟膏を塗りつける親父、いつもより固くなったイチモツを肛門に挿入する親父。

祖母の隣で汚《けが》される自分、胸の中で暴れ狂う罪悪感、蝕まれる精神、腐敗する魂、底無しの喪失感——絶叫した。親父の恫喝も、隣で寝息を立てる祖母の存在も忘れて絶叫した。絶叫に、脳みそが粟立つような金切り声が重なった。

——なぁんみょおうほぉうれぇんげぇ〜きょお〜、なぁんみょおうほぉうれぇんげぇ〜きょお〜。

祖母の狂気じみた読経が、闇を切り裂いた。読経を続ける祖母を無視して、親父は腰を動かし続けた。桐生の叫喚と、親父の法悦の咆哮と、祖母の読経が六畳の和室に交錯《ろうごく》した。地獄だった——この世に、これ以上の地獄があるのならば、教えてほしかった。

翌日、祖母は死んだ。第一発見者は、学校から戻った桐生だった。祖母は、糞塗れのオムツを丸めて喉に詰め込み、窒息死していた。みるも無残な姿だった。眼球はせり出し、鼻水が垂れ、小便が布団を濡らしていた。それが窒息死特有のものだと、祖母を失いパニック状態の少年が知る由もなかった。

祖母が死んだ……。悪夢《ゆめ》をみているようだった。糸の切れた操り人形のように、膝からくずおれた。祖母の口内からオムツを取り除き、みようみまねの人工呼吸法を試みた。骨と皮だけの薄い胸板を小さな掌で、何度も、何度も押した。十分、二十分……。なにかに取り憑かれたように、押し続けた。

——保。泣きべそばかいて、どぎゃんしたと?

祖母の優しい声が、哀切な響きを帯びて鼓膜に蘇った。桐生の滴る汗と涙が、祖母の冷たく蒼白な顔を濡らした。

力尽きた桐生は、祖母の胸に顔を埋めた。祖母の右掌に、紙片が握られているのに気づいたのは、一時間ほど経ってからだった。

祖母の硬直した指を一本一本引き伸ばし、桐生は紙片を取り出した。

——ごめんね、保。ババちゃんは、神様のもとへ行くけんね。これで保は、自分の意思で、いやなことはいやと言えるようになる。くじけたらだめよ。保はひとりぼっちじゃなか。天国でババちゃんは、保が立派な花ば咲かせるとば見守るけんね。

時が止まった。痴呆症の老人が書いたとは思えない文章に、眼球が吸い込まれた。頭を鈍器で殴られたような衝撃を受けた。

祖母は、正気を失ってはいなかったのか？　すべてが、演技だったのか？　己を気遣い親父の奴隷になる孫のために、祖母は痴呆症老人を演じることを決めたのか？　孫が己を見捨てることを、親父が鬼畜の如き振る舞いを悔い改めるかもしれないことを期待しながら、奇行を繰り返したのか？

鉛筆で薄く綴られた文字が、ぼんやりと霞んだ。一生分の涙が、涙腺から溢れ出した。抜け殻状態で、祖母の傍らで添い寝をした。時間が経つたびに、祖母の躰が冷えていった——桐生の心も冷えていった。魂が抜け落ちた。なにかが、音を立てて崩れていった。

神様のもとへ行く——祖母は、最後にひとつだけ桐生に嘘を吐いた。

神など存在しない。もし神が存在するならば、なぜ祖母はこんな無残な姿で死んだ？　もし神が存在するならば、なぜ悪魔のような親父を創った。

糞塗れのオムツを喉に詰めて、自殺した祖母。毎晩のように、桐生を犯す親父《ひとでなし》。どこに眼を向ければ、神の姿が視えるのか？　なにに耳を傾ければ、神の声が聴けるのか？　どんなに眼を凝らしても、神の姿は視えはしない。どんなに耳を澄ましても、神の声は聴こえはしない。視えるのは、無限の愛を自分に与えてくれた祖母の哀しい末路。聴こえるのは、金と力で自分を奴隷のように扱う親父の興奮した息遣い。

祖母をみて悟った――愛は無力であることを。

親父をみて悟った――金こそ力であることを。

神など存在しない。存在するのは、金と力。愛や情が深すぎた故に、大好きな祖母は死んだ。愛や情などなければ、祖母が死ぬことはなかった……。

布団から身を起こし、桐生は祖母の瞼を閉じてやった。涙が涸れた。今後の人生で、もう二度と涙を流さないだろうことを桐生は予感した。

痴呆症老人の珍しくもない事故死――警察と医師の見解は、あっさりと一致した。親父と警察には、祖母が握り締めていた紙片のことは告げなかった。その紙片に書き残された内容は、親父の立場を不利にすることができたのかもしれないが、祖母を失った哀しみに支配されている桐生の頭は、そこまで知恵を回す余裕がなかった。

隣家に住む、大家の家族四人だけを呼んだしめやかな通夜の席で親父は、わざとらしく声を詰まらせ、どこから捻り出したのか、涙で頬まで濡らしていた。親父が通夜を行ったのは、祖母のためなんかではなく、己の体裁を保つためだった。

――ババちゃんば殺したとは父ちゃんばい。父ちゃんが死ねばよかったったい。殺してやる、殺してやる、殺してやる……。

僧侶の読経に合わせて、桐生は心の中で呪詛《じゅそ》に満ちた言葉を唱えた。親父の白々しい啜り泣き、大家達のもらい泣き——反吐が出た。凍える殺意が、心を氷結させた。

祖母が死んでからの親父は、どういう心境の変化か、桐生を求めなくなった。祖母への贖罪意識がそうさせているとは、とても思えなかった。親父の帰りは、以前のように遅くなった。外泊することも多くなった。肉体《からだ》を求めなくなった代わりに親父は、ふたたび、腐れかけたイワシしか持ち帰らなくなったが、その頃の桐生には、僅かながら稼ぎがあった。

通夜をきっかけに桐生家の貧窮を見兼ねた大家が、桐生に仕事をくれた。四頭の豚と、二頭の牛の寝藁交換と餌をやること。これで百円の駄賃。割に合わない仕事にも思えたが、桐生は水を得た魚のように生き生きと働いた。己の力で金を稼げることが、なにより嬉しかった。

桐生の仕事について、親父はなにも言わなかった。雇主が大家だから、という理由で干渉しなかったのかもしれないが、桐生に関心を持たなくなったようにもみえた。

ほっとする反面、拍子抜けしている自分がいた。

平穏な日々、と、たとえるには、不気味すぎるほど静寂な月日が流れた。桐生は中学二年になっていた。親父と、ほぼ変わらない百七十五センチに伸びた身長のほかに、桐生の精神、肉体、環境に様々な変化があった。

声変わりをした。陰毛が生えた。新聞配達を始めた。男同士がセックスしても、子供はできないことを知った。親父のような男が、ホモセクシュアルと呼ばれているのを知った。そして一番の変化は、あれだけ憎んでいた親父への殺意が、時とともに風化したことだった。

肉体《からだ》を求められなくなったこと、週に五日は親父が外泊するようになり、滅多に顔を合わせなくなったことなどが、心変わりの最大の原因だった。しかし、親父への憎悪がなくなったわけではなかった。

電気を消して布団に入り眼を閉じると、瞼の裏に忌わしい悪夢が蘇る。焼酎臭い息が鼻孔に、ザラついた舌の感触が首筋に、荒々しい息遣いが鼓膜に、ペニスが捩じ込まれるときの激痛が肛門に、生々しく蘇る。精神《こころ》と肉体《からだ》に受けた傷は、どうしようもなく深かった。

それでも桐生は必死に、前向きに生きようとした。二年、あと二年の辛抱だ。中学を卒業すれば、住み込みの職でも探して、この牢獄から出て行くつもりだった。中卒の人間を雇う仕事など、ろくでもないものばかりだろうが、桐生の体験した地獄を考えれば、なんだって我慢できる自信があった。

が、桐生の願いは叶わなかった。地獄は、桐生にほんのささやかな自由をも、与えてくれなかった。

中学二年最後の学期末試験が終わり、通常の日より三時間ほどはやく帰ったときのことだった。

桐生は、鼻が曲がりそうな、豚と牛の糞小便の臭いを掻き分けつつ、錆の浮いた鉄製の階段を上がった。右手には、駅前の和菓子屋で買った草餅が入った紙袋を提げていた。草餅は、祖母の大好物だった。昨日はアルバイトをしている新聞専売所の給料日で、多少、懐に余裕があった。

その日は、祖母の誕生日だった。死んだ人間の誕生日を祝うのもおかしな話だったが、祖母の面影が日に日に薄れてゆくのが怖かった。祖母との関係を思い出すときにのみ、桐生は自分がまともな人間であることを認識できた。それ以外の想い出の中の自分は、醜く汚《けが》れたケダモノだった。

階段を上りきり、ベニヤ板を四角く切り取ったような粗末なドアのノブにカギを差し込んだ。カギは開いていた。記憶を手繰った。部屋を出る際に、間違いなくカギはかけてきた。親父の顔が頭に浮かんだ。だが、いまは仕事に出ているはずだし、ここ最近は週に一、二度、夜更けにふらりと立ち寄る程度だった。ならば空き巣か？　心臓が跳ねた。強張る腕でドアノブを回した。恐る恐る、玄関に踏み入った。

うむふぅ〜、うむふぅ〜、という籠った声。パンパンパン、と、肉と肉のぶつかり合う淫靡な音。両足が固まった。草餅の入った袋が、掌から滑り落ちた。ちゃぶ台に両手をつき、四つん這いになっている若い男。声を漏らさないためか、口にブリーフをくわえていた。男と眼が合った。男が表情を失った。

──気に……せんでよか……。あれは、俺の息子たい……。

喘ぎ交じりの声。怖気を震う声。男の背後──上半身に汗の玉を光らせた親父が、激しく腰を動かしていた。親父が腰を突き出すたびに、男の躰が前のめりになった──ちゃぶ台が軋んだ。ちゃぶ台の上に載っていた写真立てが、振動で畳に落ちた。写真立て──祖母の遺影。視線を、部屋の隅にやった。みかん箱で作った仏壇。仏壇の中の、遺影がなくなっていた。

──ひ……久し振りに……ぬしもするか？　ばばあの写真ば……眼の前に置いてみたばってん……だめばい……。生きた人間の……そば……で……隠れてやるとと違って……スリルがな……か……。こやつの次に……ぬしにもやってやるけん……そこで……父ちゃんがしてるとこば……よぉ〜く、みときんしゃい……。

お袋の隣で同僚とやっていた親父、祖母の眼を盗みつつ、風呂場で自分とやっていた親父、祖母の遺影の前で男とやっている親父……。祖母が死んでから急に、自分を求めなくなった親父──身の毛がよだつ疑問が氷解した。

ブリーフを食いしばり、眉間に皺を寄せる男。ひしゃげた鼻を膨らませ、腫れぼったい瞼の奥の瞳を潤ませる親父。

胃液が、血液が、脳みそが、沸騰した。視界が、赤く揺れていた。甘ったるい鼻声を出している男の顔に、自分の顔が重なった。

──ぬしも……尻ん穴が疼《うず》いてきたか……？　と、父ちゃんのぶっといとば……入れてほしかか？

親父が野卑な笑いを浮かべ、桐生に言った。

風化したはずの殺意が、桐生の自制心を焼き尽くした。視界が、赤く揺れていた、揺れていた……。桐生は靴のまま畳に上がり、流し台の下の扉を開けた。出刃包丁を摑んだ。

──ひとでなしぃぃーっ!!

桐生は雄叫びを上げ、闘牛士の振るマントに突進する猛牛のように、親父の横っ腹に躰ごとぶつかった。親父がぽっかりと口を開き、唖然とした表情で桐生をみた。脇腹にめり込んだ出刃包丁を、渾身の力で引き抜いた。傷口から噴き出た鮮血が、桐生の顔を濡らした。

──た、保……ぬ、ぬしは……。

親父のゴツい手が、桐生の肩を摑んだ。物凄い力だった。パニックと恐怖と憎悪が、アドレナリンの海で暴れ回っていた。

──わう……わう……わうわわあぁぁーっ！

狂気、狂乱、狂態──理性が消え失せた。血を噴き出す脇腹に、滅多無尽《めったむじん》に出刃包丁を突き刺した。四つん這いの姿勢のまま、まぬけヅラで振り向いた男がなにかを喚いていた。男は脱糞していた。失禁していた。聞こえない。なにも、聞こえない。赤い視界に、赤い雨が降り注いだ。桐生もなにか叫んでいた。聞こえない。なにも聞こえない。

ぬめぬめと光る腸《はらわた》が、裂けた腹からはみ出し、桐生の腕に絡みついた。己の血と垂れ落ちた内臓に足を取られた親父が、仰向けに倒れた。男の肛門から抜けた、糞で茶色く染まったペニスが天を向いていた。

腰を抜かし泣きじゃくる男を蹴り飛ばし、親父の膝上に跨《また》がった。鬱積した憎悪が、頭蓋内で爆発した。桐生の眼前で、未練がましくそそり勃《た》つペニス――亀頭部を鷲摑みにし、根もとから切り取った。ふたたびの、血の噴水。既に親父は、事切れていた。

親父を殺した……。祖母が死んでから殺すチャンスはいくらでもあったのに、なぜ、いま殺した？――答えなき疑問。いや、答えはあった。ただ、その悍ましき答えを、正視できなかった。認めたくなかった。

ゆらりと桐生は立ち上がり、掌の中で握り締めていたペニスを、畳に叩きつけた――踏み躙《にじ》った。執拗に、踏み躙った。靴底に、巨大なナメクジを潰した感触があった。

足を外した。桐生を汚《けが》したペニスは、干しイカのようにひしゃげていた。ペニスの横。祖母の遺影を拾い上げた。ガラスにへばりついた血と糞小便を、ワイシャツの袖で拭った。在りし日の、祖母の優しい微笑が桐生の胸を掻き毟った。遺影を抱き締め、桐生は跪いた。だが、涙は出なかった。

戻れない。もう、祖母が愛してくれた自分に、戻れはしない。深い哀しみと、底無しの虚無感に桐生は包まれた。

――こ、殺さんでくれっ、た、頼むけん、見逃してくれぇっ！

泣き喚く男。縮み上がったペニスを、掌で庇いながら後退る男。薄い眉の下で、大きく見開かれた男の眼――鬼畜をみる眼だった。

☆

「わ・か・が・し・ら・さん？　どうしたの？　さっきから怖い顔して、黙りこくっちゃって？」

ロックグラスに、なにかが触れた。小指を立ててジャック・ダニエルのボトルを持ったケンジが、琥珀色の液体をなみなみと注いでいる。垂れ気味の二重瞼の奥に覗く、とろんと潤んだ瞳が桐生をみつめた。

「気色の悪い眼をするなっ」

桐生はロックグラスの中身を、ケンジにぶちまけた。ケンジのバタ臭い顔と黒々とした胸毛が、びしょびしょに濡れそぼった。

佐倉と鹿島、それに菊池までもが驚いた表情で桐生をみた。花井と鬼塚だけは、平然とグラスを傾けている。花井はともかく、鬼塚のその落ち着き払った態度は、桐生の疑念を膨らませた。

「ひどいっ。僕、お酌をしただけなのに……」

ケンジが声を震わせ、恋人から唐突に別れを告げられた少女のリアクションで、両掌を頬に当てた。

「若頭《かしら》、なにを怒ってるんです？　俺がなにか気に障ることをお願いしたのなら、謝りますよ」

鬼塚が、とぼけた口調で言った。

「俺と共同経営だと？　笑わせるなっ。お前は一体、なにを企んでいる？」

「なにも企んじゃいませんよ。それとも、若頭《かしら》にとってなにか気を悪くする理由でもあるんですか？」

煙草をくわえた鬼塚は、ソファの背凭れに深々と躰を預け、勝ち誇ったように口角を吊り上げた。

理由——言えるはずがなかった。

「とにかく、お前と共同でなにかをやる気はないし、オカマ相手の商売をやる気もない」

「オカマじゃないったら！」

ハンカチで胸毛を拭くケンジの棘々しい声を無視して、桐生はモアを取り出した。鬼塚の、くそ生意気な態度につき合うのもここまでだ。さりげなく、正面に視線を這わせた。鬼塚の右隣に鹿島、左隣にケンジ、その隣に佐倉。花井の素早さをもってすれば、取り押さえられる十数秒の間に、五、六発は拳をぶち込めるだろう。

「それは困ったな。若頭《かしら》が押さえている玉城って色男を、店の目玉にしようと思ってるんですがね」

「なんだと⁉」

指に挟んだモアが、くの字に折れた。なぜ鬼塚が、玉城の存在を知っている？　不意打ちのボディブローをくらったボクサーのように、桐生は狼狽した。

「玉城慎二って男は、手形金のトラブルでかなりの債務を抱えているそうじゃないですか？　噂によれば、モデル並みのルックスなんですって？　店《ゲイバー》で働かせれば、かなりの稼ぎが見込めます。手形金の返済が終わるまでの間、玉城の給料の半分は桐生興業で押さえても構いません。どうです？　若頭《かしら》にとっても俺にとっても、悪い話じゃないと思いますがね。店も繁盛するし、手形金も回収できる。一石二鳥ってやつですよ」

鬼塚の話は、半分以上耳を素通りしていた。菊池の顔をみた。菊池が首を横に振った。花井は、みるまでもない。羽田の陽灼け顔と成瀬のひょうたん顔が、頭に浮かんだ。だが、鬼塚との接点はなにもない。

柳沢、富樫、川田。桐生興業のＶＩＰルームで、玉城を監禁している三人はどうだ？　信用はしていないが、そう簡単に自分を裏切れないだろうという自信はある。ならば、どうして、鬼塚は玉城が監禁されていること、手形金の債務を負っていること、モデル並みの容姿だということを知っている？

「玉城の話を、誰から訊いた？」

「さあね。それは企業秘密です」

鬼塚が、人を食ったように笑った。桐生はアイスペールの中の氷をトングで挟み、ロックグラスに放り込んだ。ケンジは、さすがに酌をしようとはしない。菊池が満たしたジャック・ダニエルをゆっくりと舐めつつ、桐生は鬼塚を黙視した。

挑発に乗ってはならない。鬼塚は、自分を怒らせようとしている。この男は、己の利益にならない喧嘩を仕掛けたりはしない。ゲイバーを始めること、共同経営を持ちかけたこと、ゲイの男を引き合わせたこと。すべてに、計算され尽くしたなにかがあるはずだ。

その、なにか、が、わからない。わかっているのは、鬼塚が自分の過去を知っている、ということだけだ。

カッと、胃袋が熱くなった。ジャック・ダニエルを流し込み、怒気を麻痺させた。いまは、鬼塚の狙いと手持ちのカードを読むことが先決だ。

鬼塚の狙いは、ただひとつ。自分の失脚だ。富樫喜三郎の引退までに鬼塚は、なんとしてでも自分を追い落としたいはずだ。自分が三代目を襲名してしまえば、弾き出されるのは己だということを、鬼塚は知っている。ふたりの関係を考えれば、鬼塚が自分の首を狙う気持ちは理解できる。問題なのは、首を獲る方法と手持ちのカードだ。

首を獲る方法――鬼塚がどれだけ自分を疎ましく思っても、命を狙うようなまねはできない。第三者に教唆《きょうさ》して己の手を汚さなくとも鬼塚には、組長の椅子、という強力な動機があるからだ。

実行犯を自首させて警察の眼は欺けても、富樫喜三郎の眼は欺けはしない。富樫喜三郎は、自分と鬼塚の確執《かくしつ》を知っている。三代目襲名間近に発生した、タイミングよすぎる自分の死。自分を殺害して一番得をする人物――鬼塚がなにを言おうと、富樫喜三郎は聞く耳を持たないだろう。

富樫喜三郎の信頼を失った鬼塚に残される道は、破門しかない。鬼塚は、そこまで愚かな男ではない。もっと巧妙且つ用意周到な方法で、自分を潰しにかかるに違いない。

手持ちのカード——鬼塚に、情報を流している人間がいる。そうでなければ、玉城のことを鬼塚が知り得るのは不可能だ。しかし、自分の過去はどうだ？　富樫喜三郎以外に、自分の過去を知っている人物はいない。鬼塚の手持ちのカードが富樫喜三郎となると、今度は玉城の件が説明がつかなくなる。富樫喜三郎には、玉城の存在を話してはいない。組には内密の、桐生個人のシノギだ。第一、今回の手形金取り立ての一件が富樫喜三郎の耳に入れば、鬼塚に情報を流す前に自分を呼び出すはずだ。

鬼塚の手持ちのカードは、一枚でないのかもしれない。富樫喜三郎が自分の過去を、手形金取り立てに関わっている人物が玉城の存在を、鬼塚に知らせたのか？　ありえない。でも、鬼塚は知っている——自分の過去を、玉城の存在を……。

思考が、酩酊《めいてい》したように混沌としていた。わけがわからなかった。グラスの底をテーブルに叩きつけたい衝動を堪え、宙に翳し、氷を鳴らした。菊池が、ジャック・ダニエルを注いだ。桐生は動揺を悟られぬように、ゆったりとグラスを傾けた。

「企業秘密？　それで、話がとおると思っているのか？」

腹の底を震わすようなバリトンボイスで、桐生は訊ねた。

「とおるもとおらないも、若頭《かしら》は、俺の頼みを断ることはできませんよ」

「どういう——」

「ソフィー振出しの、二千三百五十六万の手形金取り立ての一件を、組長《おやじ》の耳に入れてもいいんですか？」

桐生の言葉を遮った鬼塚は、ソファにふんぞり返った姿勢で足を組み、紫煙を口の中で弄んでいる。

いままで、数かぎりない人間を恫喝してきたが、恫喝されたのは初めてだ。

「あんたっ、若頭《かしら》を脅す気か⁉」

菊池が眼を剝き、席を蹴った。佐倉と鹿島が、鬼塚をガードするように立ち上がった。

「やめるんだ」

息巻く菊池を、桐生は窘めた。桐生は、舌を鳴らし着席する菊池を見届け眼を閉じた。静《せい》黙《もく》した。不思議と、怒りは涌いてこなかった。冷気が、体内に広がった。あのときと同じ、凍える殺意が心を氷結させた。

瞼を開いた。モアに伸ばしかけた手——止めた。花井の出番はなくなった。自分を虐げようとする人間は、誰であろうと存在してはならない。自分の行く手を阻もうとする人間は、誰であろうと存在してはならない。

「鬼塚よ。定例幹部会の日まで、時間をくれないか？　共同経営の件を、前向きに考えてみようと思う」

「若頭《かしら》っ！」

「いいから、お前は黙ってろっ」

菊池を一喝し、桐生は鬼塚を見据えた。

「定例幹部会は、来月の十日でしたよね？　あと、三週間か……。まあ、いいでしょう。幹部会の帰りに、赤坂のソレイユにご招待しますよ。当日は、若頭《かしら》のために、貸し切りにしときます。共同経営の、前祝いといきましょう。ただし、返事次第では、ソレイユを出たその足で、組長《おやじ》の家に行かなければなりません。俺が垂れ込み屋にならないで済むような返事を、期待してますよ」

ソレイユ——鬼塚の情婦が経営している、会員制クラブ。半年前のオープン時に、富樫喜三郎とともに、一度だけ顔を出したことがある。

桐生は記憶の埃を払い、ソレイユの、ドアやボックス席の位置取りを思い浮かべた。鬼塚が座る位置、佐倉と鹿島が座る位置、女《ホステス》どもが座る位置、自分や菊池が座る位置、そして、ドアから雪崩れ込む男の影——克明に、シミュレーションした。

「さあ、若頭《かしら》」

鬼塚が、グラスを翳していた。桐生は、軽く己のグラスを触れ合わせた。

最初で最後の乾杯——もう、鬼塚と酒を酌み交わすことはないだろう。

『もう、かけてこないでください。じゃあ、私、これで……』

「春美ちゃん、ちょ、ちょっと待って――」

電話が切られた。ツーツー、という発信音が、玉城の胸を冷たく抉った。

「おいおい、どうしたってんだ？　また、だめなのか？」

放心状態で受話器を置く玉城の耳孔に、正面のソファに座る川田のいら立った声が忍び込んだ。

川田の隣では、七三頭の銀縁眼鏡、柳沢と呼ばれている五十代半ばと思われる男が、レンズ越しに、税務署の職員のような無感情な眼を玉城に向けている。

グレイのシングルスーツをびしりと着こなし、渋めの茶系のネクタイを締めた柳沢は、いままで玉城が遭遇した、どの男達よりまともにみえた。少なくとも、玉城が抱いているヤクザのイメージとは、大きく懸け離れていた。

3

明徳商事を出たあとに、川田は拳を怪我したロンパリ男を病院に連れて行き、玉城は、桐生と紫スーツに銀行を引き回され、預金をすべて解約させられた。

その後、いったん、大久保の桐生興業の事務所に立ち寄り、気が狂いそうな趣味の悪いT

シャツとジャージに着替えさせられ、柳沢と富樫という気味の悪いブ男に車に押し込まれて、ハイクオリティーＡＯＹＡＭＡを管理する不動産会社へと向かった。不動産会社の社員を伴い北青山のマンションに行き、敷金バックの交渉が終わり、ふたたび桐生興業の事務所に戻ってきたのが午後八時すぎだった。

その頃には桐生と紫スーツはいなくなっており、病院から戻ってきた川田、そして柳沢と富樫の三人に、ＶＩＰルームなる密室に監禁され、アドレス帳に載っている顧客に金の無心をするよう命じられた。

華々しくキャッチ業界に復活する腹積もりの玉城は、顧客に手をつけることに抵抗したが、柳沢の淡々としたひと言で観念した。

――顧客に電話をするのがいやなら、飯場で、数ヵ月間無給労働をしてもらう。

飯場――タコ部屋。テレビドラマで観たことがあった。ひと気のない山奥に仮設された、ダニやゴキブリが蠢く劣悪な部屋に複数の荒くれ男とともに押し込まれ、鬼のような飯場頭に監視され、殴られ、労働基準法もへったくれもない家畜並みの扱いを受けながら、何時間もぶっとおしで過酷な労働を強いられる。

口先で生きてきた自分に、顔のよさで生きてきた自分に、繊細で上品で優雅な自分に、耐えられるわけがなかった。

カモの代わりはいくらでもいるが、自分の代わりはいない。迷わず玉城は、カモに金の無心をすることを決めた。

超極上ガモの泉を温存しても、三、四百万の金は余裕で集まると高を括っていた玉城に、思いも寄らぬ結果が待ち受けていた。

アドレス帳に記載された百六十人を超えるカモのうち、在宅していたカモが百数人。信じ難いことに、ただのひとりも協力してくれなかった。しかも揃いも揃って、申し合わせたように、もう、かけてこないで、のセリフ。なにがどうなっているのか、わけがわからなかった。

これで、電話をかけていないのは、東西の横綱の忍と泉、そして、ソフィーのエステティシャンで、玉城と半同棲をしていたかおりの三人だけになった。だが、東の横綱の忍からは、一昨日の夜に渋谷のファッションホテルで、明美の借金の尻拭いをして金がないことを聞いていた。万が一金があっても、利用するだけ利用して己を捨てた自分を、忍が助けてくれるはずがない。

「なにしてるんだ？　もう、ネタ切れか？　だったら、飯場行きは決定だな」

銀縁眼鏡の奥の細い眼をさらに細めて、柳沢が加虐的に唇を歪めた。

「あんまし脅かしたら、かわいそうだってぇ。彼も、一生懸命にやってるんだからさぁ」

正面にみえるドアの左手に設置された、パイプベッドに腰かけている富樫が、短い足を組み、親指と人差し指で摘んだ煙草を気障な仕草で吸いながら、語尾を伸ばしたおかしなイントネーションで口を挟んだ。

ぶよぶよの顔に貼りついた、薄く下がった八の字眉、ドロリと澱んだ眼球、毛穴が開いたダンゴ鼻、似合いもしないベタついたロン毛——。忍や泉の上をいく醜悪な富樫は、なにを勘違いしているのか、チェック柄のヴェルサーチのジャケットに、ノーカラーのシャツで決めていた。

イタリアブランドのスーツの着こなしにかけては右に出る者がいない自分が、土色のTシャツに変態じみた紫のジャージ姿だというのに、あんなブ男がヴェルサーチを着ているのは、自然の摂理に反していた。

「わかりました」

柳沢が顔を朱に染め、押し殺した声を絞り出した。

事務所に監禁されて、およそ三時間。三人の会話の断片を頭で繋ぎ合わせていくうちに、いろんなことがわかった。

ブ男の富樫が、二十は歳上だろう柳沢より立場が上だということ。柳沢が、富樫を快く思っていないこと。ちょび髭の川田がヤクザではなく、桐生の所属する組にケツを持ってもらっている街金業者だということ。桐生が富樫組の若頭であり、次期組長候補だということ。VIPルームと呼ばれるこの部屋が、防音、防壁になっており、どんなに大声で喚いても、外に声が漏れないこと。ここで出されるカップラーメンや飲み物、使用した電話料金、宿泊代が、手形金の不足分に経費として加算されること。手形金を全額完済するまでは、ふたり一組が交替でVIPルームに泊まり込み、自分を監視すること。

だが、わからないことがひとつだけあった。桐生、紫スーツ、ロンパリ男、柳沢、川田が、みな自分につらくあたるなかで、富樫だけは不思議と優しかった。

「さあ、玉城くぅん。はやく、女から金を引き出すんだ。飯場なんて、いやだろう？　俺もそうさ。ルックスはいいけど、力仕事はからっきしだめぇ。クラシックはいいけど、演歌はだめぇ。ブラックジャックはいいけど、ちんちろりんはだめぇ。ワインはいいけど、焼酎はだめぇ。ねっ？　君も、そうだろう？　わかるのさ、俺には。俺と君は容姿だけじゃなくてぇ～、嗜好も趣味も似ていると思わないかぁい？」

どこが!?　玉城は、心で吐き捨てた。

ベッドから腰を上げて背後に回った富樫は、玉城の両肩を揉みつつ、顔を近づけてウインクした。瞑った一重瞼の腫れぼったい脂肪が盛り上がり、いまにも弾けそうだった。ウインクというよりも、顔面神経痛の豚のようだ。ロンパリ男とは違った意味で、富樫はイカれている。彼は、鏡をみたことがないのだろうか？　たった一度でも己の危篤状態の顔をみれば、自分に似ているなどとは、口が裂けても言えまい。もし本気でそう思っているのなら、富樫の大脳と小脳は重度のひきつけを起こしているに違いない。

「さ、はやくぅ」

富樫が、耳もとで囁いた。鼻孔が腐食するような、歯肉炎の匂いが漂ってきた。吐き気がした。悪臭から逃れるように、受話器を手に取った。さっきまでとは違う、右耳に受話器を当てた。酷使された左耳の鼓膜は、ジンジンと痺れているからだ。

震える指先で、泉の電話番号をプッシュした。コール音。六回、七回……。頼む、出てくれ――祈った。『もしもし、茂原です』――祈りが通じた。本人だった。

「やあ、泉ちゃん？　俺だよ、玉城だよ」

相手にみえもしないのに玉城は、八重歯を覗かせ微笑んだ。肩口から顔を出している富樫が、じっと八重歯に視線を注いでいるのが気になった。

『あ、どうも……』

口調が硬い。たしか泉は、両親と同居している。柳沢の腕に巻かれた、ヴァン・クリーフ&アーペルのシンプルな文字盤に眼をやった。午後十一時三分。夜遅くにかかってきた電話――耳をそばだてる父親がいたら、泉も話しづらいに違いない。

「一昨日は、どうもありがとう」

一昨日——百四十万の契約を結んだあと、渋谷のファッションホテルで泉を三度昇天させた。

『あ、はい』

気のない返事。なにかがおかしかった。

「ご両親か誰かが、そばにいるの？」

『いえ。誰もいません』

「じゃあ、どうしたの？　なんだか、泉ちゃんらしくないよ。ねえ、一昨日のこと、怒ってる？　俺、あんなに興奮したの初めてだから、ちょっと、乱暴だったかもしれない」

川田のニヤけた視線と柳沢の冷めた視線が、玉城に注がれた。

玉城は、ベッドの中で太い四肢を痙攣させ、ダブついた下腹を波打たせ、醜く広がった鼻の穴から甘ったるい鼻声を、潤んだ瞳から随喜《ずいき》の涙を流してよがっていた泉の記憶を掘り起こすように、囁き口調の掠れ声を、送話口に送り込んだ。

なににへそを曲げているのか知らないが、玉城の甘い囁きで、身も心もトロけるような熱いひとときを思い返した泉は、受話器の向こう側で股間をしっぽりと濡らし、メロメロになっているはずだ。

『明日あたり、届きますから』

玉城の予想に反して、泉の口調は相変わらず硬かった。

「え？　なにが？」

『ローン契約を破棄する旨の、内容証明書が届きますから』

泉の氷のように冷たい声が、玉城を凍りつかせた。

——ブルータス、お前もか？

裏切られ暗殺されたカエサルのセリフが、頭の中で谺した。一体、どういうことだ？　一昨日まで、じゃれつく子犬並みに気色の悪い鼻声を振り撒いていた泉のこの豹変ぶりは、どういうことなんだ⁉

「い、泉ちゃん……。じょ、冗談だろ？」

声が、情けなく裏返っていた。最後の砦、最後の希望が、音を立てて崩れてゆく。泉がだめなら、あとはかおりしか残っていない。承諾してくれる可能性が、大金を引っ張れる可能性が一番高かった泉がこんな調子では、連絡のつかなかった五十人弱の雑魚ガモなど、期待できはしない。

かおりにしても、まとまった金がないのはわかっていた。彼女の、ソフィーの安月給とキャバクラで稼いだ金の大部分は、キャンセルの穴埋めに使った。さすがの玉城も月に何件かは、キャンセルがくる。玉城は、結婚詐欺だなんだとあとから騒がれないように、カモからは直接現金《かね》を受け取らない主義だ。それは、かおりにたいしても例外ではない。が、キャンセル分に充当してもらうのは別だ。かおりは、キャンセルしたカモの名で商品を買う。当然、それはソフィーの売上げとなり、玉城個人の利益ではない。

しかし、いまとなっては、そんなことはどうでもよかった。結婚詐欺だと、訴えられようが構わない。いや、この地獄から助けてくれるならば、不細工な泉と籍を入れてもいい。戸籍のひとつやふたつ、汚すことも厭わない。いまの自分に必要なのは、現金《かね》だ。売上げでも装飾品でも車でもなく、現金《かね》が必要だ。

『冗談じゃありません。一昨日のことは、忘れてください』

「愛してるんだっ。俺、泉ちゃんと、結婚したいんだ！　だから、頼む……。頼むから、そんなこと、言わないでくれっ」

絶叫した。懇願した。泉に見捨てられたら、飯場行きだ。耐えられない。不潔な部屋に閉じ込められ、粗暴で頭の悪い男達に囲まれ、馬車馬のように働かされる生活より、下脹れでニキビヅラの泉と暮らすほうが、まだましだ。

『それは、かおりって女《ひと》に言うセリフじゃないんですか？　あなたって、最低っ！』

受話器が叩きつけられた。動転した頭に、疑問符が渦巻いた。かおり？　どういうことだ？

玉城は無意識に、ソラで覚えている八桁の番号をプッシュしていた。

☆

三回目のコール音——『はい、ミントレディですっ』。アップテンポのダンスミュージックと黄色い嬌声に交じって、店名をがなりたてる若い男の声が鼓膜に雪崩れ込んできた。

「玉城ですが、怜菜《れいな》ちゃんをお願いします」

怜菜——渋谷のキャバクラで、かおりが使っている源氏名。ミントレディは、女のコにたいして営業中にかかってくる一般客からの電話は絶対に取り次がないが、玉城は別だった。

『少々お待ちください』

ダンスミュージックと嬌声が、保留のメロディに呑み込まれた。焦っていた。いら立っていた。煙草が吸いたかったが、セーラムのパッケージは、明徳商事とのいざこざの際に落としてしまったようだ。なにもかも奪われた玉城には、僅か二百八十円の煙草銭さえもない。

『慎ちゃん!? いま、どこにいるの？　今朝、店《ソフィー》に行ったらヤクザみたいな人が大勢いて、テーブルとか美顔器とか、全部運び出していたわよ。ねえ、なにがあったの？』

ささくれ立った神経に、逼迫したかおりの声が絡みついた。

「説明している暇はないんだ。社長が、借金を残してトンズラした。その借金を、俺が被ることになった」

『ええっ⁉　なにそれぇ、本当？　でも、どうして？　どうして慎ちゃんが、社長の借金を払わなきゃならないの？』

「いいから、最後まで黙って聞いてくれっ！」

怒鳴った。女に声を荒らげたのは、生まれて初めてだった。

「大声を出して、悪かった。それで、顧客に片っ端から電話してるんだが、なんだか様子がおかしいんだ。最後にかけた茂原泉が、お前の名前を出した。俺とかおりがつき合っているのを、知っているようだった。まさかお前、なにか言ったのか？」

『私がそんなこと……。あっ、そう言えば、湯沢さんがあなたの顧客リストを、全部持ち出していたわよ。ヤクザから電話がいったら、お客さんに迷惑がかかるから処分するって』

「んな⁉」

声を失った。昨日、ソフィーの朝礼時に、飛び出た前歯で下唇を噛み、憎悪に燃え立つ瞳で自分を睨みつける湯沢の顔が、今日、明徳商事の事務所で、コードレスホン越しに自分に罵詈雑言を浴びせる湯沢の声が、脳裏に、鼓膜に、鮮明に蘇った。

やられた……。かおりとつき合っていること、陰で客のことを馬鹿にしていること、契約を結ばせるために、嘘八百のでたらめを並べ立てていることなどを、一軒一軒電話をして、親切ごかした顔でチクる湯沢の姿が眼に浮かぶようだった。

どのカモもこのカモも、急に態度が変わった理由が納得できた。数にして百六十人を超えるカモすべてに電話をするのは気の遠くなる作業だが、自分を潰すことを至福の悦びとしている湯沢なら、嬉々としてやるだろう。

奥歯を強く嚙み締めた。受話器を握る手が、体温をなくした両足が、ブルブルと震えた

——手は怒りに、両足は恐怖に。

『大丈夫？　慎ちゃん？』

「あ、ああ……。それより、かおり、金をいくらか、都合してもらえないか？」

柳沢と川田が、身を乗り出してきた。富樫の鼻息も、耳もとで荒くなった。

『いいけど、私、四十万くらいしか持ってないよ』

微かな希望の糸が、ふっつりと切れた。四十万……。四十万じゃ、焼け石に水だ。柳沢がメモ用紙をちぎり、いくらだ？　と殴り書きした。玉城はボールペンを手に取り、だめです、と書いた。

嘘——周囲の雑音が伝わり疑われるから、と、スピーカーホンにしていないのが救いだった。誰かに電話をかけさせられているとなると、相手が警戒して金を出さない恐れがある、

というのが富樫と柳沢の考えだった。

「じゃあ、しようがない。この話は忘れてくれ。落ち着いたら、また、電話するから」

なにか言いかけたかおりの声を遮り、電話を切った。

「なんだ？　まぁ～た、だめだったのかよ？」

呆れ口調の川田に、玉城は頷いてみせた。四十万を用意しても、まだ、手形金の不足分が三百万近く残る。飯場行きは、免れないだろう。ならば、かおりの四十万には手をつけないほうが賢明だ。逃げるにも、金が要る。身を隠すにも、金が要る。カモどもに見捨てられた自分が頼るべき女は、かおりしかいない。

「喉が渇いちゃったよぉ、川田ぁ」

玉城の横に腰を下ろした富樫が、だだっ子のように言った。川田はソファから立ち上がり、冷蔵庫から取り出した缶ビールを柳沢と富樫に渡すと、お前も飲むか？　と、玉城の鼻先にバドワイザーを突きつけた。玉城は首を振った。喉は渇いていたが、アルコールで思考を鈍らしたくはなかった。

喉を鳴らし缶ビールを呷る三人に気づかれないように、そっと事務所内に視線を這わせた。正面――柳沢と川田の座るソファの背後のドアまで、距離にして約二メートル。右手――ブラインドの下りた窓まで距離にして約一メートル。出口はふたつ。ドアの向こうは十坪ほどのフロアがあり、そのフロアのドアを抜けて外へ出る。窓の向こうは大久保通り。ここは一階だ。ドアと窓。どちらを選ぶかは、考えるまでもない。

問題は、この三人を振り切って窓から抜け出し、無事に逃げおおせるかどうかだ。失敗したら、どんな目に遭わされるかわからない。だが、やるならいましかない。桐生、紫スーツ、ロンパリ男が戻ってきたらお終いだ。あの三人には、どう足掻いても、太刀打ちできそうもない。

「あの……トイレに行っても、いいですか？」

ありったけの平常心を掻き集め、柳沢に言った。トイレは窓と反対側の、パイプベッドの脇にある。トイレに立つとみせかけて、ダッシュする。考えただけで、膝が笑いそうになった。心臓が、乳首の裏側を激しく叩き始めた。肚を据えろ——己に言い聞かせた。

飯場に行くのはごめんだ。奴隷の如くこき使われるのはごめんだ。一刻もはやくここを抜け出し、かおりを呼び出し、ホテルの部屋を取り、熱いシャワーを浴び、髪を洗い、リクライニングチェアに揺られながら、ルームサービスのワインを傾ける。取り敢えずはロマネ・コンティは無理だろうが、すぐに昔の生活に戻れる。

逃亡者となった以上、キャッチ業界に返り咲く道は閉ざされたが、地方のホストクラブにでも潜り込めばバレはしない。最初は、麗しい美貌と洗練された雰囲気を持つ新人を妬む、先輩ホストのいやがらせを受けるだろうが、苦にはならない。一、二ヵ月もすれば、垢抜けしない田舎ホストの顧客を全員自分の虜にし、ナンバーワンホストに伸し上がる自信があった。その頃には、かおりともさよならだ。金が入れば、女房気取りの鬱陶しい女は必要ない。

「トイレに行くのは構わんが……」

言いながら立ち上がった柳沢が窓の前に、川田がドアの前に仁王立ちした。

「変な気を、起こすなよ」

柳沢が、わし鼻に乗った銀縁眼鏡を中指で押し上げて、ニヤリと笑った。見透かされていた——気抜けした。脱力感に包まれる玉城の腕を、富樫のぷくぷくした五指が摑んだ。

「さあ、トイレに行こうぜぇ〜」

いまさら断ったら、よけいに疑われてしまう。玉城は、仕方なしに腰を上げた。背中を押され、歩を進めた。ドアを開けた。便座を上げた。後ろ手で、ドアを閉めようと伸ばした腕を摑まれた。振り返った。富樫が、人差し指を脂ぎった顔の前に立て、チッチッチッチッ、と、舌を鳴らして左右に動かした。

「ドアを閉めるのはだぁ〜め。自殺されたら、困るからねぇ」

「そ、そんなことしませんよ」

「いいからぁ、はやくしなさい」

　玉城は諦め、ジャージのズボンとトランクスを下げた。ペニスに左手を添え、無理やり小便を捻り出した。鼻息が、不快に耳をくすぐった。ふたたび、振り返った。思わず声を上げそうになった。玉城の背後で爪先立ちをした富樫が、肩口からでかい顔を出し、放尿を続けるペニスに粘っこい視線を注いでいた。

「な、なにやってるんですか？」

「玉城君のアレ、カリちゃんが張ってておっきいねぇ〜」

「やめてくださいよ」

　両腕が粟立った。尿を切るのもそこそこに、慌てて玉城はズボンとトランクスを上げた。玉城は水を流し、備えつけの水道の蛇口を捻った。石鹸がなかった。信じられなかった。もちろん文句を言えるはずもなく、一分近く入念に手を洗った。

「清潔なところも、俺とそっくりだね〜。ほんっと、こんな形で出会ってなければ、いい友達になれたかもね〜」

　呆れて、物も言えなかった。爪垢の溜まった指先、フケの浮くベタついた髪の毛の、どこが清潔なのか？　どこが自分と似ているのか？　断言できる。世界中の人間が死に絶え、たとえ富樫とふたりきりになったとしても、友達になったりはしない。病的な自惚れ、語尾を伸ばす妙なイントネーション。グロテスクな容姿だけではなく、富樫のなにもかもに、玉城の精神と肉体は拒絶反応を起こしていた。

トイレを出た。入るときと同じように富樫に腕を取られ、ソファに座らされた。富樫が、自分の横にピタリと躰を合わせるように腰を下ろした。逃げないために、という意味合いとは違う不気味ななにかを感じた。

柳沢は窓辺に立ったまま、携帯で誰かと話していた。まだです、すいません、を繰り返している。相手は桐生。そう見当をつけた。桐生の横でいらつく紫スーツの姿が、同じ四コマ漫画を何十回も読み返すロンパリ男の姿が、眼に浮かぶ。

「若頭《かしら》達は、今夜はこっちに戻れないそうです。明日までに目鼻がつかなければ、檜原村行きのようですね」

携帯を切った柳沢が、富樫に言った。

「ひ、ひのはらむらって、なんですか？」

玉城は、柳沢に恐る恐る訊ねた。

「西多摩郡の、檜原村だよ。ダム工事に、人手が足りないらしい。金が工面できないときのことを考えて、書類は用意してある」

「ダ、ダム工事って……」

柳沢は、能面のような表情で絶句する玉城を横目に、壁際に設置してある書庫から一枚の書類を取り出し、テーブルの上に置いた。
書類――労働契約書。玉城は、パリパリに乾いた視線で労働契約書の活字を追った。
力王《りきおう》土建株式会社（以下甲という）と玉城慎二（以下乙という）は、次のとおり労働契約を締結した。
第一条　甲は、乙を以下の労働条件で臨時に雇用するものとし、乙は甲の指揮命令に従って誠実に勤務することを誓約する。
①契約期間　自　平成十一年八月十九日
　　　　　　至　平成十二年二月十八日
②就業場所　東京都西多摩郡檜原村×××
力王土建……。名前からして、恐ろしい会社だ。しかも、八月から二月までということは、六ヵ月間……。血の気が引いた。

ダム工事の作業中に死んだと思われる日雇い労働者の無縁仏が、ひと気のない山奥の土中から白骨化で発見された話を、何度か耳にしたことがあった。

自分に、身寄りはない。自分が失跡したところで、誰も気づきはしない。かおりにしても、ヤクザに追われてどこかに身を隠している程度にしか思わないだろう。

死にたくない、死にたくないっ、死にたくないっ！

「湯沢って男を、ソフィーで同僚だった湯沢って男を捕まえてくださいっ。明徳商事に俺の嘘がバレたのも、顧客から金を引っ張れなくなったのも、すべて奴がチクったからですっ。お願いしますっ、お願いしますぅっ！」

玉城は、右手で柳沢の腕を、左手で富樫の腕を摑んで懇願した。右へ左へと交互に顔を向け、訴えた。

「じゃあ、女は全滅ってわけか？　もう、あてはないのか？」

抑揚のない口調で問いかける柳沢に、玉城は頷いた。

「その湯沢って男は手形の裏書き人でもなければ、お前の保証人でもない。いくらウチの取り立てが荒っぽくても、無関係の人間から金を巻き上げたら恐喝になる。諦めて、その書類にサインしろ」

死刑を宣告された被告人のように、玉城の脳内は闇に包まれた。柳沢は玉城の手を払い除け、ドア口を塞いでいた川田に合図した。

「おらっおらっおらっ、さっさと書くんだよっ、さっさと！」

玉城の右掌にボールペンを握らせた川田の巻き舌が、頭上から降ってきた。川田は、玉城の右腕を鷲摑みにして、従業員（乙）の署名欄に、強引に持っていこうとしている。

「ねえ、柳沢さん。若頭《かしら》がくるのは明日でしょ？　だったらさ、彼の気が済むように、その湯沢って男の家に行ってみようよ〜」

富樫がロン毛を掻き上げながら、柳沢に言った。脳内の闇に、一筋の光が差した。鬼の中にも仏はいた。グロテスクな富樫の顔が、神々しくみえた。でっぷりとした醜い肥満体に、後光が差していた。

「しかし、裏書き人でもない人物のところへ取り立てに行くのは、まずいかと思いますが……」

柳沢が難色を示した。

「もぉう、柳沢さん、堅いなぁ〜。まだ、公務員時代の癖が抜けないんじゃないのぉ？」

富樫に茶化された柳沢は、耳朶までまっ赤に染めていた。柳沢は公務員だったのか？　そうであれば、柳沢のヤクザらしくない生真面目な雰囲気と地味な容姿が納得できた。

「もっと、頭を柔らかくしてみなよ〜。彼が電話をしていた女だって、裏書き人じゃないだろぉ？　それと同じさぁ。それに、彼の話が本当なら、湯沢って男は俺達の妨害をしたわけだし、追い込む理由は十分にあると思うよぉ」

そうだ！　そうだ！　玉城は、心で富樫にエールを送った。自分を落とし穴に突き落とした羽田も赦せないが、上から泥をかけて逃げ道を塞いだ湯沢も赦せない。ソフィーの売上げに貢献した自分がなぜ、こんな目に遭わねばならない？　なぜ、飯場に行かねばならない？

ノミの糞ほどの売上げしか残せなかった湯沢こそが、飯場に行くべきだ。

「ですけど、若頭《かしら》に内緒で事務所を空けたりしたら……」

「大丈夫。俺と彼は、ここに残るからぁ」

「え⁉　富樫さんひとりじゃ、だめですよ。万が一、逃げられでもしたら大変なことになります」

「大丈夫だぁってば。ちゃあんと、そのへんは考えてるからさぁ」

富樫は席を立ち、金庫並みに分厚いＶＩＰルームのドアを開け、尻を振りながら隣のフロアへと消えた。柳沢と川田が、うんざりした表情で顔を見合わせた。十分前ならば自分もふたりに共感を覚えただろうが、いまは違う。自分を救えるのは、富樫だけだ。

「お待たせぇ〜」

救世主が戻ってきた。手に、黒い紙袋を提げていた。紙袋には白抜きで、ポリスショップＦＢＩ、と、店名らしきロゴが入っていた。

「玉城君、こっちにきてくれるかなぁ」

ソファの背後、冷蔵庫の前で、富樫が手招きしていた。玉城は立ち上がり、富樫の横に行った。素早い動きで柳沢が窓を、川田がドアを固めた。

「後ろを向いてぇ」

言われるがまま、富樫に背を向けた。

「両腕を、そのまま後ろに出してぇ」

なにをしようとしているのかわからなかったが、救世主には逆らえない。両腕を、後方に出した――金属の冷たい感触が、両手首を舐めた。それが手錠だと気づいたときには、両腕の自由を完全に奪われていた。

「な、なにするんですか⁉」

「こうしないと、ふたりが安心して湯沢って男のところに行かないだろぉ。さあ、冷蔵庫を背に、腰を下ろして」

手錠を嵌められるのは気分のいいものではなかったが、仕方がない。とにかく、ふたりに湯沢を取っ捕まえてもらうのが先決だ。

玉城は、床にあぐらをかいた。紙袋から取り出したもうひとつの手錠で富樫は、玉城の両腕を束縛している手錠の鎖と、冷蔵庫の把手をT字形にロックした。

「これで安心でしょう？　もちろんイミテーションだけど、シルベスタ・スタローンでも、こいつを使わなければ、ちぎるのは不可能さ～」

言って富樫は、突き出た腹を、ぽん、と叩いた。ベルトの脇腹部分にキーホルダーで吊り下げられたカギの束が、ジャラリと鳴った。束の中に、手錠のカギもあるのだろう。

玉城は、二、三度、両腕を左右に広げてみた。たしかにカギがなければ、スタローンかシュワルツェネッガーであっても、脱出は不可能だ。

「で、その湯沢って奴の家《ヤサ》は、どこなんだ？」

柳沢は長いため息を吐き、投げやりに訊《つ》いた。玉城は疲弊した思考に鞭を打ち、湯沢の住む北千住のアパートの住所を、記憶の底から引き摺り出した。

☆

午前零時五分。柳沢達が事務所を出て、十分がすぎていた。視線を、壁掛け時計から富樫の持つ割り箸に移した。玉城は生唾を飲み、スープの中をさ迷う割り箸の動きを注視した。動きが止まった。恐らく最後だろう麺が絡みつく割り箸が、口もとに近づいた。玉城は犬のように首を突き出し、豚のように麺にむしゃぶりついた。

「スープも、飲むかぁい？」

玉城は頷いた。富樫は、カップラーメンのスチロール製の器を玉城の唇に当て、ゆっくりと傾けた。傾けながら、幼子に離乳食を与える母親みたいに、あ〜んと言いつつ己も口を開けていた。

富樫の、歯肉炎で腫れ上がった歯茎と、歯糞の浮いた味噌っ歯から眼を逸らし、玉城は、麺の切れ端と乾燥ネギが入り交じったスープを、喉を鳴らして飲み干した。ようやく、空腹が収まった。今日初めて摂る食事だった。

湯沢に矛先が向くまでは、朝からサラ金を引き回され、ガラの悪い連中に怒鳴られ、小突かれ、監禁され、空腹を感じている暇などなかった。

「さっきは口に合わないって、二、三口しか食べなかったのに、人間って、本当にお腹が減ったら好き嫌いはなくなるんだね〜」

まったくだ。カップラーメンのような下等な食物を旨いと感じる自分が、信じられなかった。

満腹になったら、全身がじっとりと汗ばんだ。ビルトイン式のエアコンは天井から風を送り出していたが、湿気含みの生温い空気を掻き回しているだけにすぎない。

鼻の頭に噴き出た汗が、気になった。汗は、ニキビの大敵だ。鼻の頭だけじゃない。額も、頬も、ねっとりと脂ぎっていた。今朝、正確には昨朝に、サクラファイナンスのトイレで顔を洗ったきりだった。洗顔フォームやパックは無理にしろ、せめて、濡れタオルかなにかで顔を拭いたかったが、手錠に拘束された両腕では、それも叶わぬ話だ。

インスピレーションが通じたのか、カップラーメンの器を流し台に運んだ富樫が、水に濡らしたハンカチを手に、玉城の前にしゃがんだ。

「こんなに、汗をかいちゃってぇ」

四つん這いになった富樫が、気味の悪い笑みを不細工な顔に湛え、玉城の顔にハンカチを当てた。富樫の皮膚の毛穴がみえるほどに、顔が接近していた。鼻息が不快に、玉城の頬を撫でた。胸騒ぎがした。ラーメンを食べさせるときも、いまも、単なる親切心にしては富樫の行動は行きすぎていた。

もしや、柳沢達を湯沢の家に行かせたのも……――内臓が粟立った。

壁掛け時計の針の音と富樫の鼻息が、やけに大きく聞こえた。突然、静寂な事務所内に間の抜けたメロディが鳴り渡った。着信音メロディ――セーラー服を着た主人公が活躍する、一時期大ヒットしたテレビアニメの主題歌。タイトルは思い出せなかったが、とにかく、大の男が選択するメロディではない。

富樫が、ジャケットの胸ポケットから携帯を取り出した。

「はぁい？　あ、お疲れです～。はい、はい……。いま、ひとりですぅ。いません、はい、朝まで、はい、そうですぅ」

四つん這いの姿勢で富樫は、はい、大丈夫です、を繰り返している。また、桐生か？　しかし、ひとりだということを、桐生に言ってもいいのか？　桐生は、柳沢と川田が湯沢の家に向かっているのを知らないのではないのか？

「え？　いいんですかぁ。本当に、本当に、いいんですね？　はい、はぁい、わかりましたぁ。終わったら、電話しますぅ」

携帯を切った富樫は、ふたたび、玉城の額や頬をハンカチで拭い始めた。ドロリと濁った眼は、電話を受ける以前《まえ》より血走っている気がした。

終わったら、電話する？　終わったら？　なにが？　なにが終わったら、電話をするというのだ？

「す、すいません、なにからなにまで、気を遣ってもらって……」

悍ましい疑念を頭から追い出し、玉城は礼を述べた。富樫は、あまりにも自分が悲惨だから、同情しているだけだ。それ以上であるはずはないし、また、あってはならない——無理やり、納得しようとした。が、そんな自分を嘲笑うかのように、富樫のハンカチを持つ右手が顔から、首筋、そしてTシャツの下へと滑り込んだ。

「か、躰はいいですよ……」

反射的に、身を捩った。手首に手錠が食い込み、激痛が走った。

「遠慮しないでいいよぉ。俺も、気なんて遣ってないからぁ」

富樫は、ハンカチを放り投げるとTシャツをたくし上げ、汗で湿った掌で、玉城の上半身をねちっこく撫で回した。

「君の躰、無駄な脂肪がまったくないんだねぇ。マッチョすぎない大胸筋、しなやかなボディラインに引き締まった腹筋、タンポポの冠毛《かんもう》を連想させる柔らかな体毛、子鹿のように薄く瑞々しい肌に、うっすらと浮き出た鎖骨と肋骨……。惚れ惚れしちゃうよぉ。スタイルだけは、君にかなわないなぁ～」

ワインをテイスティングするソムリエ並みの蘊蓄《うんちく》を連発し、富樫はうっとりした表情で玉城を視姦《しかん》した。

「もう、冗談はやめてください」

冗談なんかではない――富樫の股間は、スラックスを突き破りそうな勢いで膨らんでいた。

「本気さぁ。俺の好きな人とタイプは違うけどぉ、君も魅力的だ」

富樫の好きな人――男に違いない。悍ましい疑念――確信した。富樫は、ホモだ。

「お、俺にそんなこと言ったのをその人が聞いたら、きっと怒りますよ。浮気は、だめですよ」

「怒らないよ、その人はぁ。だってぇ、俺の、片思いだもん」

富樫は、だぶだぶに垂れた頰をピンク色に染め、親指の爪を嚙んだ。せつなげな眼で、宙に視線を漂わせている。その人、のことを思い浮かべているのだろう。

吐き気がした。模索した。この狂人の、身の毛がよだつ欲望の火を鎮火する方法を、模索した。

「どうして、片思いってわかるんです？　告白したんですか？　その人だって、あなたのことを好きかもしれないじゃないですか。一時の気の迷いで、自棄になっちゃだめですよ。富樫さんは魅力的だし、ハンサムだし、きっと、その人も惹かれていると思います」

舌が腐りそうだった。虫酸が走った。我慢した。十八番のでたらめ。忍に泉。正視するに耐えない醜悪なカモどもを、蝶よ花よとおだててきた——丸め込んだ。富樫も同じだ。女と男の違いはあっても、単純で、自惚れ屋で、身の程知らずの性格はそっくりだ。大丈夫だ。きっと、切り抜けることができる。

「ありがとぉ。自分でもぉ、顔がいいのはわかってる。魅力的なのもぉ、わかってる。でも、だめなんだぁ。その人はぁ、ストレートなのさ」

「す、ストレートって……？」

「ノンケ、つまり、ゲイじゃないってことぉ」

消え入りそうな声で、富樫が言った。瞳に、水滴が盛り上がっていた。

「でもぉ」

涙を小指で拭き、富樫が四つん這いのまま躙り寄ってきた。上を向いたダンゴ鼻の鼻孔から、青洟が垂れていた。

「君が俺をどう思っているのかがわかって、嬉しいよぉ」

言って、富樫が洟を啜った。青洟が、鼻孔に吸い込まれた。己の唇をペロリと舐めた富樫の舌に、鼻孔内を移動した青洟がこびりついていた。

藪蛇になった——空襲警報が、頭蓋内に鳴り響いた。

「俺も、俺も、その、ストレートってやつですよ。俺も、男には興味ありませんから……」

干涸びた声を、干涸びた喉から絞り出した。

「無理しなくてもいいよぉ。君もぉ、カミングアウトすればいい」

「な、なんです……カミング……アウトって？」

「自分はゲイだと受け入れてぇ、周囲の人間に宣言することさ。俺はぁ、高校生のときに親父にカミングアウトした。最初はひどく殴られたけど、いまは、黙認してくれてるんだ。スッキリしたよぉ。胸の中に沈殿していたヘドロが、きれぇ〜いに流れ出たって感じぃ。でも、富樫組組長の親父の立場を考えて、組員《なかま》の前では、ノンケを装っているんだ」

「でも、俺は違います」

「最初はぁ、俺もそうだった。同性に惹かれる自分に戸惑い、怯え、狼狽してぇ、必死に抵抗する。だからぁ、無理やり女の人とつき合ってみたりぃ、セックスをする。正常なんだと、自分に言い聞かせようとする。だけどぉ、満たされない。どれだけ女の人とつき合ってもセックスしてもぉ、満たされない自分がいることに気づく。だから君もぉ、わざと、女相手の商売をしている。わざと、女誑しの自分を演じている。自分がゲイだと、認識するのが怖いんだ。そうだろぉ？」

富樫が首を傾げ、玉城の顔を覗き込んできた。

「本当に違うんです……俺は、ゲイじゃありませんっ」

「まあ、取り敢えずその話は置いといてぇ。ねえ、微笑んで」

「え？」

「八重歯がみえるように、微笑んでみせてぇ」

富樫が、意味ありげにウインクした。ぞっとした。富樫のウインクにではない。泉に電話している際に、自分の八重歯をじっとみつめていた富樫の視線を思い出した。

「はやくぅ、はやくぅ」

玉城の乳首を両手で摘み、腰をくねらせながら富樫が鼻声を出した。背筋に寒気が走った。鳥肌が、皮膚を埋め尽くした。

「や、やめてくださいっ」

躰を、前後左右に激しく動かした。冷蔵庫の扉が開き、ビールとウーロン茶の缶が転がり出た。掌がぬるついていた。手錠で、手首を擦《す》り剝いたのかもしれない。構わなかった。渾身の力で、上半身を前方に倒した。腕がちぎれそうだった。冷蔵庫の脚がフロアに擦《こす》れ、濁音が上がった。「きぃるぅよぉ!!」——濁音に、富樫の金切り声が重なった。

ひんやりとした感触——刃渡り十センチにも満たない小型ナイフが、左頬に冷たく接吻していた。

「こうみえても、俺はヤクザなんだよぉ。あんまし手間かけさせると、その顔、メタメタに切り刻んじゃうよっ！　いいのぉっ!?」

富樫が喚いた。粘着質たっぷりの唾液が、玉城の顔を濡らした。富樫の眼——完全にイッていた。ハッタリじゃない。運動神経が凍りついた——心臓も凍てついた。これ以上刺激するのはヤバい。

どうすればいい？　このままでは、イカれたホモ豚に犯される。掘るのか掘られるのかわからないが、とにかく、犯される。冗談じゃない。だが、抵抗すれば富樫は本当に、自分の顔を切り刻むことだろう。顔を傷つけられたりしたら、生きてはゆけない。究極の選択——顔を護るか？　肛門を護るか？

「笑いなさいってぇっ！」

ナイフを持つ富樫の腕に、力が込められた。逆らう頬の筋肉を従わせ、玉城は口角を吊り上げた。

「だめだめだめぇぇぇっ！　口を大きく開けてぇっ、八重歯をみせるんだよぉっ！」

富樫の、ナイフを持つ手と反対の手——左手の指先が、乳首を捩《ねじ》った。激痛——呻いた。呻きながら、微笑んだ——八重歯をみせた。

「そう！　そう！　そう！　そう！」

感嘆詞を連発し、富樫がむしゃぶりつくように唇を重ねてきた。上唇が捲れた。悪夢の接吻——いや、接吻じゃない。富樫は唇を窄め、チューチューと、八重歯を吸っている。顔を背けようにも、頬をナイフが舐めているので動けない。富樫の、歯糞がブレンドされた唾液は、エナメル質と象牙質を侵食し、歯茎内部のセメント質まで腐敗させるようだった。

乳首を捩っていた左手が、ナメクジの動きで腹筋を這い、トランクスの中に侵入した。陰嚢が、ペニスが、縮み上がった。意志、思考、創造を司る前頭葉が壊死《えし》した。中枢神経が麻痺した。

「おねあいしまふ……やめへくだふぁい……」

唇の自由を奪われているので、言葉にならなかった。富樫は執拗に八重歯を吸い、舐め、陰嚢を揉んでいた。

恐怖と悍ましさと屈辱が、五臓六腑を駆け巡った。富樫の醜漢《しゅうかん》に視覚が、卑しい息遣いに聴覚が、饐えたような体臭に嗅覚が、粘った牛乳並みの唾液に味覚が、脂ぎった頬に触覚が、悲鳴を上げた。

不意に富樫は、八重歯から唇を、頰からナイフを、陰嚢から手を離した。

「どっちにするぅ？」

刹那の安堵――弛緩しかけた筋肉が、瞬時に強張った。

息を弾ませ立ち上がった富樫は、己のスラックスとブリーフを膝下まで下ろし、喘ぐように訊いた。湾曲し、そそり勃つペニスが、ビックン、ビックン、と、脈打っている。キングコブラを彷彿させる、広く横に張ったカリ首が玉城を睨めつけた。赤黒く怒張する亀頭の中心でパックリと口を開く尿道口からは、糸を引きながら粘っこい液が滴り落ち、玉城のジャージのズボンに黒っぽいシミを作った。

「俺の名刀で君を貫くかぁ、俺を君の名刀で貫くかぁ。ねえ、どっちにするぅ？」

掘るのがいいか？　掘られるのがいいか？――富樫のイカれたセリフを翻訳した。

どっちもいやだっ――声にならなかった。

「それともぉ、もう一本の名刀《ナイフ》でぇ、君の美貌を貫くかぁ」

怖気を震う選択肢――舌を嚙み切る勇気もない自分を、玉城は呪った。

4

富樫のくゆらせる煙草の紫煙がゆらゆらと舞い上がり、天井にぶつかり拡散した。玉城には、それが己の体内から抜け出した魂のように思えた。密閉された空間に白く立ち籠めた紫煙は、時の流れとともにその色を失い、事務所内の空気と同化する。消えたわけではない。空気と同じ性質に、変化しただけだ。

自分は、富樫と同化してしまったのか?――触発されてしまったのか? そんなはずはない。いまでも、富樫との行為を思い浮かべれば吐き気がするし、それは富樫以外の男であっても同じだ。

玉城は、自己を内観するように富樫に眼をやった。

下半身丸出しでパイプ椅子に座った富樫は、くわえ煙草のまま前屈みになり、肛門周辺に付着した糞をティッシュで丹念に拭い取っていた。富樫の足もとには、そこここに汚物塗れのティッシュが丸めて捨てられている。

背中が波打った。玉城は、込み上げた胃液を飲み下した。ゲイだかホモだか知らないが、自分は正常だ。ダニの触角ほどのセックスアピールも、富樫には感じない。

じゃあ、なぜ？　なぜ、自分は……？

玉城は、抜け殻の視線を汚物塗れのティッシュから、己の股間に移した。玉城も富樫と同じく、下半身丸出しだった。視線の先には、富樫の糞で茶褐色に変色した醜いペニスが、内腿に力なくへばりついていた。玉城の眼にペニスが醜く映るのは、糞に塗れているからでも、萎びているからでもない。亀頭周辺に生々しく光る、白濁した液体。自分は、勃起し、忌み嫌っていた富樫の肛門《なか》で射精した。

眼を閉じた。衰弱した脳内のスクリーンに、玉城は忌わしい悪夢をリプレイした。

怖気を震う選択肢──玉城が選択したのは、掘ることだった。理由は明白だ。顔を傷つけられるのは論外だから、残る選択肢はふたつだけになった。掘るか掘られるか？　換言すれば、殺《や》るか殺《や》られるか？　という選択と類似していた。聖者でも殉教者でもない自分は、迷わず殺《や》るほうを選択するだろう。だから自分が、掘られるよりも掘るほうを選んだのは、当然の結果だった。

しかし、選択したことを実行できる保証はどこにもない。掘るほうを選択しながらも、玉城は不安だった。不安──富樫相手に、勃起するはずがない。となれば、掘られることになるだろう。掘られるのだけは、絶対に避けたかった。掘るよりも掘られたときの屈辱感と喪失感が、遥かに大きいからだ。

玉城の危惧は杞憂に終わった——掘られる状況にはならなかった。だが、危惧が杞憂に終わったことで、玉城は地獄に叩き落とされた。

前立腺《ぜんりつせん》への刺激が、性的興奮を高める作用があるのは知っていたが、それはあくまでも異性とのアナルセックス、または同性愛好者同士の性行為にかぎってのことだと思っていた。

違った。富樫の、細長いバイブレーターのような器具を使った肛門内への愛撫で、玉城は勃起した。最初こそ激しい痛みに襲われたが、それも束の間だった。射精時に感じるようなオルガスムスが、繰り返し訪れた。そのときは、感覚だけで射精はしなかった。射精で一区切りとなる男性では味わうことのできない、長時間に亘る女性特有のエクスタシーに我を失った玉城は、不覚にも声を上げてしまった。

十分に勃起したのを見定めた富樫は、玉城のペニスに軟膏みたいなクリームを塗り、跨がり、背面座位の体勢で受け入れ、己のペニスを片手で擦《こす》りつつ、腰をグラインドさせた。玉城は、女性の膣とは比べものにならない富樫の肛門の締まり具合に、三分と持たなかった——射精した。

汚らわしい映像を、脳内から消した。涙腺が震えた。涙が瞼をこじ開け、頬を伝った。

「罪悪感を感じるのはぁ、いまだけさ。君はぁ、男の味《からだ》を知った。素晴らしさを知った。またすぐにぃ、男の肉体《からだ》が恋しくなる。日に日にぃ、罪悪感は薄れる。そのうちにぃ、身も心もぉ、立派なゲイになるさ」

肛門を拭いたティッシュの臭いを嗅ぎつつ、富樫が言った。

「違うっ、俺はゲイじゃない！　男の肉体《からだ》を恋しくなんて、なりはしないっ」

否定した。富樫にではない――自分の精神《こころ》に、肉体《からだ》に、否定した。

「ふう〜ん。前立腺を愛撫されて黄色い声を上げていたのは、どこの誰かなぁ？」

「俺はっ、俺は――」

富樫の携帯が鳴った。玉城の声が、少女チックなメロディに呑み込まれた。

「はいはぁ〜い？　え？　あ、そう。ん？　そっかぁ。無駄足だったねぇ。え？　大丈夫。彼はおとなしく、鎖に繋がれてるよ」

耳を澄ました。富樫の口調と会話の内容から察して、電話の相手は柳沢か川田に違いない。

壁掛け時計――午前零時五十二分。ふたりが事務所を出て、約一時間。深夜の道路状況を考えたら、北千住のアパートに余裕で到着する。

無駄足とは、どういうことだ？――いやな予感がした。

「柳沢さん達、あと小一時間で戻ってくるってさ」

携帯を切った富樫は玉城に言うと、パイプ椅子から腰を上げ、そそくさとスラックスとブリーフを穿き、床に散在するティッシュを拾い始めた。

「ゆ、湯沢は?」

鋳割れた声で、玉城は訊いた。

「ん? ああ、彼、いなかったって」

麻酔を脳天に射たれたように、頭が痺れた。

「いないって……。引っ越したわけじゃないんでしょう!? アパートの前で張るなり、近所に聞き込みをして、跡を追わないんですかっ?」

「なんでぇ、手形の裏書き人でも君の保証人でもない無関係の彼を、経費使って追い込まなきゃならないのさぁ。張本人の君を飯場にぶち込めば、それで済む話だろぉ」

「さ、さっきと、言ってることが、違うじゃないですか……」

怒鳴る気力も、玉城には残っていなかった。がっくりと、首をうなだれた。富樫は、最初から湯沢を捕まえる気などなかったのだ。己の欲望を満たすため、ただ、それだけのために、ふたりを北千住に向かわせた。馬鹿だった。卑劣で卑猥でグロテスクな富樫を救世主だと信じた自分は、救いようのない馬鹿だった。

粗暴で下品な労働者達が、玉城に手招きしていた——激しく頭を振った。労働者達の幻影を、脳頭蓋から追い出した。

顔を上げた。両膝をつき、糞と精液で汚れた床をいそいそと雑巾で拭う富樫の尻に眼をやった。一か八か——決めた。鬼が出ようが蛇《じゃ》が出ようが、やるしかない。

「あの……」

「ん？」

雑巾を持つ手を止め、富樫が振り向いた。

「もう一度、ヤッてもらえませんか？　今度は、俺の尻に……」

玉城は、伏し目がちに言った。わざと黒眼を忙《せわ》しなく動かし、頰を赤らめてみせた。この手の演技は、不細工なカモどもを相手にしてきた自分にとって、朝飯前だった。

「しょうがないなあ〜、もぉう〜。やっぱしぃ、忘れられないだろぉ？」

はにかんだ表情で、玉城はこくりと頷いた。

「もうすぐ彼らが帰ってくるっていうのにぃ、まったくぅ」

富樫は、言葉とは裏腹に、満面に笑みを湛えて玉城に歩み寄った。二メートル、一メートル……。ベルトを外しつつ、歩み寄った。玉城の放り出した両足を跨ぐように富樫は立ち、穿いたばかりのスラックスとブリーフを膝下にずり下げた。既に富樫のペニスは、臨戦態勢十分に反り返っていた。

「最初に、口に含んでもいいですか？」

鼻声を出し、上目遣いに富樫をみつめた——動悸が、早鐘を打っていた。アドレナリンが、体内で暴れまくっていた。

「ほんっとうに、しようがないなぁ、君はぁ」

声を弾ませ、富樫がさらに近づいた。玉城の鼻先に押しつけられた、恥垢《ちこう》臭いイチモツ――くわえた、噛んだ、頭を左右に振った。悲鳴、絶叫、叫換。酸っぱい味が、口内に広がった。喜色満面の富樫の顔が、苦痛に歪んだ。髪の毛を鷲摑みにされた。構わず、顎に力を込めた。ボリュームアップした絶叫。今度は、鉄臭い味が舌先を撫でた。富樫が髪の毛から手を放した。玉城も、ペニスから口を離した。

陰茎に、血が滲んでいた。玉城は、右足を折り曲げた。ジャージのズボンが膝のあたりに引っかかり邪魔だったが、伸縮性があるので救われた。富樫が股間を庇おうと伸ばした手よりもはやく、足を飛ばした――陰嚢を爪先で抉った。くの字に折れた富樫が、前のめりに倒れた。涎を垂らし、脂汗を浮かべた富樫は、玉城の膝上でのたうち回っていた。

「いでぇぇっ、いでぇぇっ、いでぇぇよおぉっ！」

苦悶に満ちた富樫の顔は赤黒く怒張し、いまにも破裂しそうだった。痛いのは、富樫だけじゃない。肉塊に膝頭が圧迫され、玉城の関節も悲鳴を上げていた。

「た、玉がぁ、玉が裂けそうだあぁっ！　だ、だ、だずげでぐでぇぇっ‼」

富樫は、眼球が飛び出さんばかりにカッと眼を見開き、玉城の躰を這い上がり、太く短い五指でTシャツの襟もとを摑んだ。富樫の、額とこめかみの血管は、皮膚を突き破りそうな勢いで脈動し、せり出した眼球は充血で赤く罅割れていた。

心臓が萎縮した。歯の根が合わなかった。玉城は雄叫びを上げ、腰を浮かせて横に捻った。富樫の肥満体が、左手に転げた――床に仰向けになった。だが、仰向けになりながらも富樫の手は、Tシャツの襟もとを放さなかった。引っ張られた襟口が喉に食い込み、玉城は咳き込んだ。首を擡げた富樫は、涎の糸を引き、フケだらけのロン毛を振り乱し、だずげでぐでぇぇっ、を連呼している。

恐ろしかった。息苦しかった。パニック、狼狽、動転、動揺が、脳みそをこねくり回した。無意識に、左足を高々と上げた。富樫の弛《たる》んだ下腹――踵を叩きつけた。富樫がバウンドした。グェッという呻きとともに、おちょぼ口から噴き出た吐瀉物が玉城のTシャツを濡らした。依然として富樫の手は、Tシャツを放さない。恐怖心に拍車がかかった。下腹、脇腹、陰嚢――闇雲に、踵を叩きつけた。バウンド、バウンド、バウンド。陸に打ち上げられた魚のように、でぶった躰が跳ねた。唾液と汗が飛び散った。富樫が糞を漏らし、白眼を剝いた。Tシャツの襟を摑んでいた富樫の手が、力なく床に落ちた。胸板が上下に動いている。死んではいない。気絶しただけだ。

玉城は、水面に顔を出した金魚さながらに酸素を貪った。貪りながら、勢いをつけた右足で、富樫の肩を蹴りつけた――向きを変えた。汚物に塗れた尻が、玉城を睨んだ。床が、絨毯でなくてよかった。絨毯ならば摩擦が強く、向きを変えるのも一苦労だからだ。

玉城は、富樫のスラックスの裾に両足を伸ばした――届かなかった。向きを変える際に、蹴り足に力が入りすぎたようだ。壁掛け時計の針は、一時半を指していた。柳沢達の電話から、約四十分。すぐに北千住のアパートを離れたならば、まもなく到着するだろう。ぐずぐずしてはいられない。焦燥感が、背筋を這い上がった。

上体を前に倒した。手錠が手首の傷を抉った。肩の関節が外れそうだ。奥歯を嚙み締めた。首の筋が、ピキリと音を立てた。どこかの骨が、ミシッと鳴った。全身の血液が顔に集まった。血管がぶち切れ、毛穴から血が噴き出しそうだった。

急げ、急げっ、急げっ！　さらに躰を前傾させた。缶ビールが、音を立てて転がり出した。冷蔵庫が横倒しになった。フロアが揺れた。手首に激痛。鎖が引っ張られ、玉城も仰向けに倒れた。背中の下で、缶がベコリとへこんだ。懸命に上体を起こした。冷蔵庫を引き摺った。富樫に近づいた。両足を投げ出した。スラックスの裾――届いた。足の裏で挟んだ。左足の裾、右足の裾、交互に引いた。抜けた。両膝をくの字に曲げ、富樫のスラックスを引き寄せた。ふくらはぎが吊った。耐えた。床に落としたスラックス――踵を使って、拘束された後ろ手にパスした。

ベルトに装着されたキーホルダーを外し、手錠のものらしき小さなカギを指先で摘んだ。手首を曲げ、カギ穴を模索した。焦りと恐怖で震える指は、見当違いの部分ばかりを突いた。

「落ち着け、落ち着くんだ」――呪文のように呟いた。「んぐぅふぅ、むぐぅ～っ」――呟きにハモる、富樫の呻き声。

白眼を剝いていた富樫の眼球に、黒眼が戻っていた。富樫は、殺虫剤を撒かれたゴキブリのように手足を弱々しく動かし、焦点の定まらない視線を宙にさ迷わせている。

焦りが倍増した。後退った。床に擦《こす》れた臀部が、摩擦熱に悲鳴を上げた。半べそをかき、カギを手錠に突き立てた――入った！　回した。解錠した。自由になった左手でカギを摘み、右の手錠も解錠した。立ち上がった。膝関節が軋んだ。手早く、ジャージのズボンとトランクスを上げた。富樫――仰向けのまま、携帯の番号ボタンをプッシュしていた。玉城は、痺れた右足を飛ばした。よろめいた。携帯が吹っ飛び、壁にぶつかった。派手な音を立て、バッテリーとボディが分離した。

血走った視線で、事務所内を見渡した。足もと。床に放置された、富樫のスラックスの尻ポケット――クロコダイルの財布。拾い上げた。開いた。福沢諭吉五枚と夏目漱石二枚を抜き取り、ポケットに捩じ込んだ。唸り声を上げる富樫の顔に財布を投げ捨て、応接テーブル上に置かれた自分の携帯とアドレス帳を引っ摑み、窓辺に向かった。ブラインドを上げ、カギを開けた――ガラス窓を開いた。むっとする熱風と大久保通りの喧騒が、躰に纏わりついてきた。窓枠に、片足をかけた。

「むぉあ、むぉあ、むぉあてぇ……」

富樫の、呂律がもつれた言葉が背中に貼りついた。通訳した――「待て」

待つわけがなかった。

☆

外国人娼婦の色目と安っぽい香水の匂いを掻き分け、玉城は大久保通りへと出た。オーストラリアの先住民族のアボリジニ並みの視力で、行き交う車を凝視した。メルセデス独特のフロントマスクを視界に捉えるたびに、雑居ビルの陰に身を隠した。そっと首を出し、遠ざかるテイルランプを見送り、ほっと胸を撫で下ろす。

情けなかった。ヴェルサーチを身に纏い、サラサラの髪を風に弄ばせ、羨望の視線を一身に引き受けて颯爽と繁華街を歩いていた自分が、いまはどうだ？　ドブネズミのような薄汚い格好で、汗でベトベトの髪は重々しく頭皮に貼りつき、ビクつきながらこそこそと逃げ回っている。羽田が、湯沢が、自分を嗤う顔が頭に浮かんだ。下唇を噛んだ――拳を握り締めた。

流行りのヤマンバヘアの女《ガキ》が厚底サンダルを引き摺りながら、アルマーニのスーツで固めたホストふうの男と腕を組み、玉城の眼前《まえ》を通りすぎた。女《ガキ》が振り返り、アルコールで締まりのなくなった顔を玉城に向け、続いて、男に耳打ちをした。男は歩度を緩め、玉城の全身に勝ち誇ったような視線を這わせ、プッと噴き出した。つられて、女《ガキ》もゲラゲラと笑った。

女に一目惚れされたことは数知れないが、笑われたのは、生まれて初めてだった。顔から、火が出るようだった。屈辱が、胸を掻き毟った。

富樫の吐瀉物で汚れたTシャツに、紫のジャージのズボン。おまけに、服装とアンバランスな革靴――笑われるのも、当然だ。

言い訳したかった。これは、本当の自分ではない。本当の自分は、その男よりもファッションセンスがよく、会話もウイットに富み、セックスもうまい。喉まで出かかったセリフを、呑み下した。いまは、それどころではない。柳沢達の乗った車に出くわしたら、一巻の終わりだ。息を吹き返した富樫が、事務所の電話を使ってふたりに連絡を取っている可能性は大だ。

忌々しいカップルに背を向け、玉城は新大久保駅方面に歩を進めた。何台かのタクシーと擦れ違った。すべて乗車中だった。舌打ちした。はやく、はやく……――念じた。念が通じたのか、赤い空車のランプを点したタクシーが遠目にみえた。右手を上げた――手錠で擦り剝けた手首を、誰かに摑まれた。瞬間、鼓動が停止した。強張る頸骨《けいこつ》を軋ませ、振り向いた。

「玉城慎二さんだね？」

ナイキの黒いキャップを被りサングラスをかけた男が、甲高い声で訊ねてきた。白地に金の刺繡の入った派手なサマージャンパーに、ブルーの麻のパンツ。左腕には、金無垢のロレックス。キャップとサングラスでよくわからないが、歳の頃は恐らく四十前後。鼻の頭に、大きな黒子《ほくろ》があった。背丈は玉城の眼のあたりまでしかなく、だぶついた二重顎に肥満気味の体形は富樫や川田を連想させるが、むろん、彼らではない。

「あ、あんたは――」

言葉を切った。息を呑んだ。背中に広がる、硬く鋭利な感触。みなくてもわかった――ナイフ。

「騒がなければ、危害は加えない。俺は、お前を助けにきた。言わば、救世主ってやつだ」

男が、ニヤリと笑った。街灯の明かりで、犬歯に嵌め込まれた金歯が光った。

救世主――富樫の脂ぎった顔が脳裏を掠めた。救世主など、もう、二度と信じない。それ以上に、この胡散臭い男の言うことは信じられなかった。

「それとも、このまま桐生達に突き出してやろうか？」

男が、愉しむような口調で言った。派手なエンジン音を轟かせ、黒のワンボックスワゴンが玉城の横に停車した。荒々しくスライドドアが開き、車内からふたりの男が飛び降りた。

ふたりとも、男と同じように青と白のキャップを目深に被り、サングラスをかけているので顔の判別はつかなかったが、身のこなしと躰つきからみて、まだ若いだろうことはわかった。

青キャップと白キャップが、玉城の腕を両サイドから挟み込んだ。

「俺を選ぶか、桐生を選ぶか？　さあ、どっちにするよ」

耳もとで、男が囁いた。

もうひとつ、わかったことがある——自分に、選択権はない。

☆

「あんた、何者なんだ？」

「名乗る気はないし、名乗ったところで、お前は俺を知らないし、どうにかなるものでもない」

三度目の同じ質問——三度目の同じ返答《こたえ》。玉城の疑念と懸念が充満したワンボックスワゴンは、山手通りを板橋方面に向かって走っていた。

ドライバーズシートでステアリングを握る白キャップも、ミドルシートに座る玉城の右隣で睨みを利かせる青キャップも、大久保を出発して約二十分間、ひと言も口を開かない。男が持っていたナイフは青キャップの手に渡り、刃先が、玉城の脇腹を舐めていた。

——騒がなければ、危害は加えない。俺は、お前を助けにきた。

凝固した眼球をナイフから引き剝がし、玉城は、左隣で煙草をくゆらせる男の言葉を安定剤代わりに反芻した。

男を信用しているわけではないが、少なくとも、桐生の手先でないのはたしかだ。男が桐生の指示で動いているのならば、自分を捕まえた時点で、大久保の事務所に連れ戻したはずだ。

だが、男の言動には、不透明な部分が多すぎた。自分の名前を知っていること、桐生の存在を知っていること、自分が大久保の事務所に囚われていたのを知っていること……。なによりもわからないのは、自分をどこに連れて行き、どうしようというのか？

「心配するな。悪いようにはしない。ただ、お前にやってもらいたい仕事があるだけだ。報酬は弾むし、仕事が終わったら自由の身だ」

玉城の心中を見透かしたように、男が言った。ヤクザから逃げ出した自分にナイフを突きつけ、無理やりさらうような連中が頼む仕事など、ろくでもないものに違いなかった。

「こんな目に遭わなければ、俺はもう十分、自由の身だ。それに、あんたらに頼らなくても稼ぐ自信はある」

「また、キャッチセールスをやるつもりか？　それとも、詐欺まがいの訪問販売の会社か、どこかのホストクラブにでも潜り込もうってのか？」

どうしてそれを？――声に出す代わりに玉城は、男の顔をまじまじとみつめた。

「俺には、追い込まれ、虫けらのように地べたを這いずり回る奴らの心理が、手に取るようにわかる。すべてを抛《なげう》ち、逃避し、ホームレスになる虫けら、肉体労働も厭わずに、がむしゃらに働いて金を作ろうとする虫けら、弁護士事務所に駆け込み、悲劇の主人公になりきり自己破産する虫けら、人生と家族を放棄して、身を投げる虫けら……。だが、お前は、どのタイプの虫けらとも違う。ホームレスや自己破産者になるのは、自尊心が赦さない。肉体を酷使して一万前後の日当を稼ぐなんて、馬鹿らしくてやってられない。身を投げる勇気もない。お前みたいに、女を誑し込んで泡銭《あぶくぜに》を手にしていたジゴロ崩れは、昔の華々しい生活の味が忘れられない。こつこつと働き、爪に火をともすような暮らしは、お前には無理だ。違うか？」

図星だった。地道に働くなんて、糞食らえだ。学歴も手に職もない自分を受け入れる職場は、自ずとかぎられてくる。タクシーやトラックのドライバー、新聞専売所の拡張員、パチンコ店の店員、風俗、水商売のボーイ、呼び込み、デートクラブや裏ビデオのチラシ配り、日雇い労働、警備員……。

顔が悪くて稼ぎの少なかった湯沢ならまだしも、月に二百万の高給を手にしていた自分には、男の言うとおり、どれもこれも馬鹿馬鹿しくてやってられない仕事ばかりだ。

しかし、どうしてこの男は、自分がキャッチセールスをやっていたと知っているのだ？ 日本人離れしたルックスやスタイルから察して、サラリーマンにみえないのは仕方がないが、外見で判断するならば、モデルやホストと見当をつけるほうが自然だ。

結論——男は、ソフィーの誰かに通じている。そうでなければ、男が自分をここまで知り尽くしている理由の説明がつかない。

羽田。十分にありえる。羽田ならば、自分が桐生に捕まっていることも、もちろん、玉城慎二の名前も、キャッチセールスをやっていたということも知っている。が、わからない。羽田と男の関係は？　男は、自分になにをさせようとしている？

ワゴンは熊野町の交差点を左折し、川越街道に入った。菅原文太になりきったトラック野郎達が、湿気含みの生温い夜気を切り裂きながら、貸し切り状態の道路をぶっ飛ばしている。

「だがな、玉城。お前が、ホストクラブで働くのは無理だ。なぜだか、わかるか？」

玉城は首を振った。男は、スライドドアの内側に嵌め込まれた灰皿で煙草を消し、すぐに新しい煙草に火をつけると、とろりとした紫煙をうまそうに吸い込んだ。肺が、ニコチンとタールを求めて疼いていた。サクラファイナンスでの一本を最後に、二十時間近く煙草を吸っていなかった。

玉城の視線に気づき、男が、白とブルーで彩られたパッケージを差し出してきた――パーラメントエクストラライト。メンソール煙草がほしかったが、贅沢は言ってられない。パッケージから一本引き抜き、くわえた。男の手に握られた、ダンヒルの金張りのライターの炎に顔を近づけた。紫煙を貪った。軽い眩暈に襲われた。

「住民票だよ、住民票。住民票を移したらヤバいことぐらい、わかるだろう？　お前、たしか、港区に住んでたんだよな？　面接に行くホストクラブが都内近郊にあるならば問題ないだろうが、地方だと、不審に思われるのが落ちだ。港区に住んでる奴が、大阪や名古屋に面接にくるのは不自然だからな。かといって、千葉、埼玉、神奈川辺りの店だと、なんとか採用されたとしても、すぐに追っ手がくる。もっとも、都内に住民票を置いたまま大阪や名古屋の店で採用されたとしても、バレるのは時間の問題だけどな。闇金の連中を、甘くみないほうがいいぜ。奴らは、それこそ日本中のホストクラブ、エステティックサロン、訪問販売の会社、風俗、水商売関連の店、お前が潜り込みそうなありとあらゆる職種を、一軒一軒虱潰しに捜す」

男の声が、鼓膜から遠のいた。田舎臭い女を誑し込み、ナンバーワンホストに伸し上がり、最高級のスーツに身を包み、豪華なマンションで豪勢な生活を送る玉城の青写真が、男の一言一句で脆《もろ》くも崩れ去った。

「それだけじゃない。奴らは、住民票がなくても採用するような職場、たとえば、ポーカー屋、ノミ屋、デートクラブなどの、アングラビジネスにも眼を光らせる。つまり、お前が玉城慎二であるかぎり、どこへ逃げようと、必ず捕まる。そうなったら今度は、ケツを掘られるだけじゃ済まないぜ」

「な⁉」

「ブラインドってやつは、きっちり閉めたと思っても、外から覗けるくらいに開いている場合が多くてな」

男が、金歯を剝き出しに卑しく笑った。自分の腹上で腰を振り、己のペニスを扱《しご》く恥知らずな富樫、法悦に浸った声を上げ、富樫の肛門《なか》で射精した恥知らずな自分。羞恥と恥辱で、顔面が鬱血した。

「あんな狂った連中からお前は、金を踏み倒して逃げ出した。知っているだろうが、お前が蹴り潰した変態は、富樫組組長の息子だ。組長から預かっている大事な息子を傷つけられ、金を踏み倒されて、桐生が黙っていると思うか？」

「傷つけられたのは、俺のほうだっ。借金だって、俺が作ったんじゃないっ！　羽田って男に嵌められて……。そうだ、あんた、羽田を知っているだろう⁉　俺のことを、羽田から聞いたんだろう？　あの男は、どこにいるんだ？　なあ、教えてくれっ」

「羽田なんて男は、知らないなあ。仮に知っていたとして、それでどうなる？　その男に復讐でもするのか？　お前はまだ、自分が置かれている状況が、わかっちゃいない。いいか？　ヤクザが堅気にコケにされたまま黙っていたら、飯の食い上げだ。奴らにとってなによりも一番大切なことは、面子《メンツ》と金だ。お前は、その両方に泥を塗った。特に桐生って男は、そんじょそこらのヤクザ者とは比較にならないほど、面子と金にたいしての執着心が強い。奴に睨まれて逃げおおせた人間は、過去にいないそうだ」

男は、玉城の様子を窺うように顔を覗き込み、言葉を続けた。

「つい最近、ひとりの男が死んだ。その男は、桐生から百万の金を踏み倒し、愛人のマンションに潜んでいた。富樫組がケツを持つ街金業者から得た情報で、桐生達は愛人のマンションを突き止めた。部屋《なか》でどういったやり取りがあったかは知らないが、男は、バルコニーから転落した。即死だったそうだ。警察は事故死と断定し、桐生は罪に問われなかった。たしかに、桐生が男を窓から放り出したとは、俺も思わない。だがな、バルコニーへ飛び出し、手摺から落ちるということは、裏を返せば、それだけ厳しい追い込みがあったことの証明になる。傷害致死罪に当たらなくても、脅迫罪に該当する行為は必ずあったはずだ」

暗く沈んだ声で言うと男は、煙草を荒々しく灰皿に押しつけた。

「で、でも、その男が死んだら、金は回収できないじゃないか……」

語尾が震えていた。立て続けに、煙を肺に送り込んだ。久々の喫煙に、相変わらず眩暈が続いていた。

「死人からも、きっちりと金を取り立てる。そこが、奴が冷血漢たる所以《ゆえん》だ。マンションの外では、男の死体に野次馬が群がり大騒ぎになっているというのに、桐生は、金目になりそうな愛人の衣服やバッグを物色していたそうだ。考えられるか？　正常な神経を持ち合わせている人間なら、自分が追い込んだ人間がマンションの四階から転落したら、狼狽し、慌てふためき、救急車を呼ぶとか逃げるとか、もっと違う行動に出るだろう？　それだけじゃない。桐生は男の葬儀に乗り込み、衣服やバッグを売り払っても補えなかった不足金を回収するために、幼い子供の眼前《まえ》で、主人を失い哀しみに打ちひしがれる妻から、香典袋を毟り取った。しかし、奴にとっては、それが正常な行動なんだ。面子と金のためならば、男が死のうが家族が路頭に迷おうが関係ない。奴には、良心のかけらも罪悪感の切れ端もない。お前は、そんな冷血鬼のような男の金を踏み倒し、面子を粉々に潰した」

全身が、冷凍食品のように凍結した。凍結したのは、青キャップが脇腹に突きつけているナイフのせいでも、車内に冷風を送り出すエアコンのせいでもない。

ワゴンは、大山西町の交差点を右折し、マンションやアパートがひしめく住宅街へと入った。

「た、たしかに、俺は逃げ出した。三百二十八万の金を払わないまま、逃げ出した。だけど、だけどっ、お、俺は、俺はっ、自分が借りたわけでもない借金を払うために、貯金を奪われ、マンションも追い出され、車も家具もスーツも売り飛ばされ、サラ金で金を作らされたっ。二千万以上の金を支払ったっ。俺は、彼の金を踏み倒してもいないし、面子も潰してはいないっ！」

座敷犬のように吠えた、喚いた。灰が太腿に落ちた。小刻みにバイブレーションする指先で、煙草を灰皿に捩りつけた。

「お前がそう思っても、桐生はそうは思わない。お前、三百二十八万の金を払わないで逃げたって言ったよな？　いまも言ったが、バルコニーから転落して死んだ男の借金は百万だった。たった百万の金でも人を死に追い詰め、葬儀に乗り込み金を回収する。桐生ってのは、そういう男だ。玉城。もう一度訊くが、お前の踏み倒した金はいくらだったたっけ？」

眩暈がした――今度は、煙草のせいじゃなかった。

☆

ワゴンは、小学校の裏手にある、小汚いアパートの前で停った。ドライバーズシートから軽快なフットワークで降りた白キャップが、スライドドアを開けた。男に腕を摑まれ、青キャップに背中を小突かれ、玉城は車を降りた。周囲はひっそりと静まり返り、ドアを開閉する音が、陰鬱な空気を大袈裟に震わせた。

明かりの漏れている窓はほとんど見当たらず、入り組んだ路地に建ち並ぶ平屋やアパートは、影絵のように暗く重々しかった。深夜の住宅街といっても、玉城の住んでいた青山界隈とは、建物の造りも、路上駐車されている車のグレードも、庭先に飾られている花の種類も、なにからなにまでが違った。

車に乗ったままお金貸します！　のビラが貼ってある電柱の、住居表示プレイトは大山町となっていた。

玉城は、政治家待遇で三人の男に囲まれながら、小汚いアパート、岩間荘の、錆の浮いた鉄製の階段を上がった。足を一歩踏み出すたびに、耳障りな濁音がギイギイと鳴った。廊下の天井に貼りついた剝き出しの蛍光灯に、複数の蛾が体当たりを繰り返している。

岩間荘は、一階三室、二階三室の合計六室で成っていた。男は、虫の死骸を踏み潰しながら、2A青木、2B栗田、と、へたくそな文字で殴り書きされたプレイトの前を通りすぎ、廊下を奥へと進んだ。青キャップと白キャップにエスコートされた玉城も、あとへ続いた。

2C——空白のネームプレイトの前で、男は立ち止まった。手首に巻かれた金ブレスをジャラつかせ、朽ちかけて、所々表面の剝がれた木製のドアを二回ノックし、間を置き、一回ノックした。

合図――ドアスコープなんて気の利いたものは、このボロアパートにはない。

ドアノブが回った。薄く開いたドアの隙間から、頬骨がやたらと目立つ、ガッシリとした体軀の男が顔を覗かせた。やはり、キャップを被り、サングラスをかけていた。

「大丈夫でしたか？」

頬骨男が訊いた。

「ああ。お前のほうは？」

男が頷き、頬骨男に問い返した。

「奥にいます」

今度は、頬骨男が頷いた。男はもう一度頷き振り返ると、青キャップと白キャップを促し、ドアの向こうに消えた。肉体《からだ》目的の男ふたりに、無理やりファッションホテルに連れ込まれる女のように、玉城は部屋へと引き摺られた――饐えた臭いとカビ臭い臭いが、鼻孔を占領した。

「慎ちゃんっ！」

玉城は、一畳ほどの沓脱ぎ場に凝然と立ち尽くした。

視線の先——薄汚い四畳半の和室に不似合いな、ショッキングピンクのラクロアのボディコンシャスのワンピースに身を包んだ女が、大声を上げて駆け寄った。

「かおり……!?」

甘ったるく淫靡な香水の匂いが、鼻孔を占領していた不快な臭いを追い払った。

「どおしたのぉ!?　その格好？　怪我はなかった？」

「それより、おまえこそどうしたんだ？　なぜ、ここにいる？」

「店が終わって部屋《マンション》に戻ったら、この人が訪ねてきて、ヤクザから慎ちゃんを助け出したから一緒にきてほしいって言われて……。この人のこと、信じていいのかどうか不安だったけど、私……私……慎ちゃんのことが心配で……。でも、大丈夫だったのね……」

かおりは玉城の首に両腕を回し抱きつくと、嗚咽を漏らし始めた。

この人——頬骨男に顔を向けた視線を玉城は、ニヤけ顔で抱擁を見物するナイキキャップの男に移した。

「あんた、何者なんだ？」

車内で繰り返した質問、四度目の問いかけ——訊かなくとも返答《こたえ》はわかっていたが、訊かずには、いられなかった。

「名乗ったところで、どうにかなるものでもないって、言わなかったか？　俺は、己の危険を顧みずに、お前を桐生達から助けた。それだけで、十分だろう？」

「だから、そこまでして俺を助けた理由ってのを聞きたいのさ」

「それも、さっき言ったじゃないか。お前にやってもらいたい仕事があると。玉城、気が動転しているのはわかるが、冷静になって考えてみろよ。女をここに連れてきたのだって、お前のためだ。逃れの身であるお前には、まとまった金や、買い出しに行ったり、身の回りの世話をする人間が必要だ。もし、俺が大久保でお前を捕まえなかったら、どうなっていた？　女以外には、からっきし無知なお前のことだ。この女に連絡を取り、マンションに行っただろう？　そして熱いシャワーを浴び、空腹を満たし、酒を飲み、女を抱く。女のマンションを俺が突き止めたっていうことは、当然、桐生にも突き止めることができる。尻を出して、まぬけヅラで腰を振っているときに奴らに乗り込まれ、事務所に連れ戻されるのが落ちだ。え？　違うか？」

男は、かおりのくびれた腰とむっちりとした尻をサングラス越しにねっとりとみつめつつ、玉城に訊ねた。

玉城の、汗と精液と糞に塗れた躰は、熱いシャワーを求めている。カップラーメンしか収めていない胃袋は、豪勢な食事を求めている。緊張と恐怖の連続でからからに干涸びた喉は、辛口のワインを求めている。富樫に凌辱された忌わしい記憶を消し去るためにペニスは、女体を求めている。

悔しいが、なにからなにまで、男の言うとおりだった。

「まあ、とにかく、突っ立ってないで、座って話そうじゃないか」

男は、かおりの尻から眼を離すと、玉城の肩をポン、と叩き、靴を脱ぎ、じめじめした畳に胡座をかいた。かおりに手を引かれ、玉城も部屋に上がり、男の正面に腰を下ろした。湿気で腐っているのか、尻がずぶずぶと畳に吸い込まれた。玉城は一度腰を上げ、畳に転がっていたスポーツ新聞を広げて尻の下に敷いた。新聞の空いているスペースに、かおりも腰を下ろした。玉城の動作をみていた青キャップと白キャップは肩を竦めながら、逃げ道を塞ぐように、沓脱ぎ場の前に座った。

玉城は、不快指数二百パーセントの眼差しで、室内を見渡した。カビで黒ずんだ天井の四隅にはクモの巣が張り、天然記念物ものの砂壁には、幾筋もの亀裂が走っていた。安普請のアパートに相応しい、安っぽいオレンジ色の笠に入った二本の丸形蛍光灯のうちの一本が切れかかり、チカチカと目障りに点滅していた。

頬骨男は玉城の正面に、男に倣《なら》って胡座をかいた。

店《キャバクラ》で着ていただろう服のままのかおりはもちろんのこと、成金丸出しの男の服装も、趣味の善し悪しは別として、このしみったれたアパートで浮いていたが、Tシャツにジャージ姿の自分は、いやになるほど馴染んでいた。

視界の隅を、黒いなにかが掠めた。ゴキブリ！――かおりの悲鳴と、玉城の悲鳴が交錯した。黒々とした羽を誇らしげに光らせたゴキブリは、重心の低い走りで、玉城のほうへと物凄いスピードで向かってきた。

「うっ、うわあぁぁっ」

みっともない声を出し、腰を上げようとした瞬間に、カルタ取りの名人並みの早業で、男の右手が畳を叩いた。右手を畳から離した男に、頬骨男がハンカチを差し出した。畳の上では、黄褐色の体液を飛び散らせ、無残にひしゃげたゴキブリが、力なく触角を動かしていた。

これこそまさに、虫の息だ。

「当面は、ここがお前らのねぐらだ」

男は、掌に付着した体液をハンカチで拭いつつ、事もなげに言った。

「じょ、冗談じゃないっ。こんな不潔なアパートで、暮らせるわけがないだろうっ」

バルコニーの観葉植物に、蝶が飛んでくる部屋に住んだことはあっても、ゴキブリと遭遇するのは初めてだ。この様子ではトイレにウォシュレットなど望めそうもないし、それどころか、風呂さえもついてはいないだろう。

「不潔だろうがなんだろうが、いまのお前には、一番安全な場所だ。ここは、俺の知人が使ってた部屋でな」

「しかし、せめてもう少しましな――」

「いやなら、出て行っても構わないんだぜ。だが、どこに行くつもりだ？　いま頃、桐生達は眼の色を変えてお前を捜し回っているはずだ。友人はもちろん、その女を含めた昔の会社の連中、つまり、少しでもお前と関わり合いのあった人物のところには、若い衆を飛ばしていると考えたほうがいい。友人、知人を頼れないとなれば、自力でなんとかするしかない。自力でなんとかしようにも、部屋を借りるには、玉城慎二の名前では契約できない。女名義で契約するにも、保証人が要る。それ以前の問題として、彼女の名前も、桐生の頭にはしっかりと刻み込まれているに違いない」

かおりは、くっきりとした二重瞼を大きく見開き、玉城に不安げな視線を送った。

「どうした？」

「冷たい眼をした大柄な男の人に、ソフィーの事務所で写真を撮られたの……。周りの人がその人のことを、桐生さん、って呼んでた。桐生って人、私が取り乱している姿をみて、慎ちゃんとつき合っているってわかったみたい……。電話じゃ、慎ちゃんが心配するといけないから言わなかったけど、とても怖かった。写真を撮ったあとも、私を観察するようにじっとみつめるんだもの……」

どうしてそんなまねをっ⁉――罵声を呑み込んだ。玉城は瞳に穏やかな光を湛え、かおりに頷いてみせた。躰に染みついた、その場凌ぎの演技――頭の中では、脳みそが煮え立っていた。怒りを嚙み殺したのは、怯えるかおりを気遣ったからではない。四十万の金蔓を、手放すわけにはいかない――それだけだ。

「桐生は、端からふたりの仲は知っていたさ。羽田って男は、お前と彼女の関係を知ってたんだろう？　羽田に嵌められて桐生が現れたってことは、ふたりが通じているってことだ。え？　どうするよ？　彼女と逃げて、ふたりでホテルにでも泊まるか？　一、本人の自宅、二、本人の実家、三、恋人、友人、知人の家、四、妻または恋人の実家、五、ファッションホテル、ビジネスホテル、シティホテル、旅館、六、タクシー会社、新聞専売所、風俗、水商売関係の寮、建設現場の飯場。これ、なんだかわかるか？」

男の質問に、玉城は首を振った。

「ヤクザが、追い込みをかけるときの順番だ。お前の場合、一と二は存在せず、三と四は今日明日中に固められ、五、六は、時間をかけて潰される。さっきも言ったが、お前が玉城慎二であるかぎり、どこへ逃げようが潜り込もうが、必ず捕まる」

「弁護士事務所に、行けばいいんだろ。あんたは、俺の自尊心が、自己破産者になることを赦さないって言った。たしかに、それは当たってるよ。だけど、こそこそと逃げ回った揚句《あげく》に、奴らに捕まるよりはましだ」

玉城の言葉に、男と頬骨男が顔を見合わせた。

「お前は、本当におめでたい奴だ。そんなんだから、羽田の口車に乗せられて、手形の裏書き人なんかになっちまうんだよ」

男が小さく首を振り、ため息交じりに言った。

羽田と通じているのは、桐生だけじゃない。自分に実家がないこと、手形の裏書き人になったこと。男が羽田と通じてなければ、知り得ないことばかりだ。

男のいままでの言動から推察すると、桐生とは敵対しており、羽田には近い。が、羽田と桐生は手を組み、自分を嵌めた。そして、嵌められた自分を男は助けた。男と羽田が近いならば、どうして、羽田がやったことを妨害するのか？ また、羽田も、男が敵対している桐生と手を組んだのはなぜか？

「耳ん中かっ穿《ぽじ》って、よぉ〜く聞けよ」

ぐじゃぐじゃにこんがらがる思考に、男の声が割り込んだ。

「弁護士に依頼して自己破産を申し立てるということは、まず、弁護士事務所に顔を出さなければならない。それから弁護士が債権者に、といっても、お前の場合は桐生興業だけだろうが、受任通知と債務調査票を送付する。平たく言えば、玉城慎二の法定代理人になりましたってことを報らせ、借金はいくら残っているんですか？ って内容の手紙だ。そこらのサラ金なら、弁護士が介入したとわかれば静観するだろうが、ヤクザ者が、はいそうですか、なんて引き下がるはずがない。受任通知なんて、桐生達に、お前が現れる場所を教えてやるようなものだ」

男が煙草をくわえた。頬骨男が立ち上がり、猫の便所のような小さな流し台に無造作に山積みされたビールの空き缶を手に取り、胡座をかいた男の膝もとに置いた。

「それと、破産申し立てから一、二ヵ月後に、管轄の地方裁判所から呼び出しがあり、申し立て内容についての審尋がある。ギャンブルや風俗関係に金を浪費していないかなどを、裁判官から訊かれるわけだが、同時期に桐生興業にも、破産者審尋期日指定通知なる手紙が送付される。この手紙にはご丁寧にも、お前が裁判所で審尋を受ける日時まで書いてある。ここでも、お前が現れる場所が明かされるわけだ」

玉城は、自分が破産すると言ったときの男達のリアクションの意味が、なんとなく理解できた。

「奇跡的に、それまでお前が無事だったとして、審尋から一、二ヵ月で破産宣告が出され、財産のないお前は管財人は選任されずに、破産宣告と同時に破産手続きの廃止決定となる。これを同時廃止決定と言うんだが、ようするに、債務者には、債権者に配当する金はありませんよ、ということだ。同時廃止決定の確定後に、一ヵ月以内に免責を申し立て、五、六ヵ月後にふたたび裁判所から呼び出しがあり、免責申し立ての内容についての審尋が行われ、問題なしとみなされた場合、免責審尋後二ヵ月ほどで晴れて免責決定、支払い義務なし、になる。破産を申し立ててから免責決定までスムーズに事が運んだとしても、一年前後の月日を要する。なあ、玉城。その間、桐生達が指をくわえてぼーっと待っていると思うか？」

思わない。弁護士事務所、もしくは裁判所の周辺で待ち伏せられ、自分はさらわれる――考えただけで、髪の毛が逆立ちそうだった。

愚かだった。浅はかだった。玉城は、己のまぬけさ加減を激しく叱咤した。

「でも、その人達が慎ちゃんになにかしたら、弁護士さんが警察に通報してくれるんじゃないの？」

かおりは、さっきまで怯えていたのが嘘のように、両腕を胸前に交差させるポーズで形のいい乳房を抱え、小首を傾げ、唇を窄め、少し頰を膨らませたぶりっこフェイスで男に訊ねた。さすがに指名率ナンバーワンのキャバクラ嬢だけあり、どうすれば男の眼に、自分の表情や仕草が魅力的に映るかの、つぼを心得ている。

「無駄だよっ」

玉城は、吐き捨てた。かおりは、ぶりっこフェイスを男から玉城に向け、驚いた表情で長い睫をパチクリさせている。玉城は、自分がヤクザ者に追い込みをかけられている桎梏の事態にも拘らず、男の眼を意識したかおりの振る舞いに、いら立ちを覚えていた。

「警察が重い腰を上げる頃には、俺は囚われの身だ。それに、俺をさらった人間が桐生興業の連中だと証明できなかったら、警察も手の出しようがない」

「自己破産を申し立てた奴が失踪するのと、借金のないまっとうな奴が失踪するのとは、警察も受け取りかたが違う。簡単に言っちまえば、捜索に本腰を入れないってことだ」

男は、煙草の灰を人差し指で空き缶に弾き落とし、玉城の言葉を受け継いだ。

「現実に、自己破産の申請中に新たな借金を積み重ね、夜逃げ同然に行方をくらます不届きな輩は数多いからな。本当にさらわれたのかどうか半信半疑のまま、警察は捜査を進める。だが桐生は、頭が切れて用意周到な男だ。万が一ってことを予測して、玉城をさらうときには、富樫組や桐生興業の存在さえも知らない奴を、人を介して雇うだろう。実行犯がへたをうって警察に捕まっても、顔も名前も知らない雇主のことを謳えはしない。桐生が、そんな男はみたこともないし、玉城の債権は放棄したから自分には無関係だと言えば、それまでだ。お嬢さん。本気になったヤクザ者から逃げるのは、警察から逃げるのと同じくらいに大変なことなんだよ」

急に猫撫で声になった男の鼻の下は、北京原人のように伸びていた。

「いやっ、いやっ。慎ちゃんが、ヤクザに捕まるなんて、いやっ」

かおりが鼻声を出して、玉城の胸にしがみついた。鬱陶しかった。それどころじゃなかった。哀しき女誑しの性《さが》——思いとは裏腹に玉城の手は、かおりの背中を優しく撫でた。

いやなのは、自分も同じだ。自分は、ヤクザ者から手形金を踏み倒し、組長の息子を蹴り潰し、しかも、財布から金を奪って逃げ出した。奴らに捕まって五体満足でいられる確率は、ニューヨークのハーレム街で、剝き出しのドル紙幣を数えながら歩いて何事もないのと同じくらいに低い。

玉城は、相変わらずかおりの肉体《からだ》をワンピース越しに視姦している男に眼をやった。

男はヤクザなのか？　それとも詐欺師か？　味方だと信じていいのか？　自分を、嵌めようとしているのではないか？

男について思惟を巡らせれば、下水に発生したぼうふらのように、次々と疑念が涌いた。

富樫の財布から毟り取った五万二千円と、かおりの貯金が四十万。これだけあれば、三ヵ月は安ホテルを梯子《はしご》できる。いや、だめだ。男の言葉を忘れたのか？　奴らなら本当に、日本全国の宿泊施設を一軒ずつ虱潰しにしても不思議ではない。なにをビビっている？　日本全国に、どれだけの数のホテルがあると思っているんだ？　いくらヤクザ者が血眼になっても、自分をみつけ出すのは、指名手配の逃亡犯を逮捕するほどに難しい。しかし、逃げ切った逃亡犯より、逮捕された逃亡犯の数が圧倒的に多い。それに、ヤクザ者の情報網は、警察以上と言われている。

　じゃあ、どうする？　いかがわしさと疑わしさが洋服を着たような男に、命を預けるのか？　得体の知れない胡散臭い男を、信じろというのか？　ならば、ほかに方法はあるのか？　たしかに男は胡散臭く、なにかを企んでいる。だが、自分を嵌めるために、わざわざ危険を冒して助け出したとは思えない。

　相反する囁きが、玉城の決断を迷わせた。どちらが天使でどちらが悪魔の囁きかはわからないが、はっきりしているのは、たとえ捕まらないにしても、悪魔より恐ろしいヤクザどもの眼を気にして、一生ビクビクしながら逃げ回る生活が待っているという事実だ。

「どうしたら、奴らから逃れることができるんだ？」

　玉城は、不審と疑心を頭から取り除き、真理を探究するモーゼのような逼迫した声で男に訊ねた。

「やっと、その気になったか」

　男は、煙草の吸い差しを空き缶に落とし、だぶだぶした頰肉を醜く歪めて満足げに笑った。神には程遠い野卑な微笑だが、いまの自分を救済できるのは、男しかいない。

「ひとつは、名前を捨てること。なにをやるにしても玉城慎二のままだと、足がつく。もうひとつは、桐生から金をかっ剝《ぱ》ぐこと。どこへ逃げるにしても、まとまった金が要る。むろん、かっ剝いだ金の取り分は折半でいい。俺の描いた絵図がうまく運べば、五千万の金が引っ張れる。このふたつをお前が受け入れ、やり遂げたら、俺が責任を持って海外に逃がしてやる。二千五百万もあれば、しばらくは、優雅な生活を送れるだろう。変造パスポートで高飛びするって方法もあるが、どうせなら、戸籍ごと変えたほうが安全だ。変造パスポートを扱ってる人間なんて、たいがいはアングラ世界の住人と通じている。藪蛇になったら、元も子もないからな。さすがの桐生も、まるっきりの別人になって海を渡った男を捜し出すのは不可能だ」

名前を変える？　ヤクザから五千万をかっ剝ぐ？　海外へ高飛び？　まるで、映画か小説の世界のような現実味のない男の言葉の断片が、玉城の思考を混乱させた。

「一生じめじめした日陰で、息を潜めて生きるか？　それとも、異国の地で一から人生をやり直すか？　玉城よ、どっちを選ぶ？」

どっちを選ぶ？――男の声が、鼓膜内に渦巻いた。頭を抱えた。汗と湿気で不快にベタつくロン毛を、十指で掻き毟った。玉城は、決断力に乏しく優柔不断なハムレットの心境が、痛いほどわかった。

（下巻につづく）

この作品は二〇〇〇年五月小社より刊行されたものを、
文庫化にあたり二分冊したものです。

無間地獄《むげんじごく》(上)

新堂冬樹《しんどうふゆき》

平成14年8月25日　初版発行
平成26年6月15日　8版発行

発行人——石原正康
編集人——菊地朱雅子
発行所——株式会社幻冬舎
〒151-0051東京都渋谷区千駄ヶ谷4-9-7
電話　03(5411)6222(営業)
　　　03(5411)6211(編集)
　　　振替00120-8-767643
印刷・製本—株式会社 光邦
装丁者——高橋雅之

幻冬舎文庫

ISBN4-344-40267-7　C0193　し-13-1